玄鸟传

张柠 著

GUANGXI NORMAL UNIVERSITY PRESS
广西师范大学出版社
·桂林·

玄鸟传
XUANNIAO ZHUAN

责任编辑：淡　霞
助理编辑：高晓涛
责任技编：伍先林
装帧设计：周伟伟

图书在版编目（CIP）数据

玄鸟传 / 张柠著. —桂林：广西师范大学出版社，2022.3
ISBN 978-7-5598-4574-0

Ⅰ. ①玄… Ⅱ. ①张… Ⅲ. ①长篇小说－中国－当代 Ⅳ. ①I247.5

中国版本图书馆 CIP 数据核字（2022）第 005798 号

广西师范大学出版社出版发行
（广西桂林市五里店路 9 号　邮政编码：541004
网址：http://www.bbtpress.com）
出版人：黄轩庄
全国新华书店经销
河北鹏润印刷有限公司印刷
（肃宁县工业聚集区　邮政编码：062350）
开本：787 mm × 1 092 mm　1/32
印张：11.25　　字数：185 千字
2022 年 3 月第 1 版　　2022 年 3 月第 1 次印刷
定价：48.00 元

翼翼玄鸟

载翔载飞

遇云颉颃

遐路无归

——古谣谚

目　录

第一章

●

我们的传主叫孙鲁西。在讲述孙鲁西的故事之前，先说说他的父亲。孙鲁西的父亲孙长戈，鲁西南兖州人氏，家住郓城县黑虎庙，排行老大，本名孙长（zhǎng）哥，参军后改叫孙长（cháng）戈。抗日战争结束前夕，孙长戈才满十六，年纪不大，个子不小，长得像头鲁西黄牛。部队上的人说，日本鬼子可能要逃跑，孙长戈一听急了，谎称十八报名参军，成了罗荣桓司令麾下的一名战士。抗战结束后，孙长戈又跟随部队，乘坐巨大的三桅帆船，横渡渤海湾，越过长山诸岛，登陆银石滩，经普兰店，过瓦房店，驻扎在营口锦州一带，拿下了沈阳之后，又挥师入关，挺进天津，收复北平。身经百战的孙长戈，二十岁就担任解放军某部侦察连连长。那年春夏之交，孙长戈跟随大部队南下，一直打到最南的海边，把敌军赶下了伶仃洋。孙长戈担心敌军反攻回来，便主动要求留下来保卫胜利果实。从此，他就生活和工作在祖国南疆那座海滨小城，担任海滨县公安局侦查科科长，专门对付那些半夜抢滩登陆到处找人对接头暗号的家伙。

北方人孙长戈，觉得南方的景物都很特别。树木长相古怪，有的树干不长树皮，光溜溜像水泥杆子，一直到树顶上才有叶子，有的树干上长着长须，拖到地上就生根。孙长戈没事的时候喜欢到海滩上去转悠，看海鸟飞翔，看渔船，看海潮，看赶海的人和戏水的儿童。他被这个南疆的滨海小城迷住了。这是一个温暖的地方，不像家乡一年有半年凉飕飕的。这里花红柳绿四季如春，不像自己的家乡，一年有半年天空灰蒙蒙的。海滨小城正中，是一条大约千米长的主街，将小城跟浩瀚无垠的大海连接在一起。街道两边的商铺门前，种满了娇艳的三角梅。看着忙于生计的人民，孙长戈的心就像被阳光晒得暖融融的。他发誓要保卫这座小城，决不让敌人来破坏它。

然而四季轮回，孙长戈有了新的发现。皮肤的感觉不再是“暖和”，而是“燥热”，一年有半年高温，跟他家乡一年有半年寒冷带来的不适感也差不多。四季变化不大，没有悲秋残冬景色，喜怒哀乐的情绪也不明显，大家都懒洋洋的，除了吃，对其他事都提不起精神。还有更不适应的，就是这里古怪的饮食习惯。他们不是一次吃得饱饱的，然后赶紧去干活。他们只吃半饱，接着换个地方坐下来，用铜钱大小的杯子喝苦茶，据说是为了去掉肚子里的油水，把肚子喝饿，再接着吃。小碗小碟，臭鱼烂虾，像猫进食，没有一样实在的。孙长戈经常思念家乡的烙饼馒头大葱。但想归想，总不能因口腹之乐而放弃守卫祖国南疆的光荣使命吧？孙长戈告诫自己，要发扬革命传统，争取更大光荣，无论遇到什么新的困难，革命意志都不能消退。孙长戈一天到晚扑在工作上，又是侦查，又是分析，跟有形的敌人和无形的敌人做斗争。紧张而机密的对敌斗争工作详情，外人并不知晓，只知道公安局里有个能人，外号“平手鬼”——据说有一次他半夜三更跟鬼打架，打了个平手。

打架的故事是孙长戈自己讲出来的。那时候，孙长戈白天在公安局上班，晚上到县城远郊的一个乡村蹲点，每天晚饭后就骑着自行车下乡去，半夜才回来。一天午夜，月色朦胧，孙长戈正往回赶，远远见到田埂上有一个身材高大的人，拦住了他的去路。身高一米八的孙长戈，被对方的身高镇住了，连忙从自行车上滚了下来，大声喝道：什么人？听到孙长戈吼喝，那个巨人也不吱声，依然挡在路中间。孙长戈拔出驳壳枪说：赶紧让开，不要逼我开枪！巨人还是纹丝不动。孙长戈心头一惊，今晚可能是碰到鬼了！他转念一想，我孙长戈从不信邪，战场上浴血奋战，从北打到南，没眨过一下眼，老子怕你个鬼！孙长戈把手枪插回腰间，将自行车往路边一架，冲上去抱住“鬼”就往地上摔，在稻田里滚了整整一夜，不分胜负。凌晨，满身泥巴的孙长戈回到公安局，进门就累倒在长椅上。大家赶去现场一看，自行车倒在地上，路边的泥田里一片狼藉，有激烈搏斗过的痕迹，田埂上散落着孙长戈的军帽、钢笔、手表、背包。奇闻逸事传遍小城，说孙长戈以大无畏的革命精神，孤身与鬼搏斗，一米八的孙长戈跟两米多的鬼打了个平手。

公安局隔壁有一家茶叶店，店主是公安局食堂炊事员冯师傅的妻子冯婶。每一次路过茶叶店门前，冯师傅都要喊孙长戈喝茶。孙长戈知道这茶很难喝，但又不好拂了人民群众的好意，只能坐下来喝几盅。孙长戈在门前大茶几边坐下来。冯婶司茶，冯师傅作陪。看着酱油汤似的浓茶，孙长戈有些发怵，他们为什么喝这么苦的茶啊？冯师傅伸出手掌，做了个“请”的动作。孙长戈端起铜钱大的白瓷杯，眼一闭，头一仰，直接将茶倒进喉咙，他用的是北方人喝白酒的方法。冯师傅说，看得出，孙科长在家乡也经常喝茶。孙长戈说自己在家从不喝茶，有钱人家才喝茶，茉莉花茶。冯师傅很吃惊，问他平时喝什么。孙长戈说，平时喝井水，过年过节红白喜事就喝烧酒。

孙长戈喜欢喝烧酒，记忆中好像没醉过。平时难得有酒喝，打胜仗庆功时，他才有机会大显身手。当上侦察连长后就喝得少了，为了工作只能忍着，越忍越想念它，经常有一醉方休的冲动。但他不知道，喝茶竟然也会喝醉。有一次，孙长戈闹肚子，腹中空空，路过茶叶店又被冯师傅喊住，只好坐下来喝茶，他抵挡不了冯师傅劝茶的执拗和热情，一口一杯，边喝边聊，喝了一阵就开始头晕、呕吐、浑身冒冷汗，瘫倒在椅子上。

冯师傅一看急了，用本地话高声朝里屋喊了几句，不一会儿，一个穿白底蓝色碎花布衬衫的女孩出来了，双手捧着一大碗糖水。冯师傅让孙长戈赶紧喝下去。穿花衣服的女孩站在跟前，近在咫尺，忽闪着乌黑闪亮的眼睛，孙长戈的眼睛也跟着一亮，立刻缓过劲儿来了。女孩连忙接过碗，转身扭臀往里屋走，一根粗大的长辫子在她的腰部来回晃动，如风摆杨柳。她就是冯师傅的独生女儿，芳名英妹，年方二八，待字在家。一个狂野的念头突然从孙长戈的大脑中冒出来：我要讨她做老婆！她就是我老婆！

醉茶，给孙长戈留下创伤性记忆，有一段时间，他都不敢轻易路过茶叶店。但是糖水的滋味，伴随着冯英妹的眼睛，还有长长的、柔软的发辫，一直在他眼前晃动，挥之不去。没过多久，孙长戈又出现在茶叶店门前。只要坐在门前茶几旁边司茶的是冯英妹，孙长戈就一定会从茶叶店门前经过。他微笑点头，骄傲变成了谦逊。

冯英妹把长辫子往背后一甩，开始为孙长戈冲茶，还低下头去诡秘地笑。孙长戈问她笑什么，她又咯咯咯地笑了一阵，然后抬头问孙长戈，是醉茶难受，还是醉酒难受？孙长戈说，他没有醉过酒，醉茶的滋味太难受了。冯英妹摆出两碟茶点，说喝茶不要空腹，吃一些甜茶点垫底，就像喝酒的时候要吃一些肉垫底。孙长戈说，我们喝酒不用垫底，战场上跟战友一起喝酒，不准吃肉菜，直接喝，看谁先趴下。冯英妹说，喝酒也像打仗啊。孙长戈说，对对对，像打仗，真刀明枪地对着干，现在不打仗，不知道敌人在哪里，谁都像谁都不像，真憋屈。

没有仗打，孙长戈那股勇猛劲儿使不上。工作时用不着他冲锋陷阵去肉搏，只有一大堆性质不明的“情况”，整天面对各种案情，琢磨来分析去，让人头晕目眩。孙长戈经常说工作干得不过瘾，局长批评他说，革命工作不许挑肥拣瘦，党叫干啥就干啥，不同的工作有不同的规律和不同的规矩。

考虑到孙长戈革命热情高，文化程度不高，局里特地派他到省公安学校进修一年，专门学习刑侦技术，包括痕迹学、笔迹学、气味学、影像学，还有面相学和测谎术，基本上是福尔摩斯那一套，外加政治觉悟和群众路线。刚开始有点费劲，学着学着，孙长戈开了窍，觉得通过显微镜、照相机、化验仪器，把无形的敌人变成有形的敌人，再一举歼灭之，很有意思也很有意义。孙长戈懂得，现在的工作不是直接格斗那种，而是猫捉老鼠的游戏和智慧，充满革命乐趣。孙长戈学得上瘾，赖着不肯回，又多学了一个学期，直到被强行召回。冯英妹发现，从省里学习回来的孙长戈变化很大，主要是变得细心起来。他一改从前的粗线条，对细节非常敏感，遇事爱动脑子分析，像个文化人似的，最主要的是眼神发生了变化，不那么直接了，而是拐着弯儿，警觉而闪烁，这让冯英妹感到陌生。

孙长戈继续到茶叶店喝茶，慢慢地就喝上瘾了，一日不喝如三秋兮。冯英妹继续为孙长戈司茶，并且不再为别的客人冲茶了。冯师傅夫妻俩，看在眼里，却佯装不知，孙长戈一来，他们就赶紧躲开。孙长戈被提拔为海滨县公安局副局长的那一年，冯英妹成了孙长戈的老婆。孙长戈二十六，冯英妹十八。冯婶觉得美中不足，女婿年纪偏大。冯师傅说，你就别挑了，长戈的老家远在北方，就是那个出梁山好汉的地方，他一辈子也回不了几次家，我们家就是他的家，你捡到个儿子呢。

国家对工商业进行社会主义改造，冯师傅的茶叶店并入了供销社，冯英妹成了商店副食品柜台的售货员。冯英妹除了上班，就是为孙长戈生养儿女。几年下来，生了两女一子。孙长戈不用操心，只顾忙他的工作，一切都交给冯英妹和她的父母。孙长戈不怎么关心那群小东西，有时候会突然叫不出他们的名字。冯英妹说，都是你给取的名字啊，你都不记得！大女儿叫孙党花，是孙长戈被提拔为公安局正局长的那一年生的；二女儿叫孙钢花，是孙长戈到外地参加炼钢大会战那年生的；大儿子叫孙梁山，因为孙长戈老家是鲁西南梁山县。这些名字取得的确很一般，当时也就张嘴一说，没有认真琢磨，孙长戈因此有些愧疚，笑着说，长大后你们自己改吧，我的名字也是后来改的。

冯婶还是觉得美中不足，私底下说，冯家人丁不旺，英妹要是再多生几个儿子，那就更好了。冯英妹给孙长戈传话，孙长戈心里惦记着工作，孩子多了自己也管不了，只是苦了冯英妹和她爹妈，就对冯英妹说，眼下家和国都很困难，过几年再说吧。没想到冯英妹偏偏又怀上了，生了个儿子。冯婶说，好了好了，不要再生了，英妹是“对子生”，再生又是两个女儿。农村把这种两女两男地生的叫“对子生”，一女一男地生的叫“插花生”。孕期的冯英妹营养跟不上，生下个儿子像猴子一样，三病四灾，一点也不省心，这引起了孙长戈的注意。看着瘦小的儿子，怪可怜的，刚强的孙长戈动了温柔之心，每天下班回来，他都破例要去看小儿子几眼，有时还抱一抱。

孙长戈说，给这个儿子取名字，不能再那么马虎，得仔细琢磨琢磨，可是琢磨了很久也没个结果。冯英妹说，早几年让你给孩子取名字，你张嘴就来，现在怎么难产了呢？比我生儿子还要难啊。孙长戈没辙，只好再一次采用给大儿子孙梁山取名字的方法，到自己的故乡去寻找灵感。老家鲁西南，没有什么值得炫耀的东西，只有两样宝贝，一是梁山好汉，一是鲁西黄牛。“梁山”给了大儿子，“好汉”和“黄牛”都不适合作名字，那就叫“鲁西”吧。自己寄身南国，心系北方故乡，希望这个儿子能长得像老家的鲁西黄牛一样健壮。尽管眼下还看不出这个瘦小的儿子跟健壮的牛有任何关系，但他坚信儿子将来一定会长得像黄牛一样健壮。

孙鲁西在家里排行老小，外公外婆、父亲母亲、姐姐哥哥，一家人都宠着他，从小就娇生惯养。小东西竟然喜欢安静，一个人躺在摇篮里，自己跟自己玩，还咯咯地笑，多来几个人围着他，他就烦躁不安，开始哭闹。孙长戈说，这个儿子长大可能没什么出息，哭哭啼啼像个妮子。原来是说再添个儿子，没想到又生个“妮子”。孙长戈就给小儿子孙鲁西取了个乳名叫“妮子”，上中学之前，家人一直叫他“妮子”。

孙鲁西从小就是个沉默寡言的人，饭来张嘴衣来伸手，在家里有母亲宠爱，在学校有兄长包揽。所以，他有很多的时间坐在一旁发呆，有时候还独自微笑，像见到了什么好东西似的。他也很少把自己沉思默想的事情跟别人分享，连哥哥孙梁山都不知道这个弟弟整天在想什么。孙梁山觉得，弟弟内心有一个巨大的空洞，隐秘且神奇，他独自享用，不对别人开放。孙梁山相反，对弟弟完全敞开，没有保留。孙梁山这样想着，心里不痛快，扬言黄昏不带他去海边玩，以此要挟弟弟。孙长戈对小儿子管束不多，唯有一条是非常严苛的，就是不得单独到海里去游泳，只有在哥哥孙梁山的带领下才可以去。

孙鲁西特别喜欢下海游泳，一天不下海，浑身不自在。有时候躺在海滩上，看着海鸟飞翔或者鱼儿游泳，他幻想自己是高飞的黑色的海鸟。盯着天空看，天空就变成了海，海鸟就像鱼在游泳。自己变不成海鸟，变成鱼也好啊。所以一下到海里，孙鲁西就有一种特别自由畅快的感觉，每一次都流连忘返。父亲规定必须跟哥哥一起才能下海，这件事就成了孙鲁西的软肋。孙鲁西只好向孙梁山服软。孙梁山问他，一个人躲在一旁想什么？看到了什么？孙鲁西很为难，因为他说不清楚自己在想什么。可是哥哥非要逼着他交代思想，他又不能不说。孙鲁西说，他闭眼就能见到一个很漂亮的地方，山清水秀，到处都是鲜花和果树，那里什么都有，什么都不缺，爸爸妈妈不用上班，姐姐哥哥和自己也不要上学，一家人天天在一起玩耍。孙梁山说，你真会做梦啊，谁都想不干活就有吃有穿呢，我还不想上学呢，你这是懒汉思想。孙鲁西之所以不愿意说出来，就是知道哥哥会笑话他。于是他又回到沉思默想之中去了，想象自己变成了一只黑色海鸟或大鱼，在天空和海水里飞翔畅游，鱼翔浅底，俯仰自如。孙鲁西心里美滋滋的，县城里的人却私下里议论，说孙县长的儿女个个都好，就是那个小儿子有点傻。

孙长戈做梦也没想到，自己会当上海滨县的县长，相当于“县令”吧？在过去都是要通过考科举才能当上的官啊！孙长戈自觉重任在肩，人民把一个三十多万人口的地方交给自己，除了全身心为人民服务，他没有别的能报答人民的信任。孙长戈越发拼命工作，早出晚归不着家，办公室里挂满了奖状和红旗。权力大责任大风险也大。这时候，“文化大革命”开始了，孙长戈是全县第一个戴高帽子游街的。想当年自己当儿童团员的时候，押着地主富农游街，现在轮到自己了。用家乡老辈的话说，叫风水轮流转。孙长戈认为，这种客观唯心主义的观念是错误的，但有时也歪打正着。他仔细反思自身，问题也的确蛮严重的，首先是沾染了资产阶级思想，吃饭穿衣喝茶越来越讲究，追求高质量，艰苦朴素的优良传统逐渐丢失。其次是地位变了，密切联系群众的工作作风也随着变了，下乡跟贫下中农同吃同住同劳动的日子越来越少，整天在会议室里开会。再次是大脑里残存着封建遗毒，迷恋多子多福、传宗接代、光宗耀祖，满足于小家的幸福美满，小农意识压倒了解放全人类的伟大理想。孙长戈一边劳动一边自我反省。

父亲孙长戈“靠边站”的时候，孙党花、孙钢花、孙梁山、孙鲁西姐弟四人一直辍学在家，天天躲在自己屋里不敢出门。冯师傅和冯婶决定领着他们到乡下老家去落户，六个人住到了离县城五六十里地的小山村，就是外公的老家冯舍村。那里看不到大海，也不能游泳，却有崇山峻岭和茂林修竹。孙鲁西整天跟着村里的孩子，到山里去放牛、砍柴、爬树、掏鸟窝，去插秧、割稻，去抬粪、种菜、摸鱼。孙鲁西觉得很快乐，跟泥土接近，像草木一样生长。在海水和天空之外，泥土和植被，也能让人流连忘返。等到孙长戈“解放”出来，四个孩子才重新回到了父母身边。孙鲁西一回家，第一时间就扛着心爱的泡沫救生圈，跟哥哥一起来到海边，重温四肢舒展和飞翔的感觉。

接下来的岁月，轮到孙长戈家里走运。县委汤书记，调地区革委会任副主任去了，推荐孙长戈顶替自己的老位子。孙长戈成了真正的一把手。接着又跟自己的战友、县武装部长刘有名结了儿女亲家，在县农机厂工作的大女儿孙党花，嫁给了刘有名的儿子刘猛军。下放到乡村去劳动的二女儿孙钢花，被贫下中农推荐到省医学院读书去了。两个儿子还在中学里读书。只是两位老人，当年领着孩子们去冯舍村落户，后来一直不肯进城，他们说山里安静，空气又好。这让冯英妹心挂两头。

孙鲁西渐渐长大。父亲孙长戈的出身，是标准的底层贫苦农民，后来成为革命者。孙长戈在填写干部履历表的时候，家庭出身栏填“贫农”，个人成分填“革命干部”。儿子孙鲁西在学校里填表，家庭出身栏里填的是“革命干部”，个人成分栏填“学生”。孙鲁西属于根正苗红的“红色贵族”。孙鲁西从小体弱，隔三岔五生病，三年级时还留了级。母亲说读书太辛苦了，读读歇歇好。孙长戈也说留级好，比同学大一两岁，不会挨打。

孙鲁西在这座海滨小城转眼间已经生活了十九年，这一年他高中毕业。身高是遗传了父亲，黝亮的浅褐色皮肤是遗传了母亲，瘦弱好像也是遗传了母亲，充满疑惑的眼神不知是遗传了谁。冯英妹对孙长戈说，儿子的眼神像侦察兵，是从你那里遗传过来的吧？孙长戈说，自己是对敌情敏感，儿子是对谁都敏感，有点敌我不分。冯英妹不接话，想起小儿子温柔的眼神，她的心都醉了。性格内向的孙鲁西在母亲面前并不内向，冯英妹知道儿子内外有别，便安慰孙长戈说，小孩子都这样，长大就好了。可是长大后的孙鲁西更加沉默寡言。冯英妹不认为这样有什么不好。孙长戈却有看法，自己十八岁就开始带兵打仗，在战场上叱咤风云，儿子都十九了，却成天眼神恍惚、躲躲闪闪，不像“正面人物”，我革命军人孙长戈的后代，怎么会长得像“反面人物”呢？更让孙长戈感到不快的是，儿子好像在故意拒绝自己。他经常对孙鲁西说，不要孤芳自赏，要走群众路线。父亲的批评并不奏效，反而使孙鲁西更加向内收缩，更忧郁孤僻。

躺在海边的沙滩上沉思默想，成了孙鲁西最大的爱好。孙鲁西特别迷恋鸟和鱼，迷恋到渴望自己也变成鸟和鱼。孙鲁西躺在海滩上仰面朝天，他发现蓝色的天空跟海水一模一样。飞翔在天空中的海鸟就像鱼在水中游泳。鱼就是海水里的鸟，鸟就是天空中的鱼。那些鸟和鱼联合起来，把人类和兽类夹在中间。人和兽其实很尴尬，既不能飞翔，又不能潜水，一生都被钉死在陆地上，囚禁在泥土里，上天会摔死，下海会闷死。人为什么不长翅膀呢？人为什么只有肺而没有鳃呢？想到这里，孙鲁西无奈地笑起来。有一次，语文老师提到庄子的《逍遥游》，“北冥有鱼，其名为鲲”，“化而为鸟，其名为鹏”。有同学就追问，它到底是鱼还是鸟呢？要从北海迁徙到南海，身长几千里的一条鱼，那还不转眼之间就游到了啊？为什么还要化而为鸟呢？老师见孙鲁西在微笑，就让他发言。孙鲁西一改往日的腼腆，突然大放厥词，他说鲲鹏和鱼鸟，本来就是一个东西。对于鸟翅鱼鳍来说，海水和空气也是一个东西，洋流和大风同样是一个东西，世上万事万物，都是无差别的、齐一的。只有破掉那些事物的界限，才能真正作“逍遥游”，只有破掉人心的界限，才能真正获得“自由”。老师惊讶地说，孙鲁西绝对是块学哲学的料！

孙鲁西记住了老师的话，觉得这是对自己沉思默想的奖励。炎热的夏季，海风的咸味沾满了脸颊和舌头。黄昏的海滨，孙鲁西沉浸在幻想中。上午刚收到来自省城 A 大学哲学系的录取通知书，能到大学里去学习哲学，去窥探人类智慧的奥秘，去探究灵肉和心物的玄机，这让孙鲁西心里暗生欢喜。只是此刻没有人分享他的喜悦，孙鲁西只好给大哥写信倾吐心声，说自己迷上了一棵不结果的树，或许会终生躺在智慧的绿荫下，饥肠辘辘，苦中作乐，说大哥选择了商贸专业，时髦吃香，父亲也很高兴，期待哥哥暑假早点回家，一起到海里去戏水畅游。

恢复高考就考上了省商贸学院的大哥孙梁山，暑假计划跟同学结伴去青海旅行，可能的话还要去黄河源头卡日曲。他回信给弟弟，约定兄弟俩开学后在省城见面。孙梁山支持弟弟填报哲学专业。孙梁山说，居然喜欢务虚，那就干脆务虚到底，学理科就去研究理论物理，学文科就去研究哲学。孙梁山说自己属于务实型的人，所以就干脆务实到底，选择了商贸专业，打算毕业后去开公司挣钱，资助务虚的弟弟。

父亲孙长戈不赞成孙鲁西填报哲学专业。他认为那玩意儿太玄乎，离现实比较远。年轻人应该培养直面现实的勇气，培养善于、敢于、勇于实践的能力，而不是胡思乱想、举棋不定。孙长戈说，自己年轻的时候就不懂哲学，凭着一股子青春热血在战斗，凭着朴素的阶级感情在工作，结果把日本人和国民党都赶跑了。等到成了一县之长，才觉得自己思维不够辩证，缺少哲学头脑，应该补一补马克思主义哲学课，要用哲学思维去指导管理实践。孙长戈认为，哲学当然应该学，也值得学，但对一般人而言，用不着专门去学它，把它当成自己的专业或者职业，就更不对了。别看伟大的导师马克思终生都在研究哲学和政治经济学，要是没有战友恩格斯的资助，那他的日子也够呛。再说了，我们老祖宗说的三十六行里面也没有哲学这一行啊，他担心的是，孙鲁西以后去干什么。孙长戈的言下之意是，领导在思考更复杂的问题时才需要哲学，一般人只要实践就行了，整天想这想那，只能徒添烦恼。孙鲁西心里一大串反驳的声音，但没有说出来。他坚持填报哲学专业，最终如愿以偿。

离开父亲的严苛和母亲的溺爱，独自一人出门去省城求学，对于孙鲁西来说，也是另一种游鱼入海，或者鸟翔云端，他心里充满期待，期待一个人独自出门闯荡世界，像一位远行的壮士。就在孙鲁西躺在海滩上企盼着开学的时候，父亲孙长戈也接到了省里来的命令，让他立刻到省委组织部去报到，党给了他新任务。孙长戈就像部队开拔前夜一样激动。他对孙鲁西说，县里已经安排了一辆吉普车，送父子俩去省城。可是，谁愿意跟父亲一起出远门啊？好不容易熬到了可以独自一人出门的时候，命运又派人来监督他。母亲却欢喜地说，正好，正好，儿子去读书，路上有伴了。

父亲让母亲先在家里候着，等他去打前站侦察一下，过一阵再来接她和大部队。母亲说，哪有什么大部队啊？你和两个儿子一个女儿都在省里，大部队跟着你的，我的小分队只有我和党花两个人。我还在寻思，不打算跟你去省里，我舍不得党花，把她一个人丢在这里，我父母他们还在冯舍村，一家人分开好几个地方，东一个西一个，就好像把我的心掰成了好几瓣啊。说着，母亲冯英妹撩起衣襟擦眼泪。孙长戈见不得眼泪，赶紧劝慰冯英妹，说，哎哟，又是儿女情长，这还怎么干革命啊！我从胶东半岛打到沈阳，又从天津、北平打到南海边上，多少年没有回过家乡？世事总是难以两全其美嘛。等咱们在那边安顿好了，再来把他们统统接过去。

在海滨县通往省城的公路上，一辆草绿色军用吉普，沿着海岸线自东向西疾驰，路旁的鱼尾葵和芭蕉林从眼前掠过。原海滨县委书记孙长戈坐在前排司机旁边。他儿子孙鲁西坐在后排。吉普车在公路上颠簸。孙长戈两眼警惕地盯着窗外，留意从眼前掠过的每一个细节，还是侦察兵时期的习惯。司机焦师傅跟孙长戈有一句没一句地聊着。焦师傅说，孙书记把青春都献给了海滨人民，突然就调走了，大家都舍不得。孙长戈说，是啊是啊，我也舍不得海滨人民呢。焦师傅说，孙书记好福气，儿女成行，个个都有出息，孙书记好运气，自己高升到省里，儿子又考取了省里的名牌大学，双喜临门啊。焦师傅扭头看了孙鲁西一眼说，以后孩子就在大城市里生活了，再也不用生活在我们小城镇里了。孙长戈心里想，这位司机同志，张嘴福气，闭嘴运气，还迷信城市，歧视农村，完全是“封资修”那一套，要是儿子孙鲁西这么说话，就要严厉地批评他。此刻，孙长戈也只能笑着说，哪里哪里，焦师傅客气，都是托党和国家的福，走改革开放的运啊！

听着前排两个人推心置腹语重心长逻辑混乱的官腔，坐在后排的孙鲁西只能作昏昏欲睡状。孙长戈回头看了孙鲁西一眼，好像要说什么，见儿子在睡觉，只好把要说的话又咽了回去。孙鲁西觉得这样很好，自己用闭眼睛来让父亲闭嘴巴，就是以静制动、以沉默对聒噪、以柔弱对刚硬的战术。

到达省城后，父子二人直接入住省委招待所一个带套间的双床房。离开家的父亲跟在家的父亲不一样，孙长戈要承担父亲和母亲的双重角色，一边试图修正孙鲁西的思想，一边悉心照顾孙鲁西的生活，有时候还轻声细语，想给孙鲁西一点温存。孙鲁西一直跟父亲保持距离，能不说话就不说话，即使聊上了，也像挤牙膏，挤一点出一点。

孙长戈去省委组织部报到回来，一脸不高兴，说原以为是到省公安厅工作，没想到是到省农业厅工作。G 省的确是一个农业大省，但是最近几年有了重大变化，就是利用东南沿海的特殊地理位置，逐步向工业和商贸大省转型，农业的地位正在急剧下降。在县里工作的时候，对农业自然有一定的了解，但孙长戈最在行的还是公安政法领域，感兴趣的还有工商财贸领域。对于让他担任农业厅长的安排，他有些抵触情绪。要不是革命纪律的约束，他真想打道回府。孙鲁西不接话，知道父亲也就说说而已，他从来就是服从组织安排的人，而且他还会越干越欢，直到干成那个领域的行家里手。孙长戈知道儿子对这些话题也不感兴趣，一个人坐在那里抽烟生闷气。

离开学还有些日子。大哥旅行没有回来。跟父亲同居一室让孙鲁西感到不自在，他给在郊区医院工作的二姐打电话，说想过去玩。孙钢花便进城来看望父亲，顺便把弟弟接到她那里去小住。几天之后，父亲打电话给孙钢花，让她叫孙鲁西赶紧进城，说要搬家。孙长戈分到了省委宿舍大院内一套五室两厅两卫的房子，外加一个储物间和地下车库。搬家之后，孙鲁西有了自己独立的房间，好像从囚禁中解放出来，他可以随意地活动，读书、写字、遐想、发呆、熬夜、睡懒觉。

孙鲁西在地图册上找到了标示家乡的那个小红点，那个距离 G 省省会 G 市几百公里的东部海滨小城，那个跟自己的童年和少年时代断骨连筋的故乡。小红点在他眼前渐渐地变大，他看到了熟悉的街道，低矮的房屋，自己家的独门院落，妈妈操劳的身影。他看到家乡的海滩和飞翔的渔鸥，躺在沙滩上做梦的少年。

第二章

●

原本安静的校园被喧哗声淹没。树林深处的鸣禽噤了声。正午时分，巨大的建筑张开嘴巴吐出一堆堆人。他们潮水一样哗啦啦地涌向食堂和宿舍。嘈杂声好像是从那些紧闭的嘴巴里传出来的，悬浮在头顶上的空气里嗡嗡作响。孙鲁西以为自己耳鸣，用手掌在耳朵上压了几下，嗡嗡声更响了。他背着书包夹在人流之中，像被海浪推着的浮标，身不由己地往前移动。周边传来的笑声和辩论声，像空中吵架的鱼鸥。孙鲁西有些紧张，单薄的身板儿不敢乱动，以免引人注目，只能随波逐流往前漂移。

孙鲁西突然被挤出了人流，脱离了那股无形的推力。人潮继续向前涌去，孙鲁西却像一只被抛在海滩上的贝壳。人行道边缘的草地上，无名的杂色小花在阳光下闪闪烁烁，像海滨沙滩上的云母。故乡的记忆像宁静的图画，海鸥在蓝天飞翔，跟远处漂移的白帆、附近山坡上裸露在阳光下的灰白色岩石，浑然一体。但孙鲁西鼻子闻到的，却不是新鲜鱼腥和海水的咸味儿，而是阳光曝晒下榕树根须腐烂的气息。抬眼看遮云蔽日的榕树，枝条变成了树干，一棵树就像一个小树林。

脱离人群推力场的孙鲁西，又回到了自己的思路之中。上午的“哲学导论”，属于专业启蒙课。主讲教授系主任王明焸，课讲得不错，就是喜欢自吹自擂，每次上课都要花费不少时间，先讲他自己在学界的影响力，再讲他的导师和师爷的故事，炫耀自己的学术出身。王明焸尖细的湖南口音又在孙鲁西耳边响起，天马行空，旁征博引，内容闻所未闻，令人大开眼界。孙鲁西被王明焸教授领到一个宽阔又混沌的思想领地，人类的思想议题和精神空间如此深邃无边，让孙鲁西既兴奋又恐惧。是空旷感和自由感带来的兴奋，是空虚感和混沌感带来的恐惧。

几年前的一个黄昏，孙鲁西躺在故乡的海滩上，仰面朝天凝视星空，追问地球之外、太阳系之外、银河之外是什么。无边的太空的边缘在哪里？边缘之外，再之外，又是什么？想着想着，他感到自己变成了一粒尘埃，飘浮在无边的虚空之中，没有着落，心中生出了万分的恐惧，他突然哭起来。哥哥孙梁山说他这是典型的“杞人忧天”。其实孙鲁西倒不怕天塌下来，而是怕自己掉进无底深渊。这种无依无靠的空虚导致的恐惧感，有时候也会出现在梦里：高耸入云的山巅，周边飘浮着一团团球状乌云，脚下是黑暗的深渊，山顶光滑浑圆且窄小，随时都有堕入无底深渊的危险。孙鲁西经常从这种噩梦里惊醒，他一方面心存侥幸，自己还踏踏实实地躺在床上，一方面又感到遗憾，未能进入黑暗的深渊去探个究竟。探明那深渊的真相，难道需要粉身碎骨？

孙鲁西还沉浸在“哲学导论”课给他带来的惊喜中。他不想现在就去食堂，他想把课程的内容消化一下。A大学的校园，原来是基督教长老会创办的一所大学的旧址。中央椭圆形大草坪的东北角，有一幢哥特式的建筑，那是老校的礼拜堂，现在成了文史哲三系的办公楼。A大学有“建筑博物馆”之誉，这是它的骄傲。中央草坪西边是最大的教学楼，巴特农神庙式建筑，高大奢侈的廊柱，威严而无趣的空间。一条鹅卵石铺就的小路向西南方的树林里延伸，一排东方庭院式的建筑是各院系的办公楼，红砖碧瓦隐藏在大叶榕和木棉树深处，寻常看不见，偶尔露峥嵘，树丛的缝隙中可见钩心斗角的飞檐，鬼鬼祟祟的，给人一种神秘感，进到内部却有温馨的感觉。最引人注目的还是那幢哥特式的小型礼拜堂，远远就能见到三个直冲天空的尖顶，宽阔的大理石基座，稳妥的台阶，圆形门窗的彩色玻璃上，绘有各种几何形状的花卉图案，让你想跟它亲近。

文史哲三系，是A大学的又一骄傲，学脉悠远，名师荟萃，随便一位老师说起自己的学术传承，追根溯源就追到梁启超、王国维、章太炎、吴文藻、冯友兰那里去了。这是二十世纪二十年代末积攒下来的老底子。据王明烺教授自己说，他导师的导师，就是梁启超的学生。后来在王明烺的嘴里，慢慢地就变成“我导师梁启超”。坐在旁边的一位穿蓝色背带工装裤的女生小声说，他有那么老吗？梁启超的学生？那还不七老八十了？他干脆说“我导师孔丘”“我师兄颜回”得了。有人说王明烺之所以当上了系主任，还真的跟他是名师传人有关，好像不给他当系主任，就对不起他导师的导师的导师梁启超。

孙鲁西不关心这些，他的耳朵有一种自动屏蔽功能，将废话挡在外面，无论是讲台上王明烺教授的废话，还是旁边女同学的废话。他的耳朵只接纳自己认为值得听的话。孙鲁西绕着中央大草坪转圈，边走边幻想，两次撞到行人身上，其中一次撞了女同学，撞得她大呼小叫。孙鲁西抬头一看，是那位穿蓝色工装背带裤的女同学。他连忙道歉，接着在尖顶塔楼前面的草地上坐下来，从书包里掏出课堂笔记翻阅，又沉浸到自己的冥想之中。按王明焜教授的说法，世界不是空无和虚空。世界是物质和运动。世界是必然王国也是自由王国。孙鲁西置身于人群之中的时候，被一股外力推着前行，相当于置身在必然王国中。自己突然偏斜横行，跳出了人群推力的控制，置身于空旷的场所，相当于进入了自由王国。可是，横行的力量来自哪里？要么是自己的意识，是自觉的，要么是不可知的神秘力量。孙鲁西对后者很感兴趣，神秘外力的突然介入，将他从一种状态推到了另外一种状态。

这种突然的横行，是不是王明焜教授所说的“原子的偏斜运动”？王明焜教授提到古希腊哲学家伊壁鸠鲁，提到古罗马诗人哲学家卢克莱修，还特别详尽地讲到了马克思的博士论文，让孙鲁西茅塞顿开。物质世界由原子组成，原子因自身的重量而做直线运动，这是古代哲学家所描述的必然王国。原子摆脱直线的限定做“偏斜运动”，伊壁鸠鲁说这就是“自由”的基因。卢克莱修说，原子不被直线运动所限定，而是突然开始偏斜和撞击，就摆脱了“命运的束缚”，由此开启了世界的创造性。在博士论文中，马克思高度赞赏了伊壁鸠鲁和卢克莱修的观点，并认为原子的“偏斜运动”将自身从“直线运动”的必然性中解救出来，从而打破了“决定论”的束缚，将自身从“直线的必然性”中解放出来而获得自由，就好比善是对恶的逃避，快乐是对痛苦的消除。

王明烺说，伟大的导师马克思真是了不起啊！他不但具有最纯粹的德国式的哲学思辨力，而且开创性地在自然哲学和精神哲学之间架起了桥梁。马克思曾经引用伊壁鸠鲁的话说："你必须为哲学服务，你才可以获得真正的自由。"王明烺说得激情昂扬，学生们都听得提心吊胆，生怕王明烺说自己是马克思的学生，说马克思就是他的导师。如果王明烺真的说"我导师马克思"，也没有人敢去纠正他，因为马克思是所有人的导师嘛，就像孔子一样，谁挂在嘴巴上说，谁就占便宜。多数人都像孙鲁西一样腼腆，不好意思占便宜。孙鲁西连自己的干部家庭出身都闭口不提。

孙鲁西还在消化王明烺教授所讲的内容。自己脱离人群推动力做横向运动，不就是一种"原子的偏斜运动"吗？它激活了沉睡的"自我意识"，同时也是对"自由意志"的肯定。孙鲁西突然发现，自己原有的所谓缺点，都变成了特立独行，都具有了正确的哲学依据，他内心里产生了一种幸福和宁静的感觉。他不觉得哲学像他父亲所说的那样，玄乎又远离现实，不是的，哲学就在自己身边，就在生活里面。哲学不仅是一种知识，甚至不仅仅是那一种智慧之术，更应该成为一种人生修养。

开学后孙鲁西就没有回过家。母亲还在海滨老家那边没过来。父亲刚履新，尽管对新职务有些不满，但一上任，他就像听到号令一样，立即冲锋陷阵，一鼓作气，直到把“目标”拿下才罢休。母亲经常提醒父亲悠着点儿，工作和生活一样，都要细水长流，父亲根本听不进去。孙鲁西觉得，父亲孙长戈的一生，尽管也做出了不少成绩，但都是跟着大家一起走，在人群之中随波逐流，终究是一种“原子的直线运动”，而从来都不曾有过“原子的偏斜运动”。父亲孙长戈唯一的一次“偏斜”，就是把比他小很多岁的冯英妹也就是孙鲁西的妈妈骗到了手。孙鲁西发现，父亲就是一个“原子直线运动”的典型。母亲正好相反，她的一生，她的一举一动，都是“原子偏斜运动”的楷模。父亲好像创造了很多，但也破坏了很多，其实妈妈才是创造之神，她创造了我们这些儿女，创造了这个家和生活。妈妈更是自由之神，她温柔的微笑和从内心深处涌出的爱，都是自由的表征。想到这些，孙鲁西突然有回到妈妈身边的冲动。

文科办公楼顶的尖塔里传来钟声，钟楼原本用于早中晚的祷告，现在闲置在那里。一定是有人爬到钟楼里嬉戏，碰响了大钟。看门的老头在喊叫，催促撞钟的人赶紧下来。紧接着，两个女生从楼里跑出来，伴随着她们的惊叫声。跑在前面的，就是孙鲁西刚刚撞到过的穿蓝色工装背带裤的女同学，后面是一位穿蓝灰色劳动布喇叭裤配短袖衬衫的女生。她们跑到草坪上，往地上一滚，一边哈哈大笑。穿工装背带裤的女生笑得在草地上打滚，还大喊说肚皮抽筋了。不小心撞响挂钟，被看门老头赶了出来，有那么好笑吗？唯一的解释就是，侥幸逃避了惩罚，以及犯禁带来的刺激。孙鲁西尽管有些纳闷，还是被女生的笑声感染，也跟着笑起来。笑声激活了孙鲁西体内沉睡的活力，他也有躺倒在草地上打滚的冲动。

笑声突然停止了，两双大眼睛警惕地盯着他。孙鲁西只好也收起笑容，朝她们微微点了一下头，然后手足无措。孙鲁西只接触过三个女人：妈妈和两个姐姐。如果说姐姐就像妈妈一样的话，那么他就只接触过一个女人，那就是妈妈冯英妹。中学里也有女同学，但他好像没什么印象。平生第一次突然面对两个陌生的女人，孙鲁西没有一点准备。他的第一反应，就是要像鱼鸥一样飞走。

工装裤女生眨巴着调皮的大眼睛打量他，也朝他微微点了一下头。孙鲁西很想对两位女生说："你们好！"但这句话卡在喉头出不来，他嘴唇动了几下，像池塘里口渴的鱼在张嘴巴。工装裤女生又哈哈哈大笑起来，喇叭裤女生也跟着笑起来。孙鲁西窘迫万分，站起来就走。他的课堂笔记本落在草地上。工装裤女生将笔记本捡起来，第一页上画着一只兽头鱼身展翅欲飞的大鸟，旁边还画着几个长发的女性头像。工装裤女生依旧在笑，她照着封面上的名字高喊，孙鲁西，你的怪鸟！孙鲁西回头一看，女生手里举着自己的笔记本，连忙转身回来取，他说了声“谢谢”，就落荒而逃。

事后孙鲁西反思：我为什么要逃跑呢？难道她们会把我撕碎吃掉吗？当然不会。但是在当时那一刻，孙鲁西的条件反射就是逃跑。工装裤女生的眼睛，像一把剪刀对准他，发出咔嚓声。她诱人的嘴唇一开一合，管控着一个无底深渊，要把你连人带魂吸进去。想到这里，孙鲁西又自嘲地笑起来。他甚至有些想再次见到那女孩，但他随即否定了这个想法，因为她看到他笔记本上的涂鸦，鱼身兽首大鸟和女性头像，就好像看到了他的底裤和裸露的“自我”，孙鲁西脸都红了。

睡觉前躺在床上议论女生，是男生宿舍的保留节目。孙鲁西所在的第八宿舍107室更是如此，因为宿舍里住着包海苏和张千颐两个年纪大的同学。他们的生活方式和风格，跟孙鲁西和其他几个年纪小的应届生构成巨大的反差。包海苏和张千颐都是知青出身。籍贯北京的包海苏，是从西双版纳勐海县一个哈尼族寨子里考出来的，初恋情人返回京城之后就跟他分手了。张千颐家在本市，老家是海南的，父亲好像在省委什么部门工作。张千颐在海南岛割了八年胶，考上大学之后，还跟农场里的一位割胶姑娘藕断丝连，但据说是凶多吉少。张千颐想当作家，志愿填的是中文系，却鬼使神差地进了高深莫测的哲学系。两位大哥比孙鲁西这些应届生大八九岁，跟小同学比，他们记忆力弱，但理解力强，人生阅历丰富，什么理论都能往自己的经历上扯，是“经验主义”的信徒。包海苏和张千颐经常对几位小同学进行睡前人生启蒙。

通过张千颐，孙鲁西知道工装裤女孩名叫沈歌旗，原本不是哲学系的，是从数学系转过来的，她转系的理由是，喜欢跟人打交道，不喜欢跟数字打交道。数学系的录取分数线要高于哲学系，又是理科转文科，学校教务处很快就批准了。另一位影子一样跟着沈歌旗的女生，名叫许纯艺，中文系的，据说也想转到哲学系来，教务处没有批，让她到哲学系旁听。沈歌旗和许纯艺是扬州老乡。俗话说，“柳州的棺材苏州的伞，扬州的女人不用拣”，所谓“春风十里扬州路”啊，随便一个都好。

包海苏是一个说起女人就眉飞色舞的人。他爬起来靠在床头上，点燃香烟嗞嗞地吸着。他说沈歌旗和许纯艺，是两种最基本的女人类型：一个外向开放一个内敛收缩；一个先声夺人一个后发制人；一个适合谈恋爱做情人，一个适合过日子做老婆；一个热情似火，但过不了几年就熄灭了，另一个冷淡淑女，越过越跟你情深意长。包海苏认为，有本事的人就应该先跟沈歌旗谈恋爱，然后再跟许纯艺结婚。张千颐嘲笑包海苏，说他是一厢情愿外加典型的“空想社会主义”。

包海苏继续沉浸在他的空想之中，一口气把全班的女生点评了一番，根据五官和身材逐项打分排名。在脸蛋和身材所占分数的比例上，包海苏跟张千颐有分歧。包海苏主张脸蛋身材三七开，张千颐正好相反。孙鲁西和几位年纪小的，都支持张千颐的观点，认为不但要看脸蛋，还要看眼睛，所谓相由心生云云。包海苏有些恼怒，说，你们这些小子瞎起哄，你们懂什么？从妈妈怀里钻出来才多久啊？你们对女人的认识都是幼稚可笑的。

张千颐说，包海苏迷恋身材和肉体这一点，从“空想”又变成了“庸俗唯物主义”。其实并没有谁排斥身材，但眼睛更重要，当然也不是眼睛大就一定漂亮，牛眼睛大呢。眼睛里有光才漂亮。这种光，是可遇不可求的，同时又是需要激活和唤醒的。张千颐说，女人就像昆仑山上的玉原石，需要采玉的胆识，更需要攻玉的技巧。古人云，“采玉上山巅，探珠入水府”，你畏首畏尾，胆小如鼠，永远也不能与好的玉原石相遇。有了好的玉原石，还需要高超的攻玉技术，才能把玉琢磨成漂亮的玉簪头饰。

孙鲁西感到疲乏和困倦。他不确定是自身的状态导致的疲乏，还是张千颐和包海苏的话让他困倦。两位年纪大的同学，在生活的酱缸里摸爬滚打多年，经常让宿舍里充满一股浓郁的陈年腐乳气息。他们有些话，孙鲁西并不完全明白，但言辞中夹杂着很多粗俗的向下坠落的信息，让迷恋飞翔的孙鲁西产生不适感。孙鲁西有自己的想法。他认为世界上的女人只有两种类型：一类是熟悉的女人，像妈妈和姐姐，是他一生的依恋和家园；还有一类是陌生的女人，像他在中央草坪遇到的两位女生，那是迷人的诱惑和可怕的黑洞。让陌生的女人变成熟悉的女人很难！那陌生女人的笑声，好像又从草地飘过来，在四周弥漫。半梦半醒中，孙鲁西像一只受惊的鸟向上飞起又俯冲下来，在半空中盘旋，跟陌生女子的笑声纠葛在一起。腾飞的意志跟笨重的臭皮囊争斗着，让他在飞升和堕落之间上下翻飞，慢慢地坠入梦乡。

午后的校园，孙鲁西又沿着大草坪踟蹰而行。他希望再一次遇见那两位女生，沈歌旗和许纯艺。上午他在宿舍对着镜子练习，从身体和心理两个方面为再次邂逅做充分的准备。

“你好！沈歌旗同学。”“谢谢你同意跟我一起散步，谢谢！”此刻，孙鲁西想象着沈歌旗迎面走来，他会立刻勇敢地迎上去，向她问好，并邀请她到林荫道上去散步。他选择的是西南边树林里的鹅卵石小路，那里比较幽静。

然而，沈歌旗的出现，不是像孙鲁西所预想的那样迎面走来，而是一个远远的背影，跟她肩并肩的男子，正是包海苏。孙鲁西大脑瞬间空白，他放慢脚步跟着走了一段，拐到另一条路上去了。孙鲁西很苦恼，不知道包海苏跟沈歌旗到底是什么关系。两天后，又遇到包海苏跟女同学在林荫道上散步，这次不是沈歌旗，而是许纯艺。孙鲁西悬着的心放了下来，同时他又感到烦躁，还有懊恼。为什么包海苏想跟谁散步就跟谁散步？为什么自己的愿望一直处于空想阶段？看来空想家不是包海苏，他不仅敢想，而且敢做。真正的空想家是自己。

这几天，妈妈办完提前退休手续，来G市团聚。鲁西跟钢花和梁山姐弟都回家过周末。分别几个月的父母儿女又见面了，只缺老大党花。妈妈盯着孙鲁西看了半天，说还是那样，没有变，就是心思重了。钢花说，弟弟打小就喜欢胡思乱想，现在要做哲学家了，那心思还不更重啊？钢花吩咐弟弟，多想想自己的事，别人的事少管。父亲说，别人的事情能管好也不错，就怕不切实际管不好，瞎操心。哥哥孙梁山说，你们都在说什么呢？人家鲁西操心的是全人类的事，是未来的事，你们说的全是油盐柴米的俗事。

提到食物，身为农业厅长的父亲自认为是权威。他接过孙梁山的话头说，考虑未来的事情？那也得首先考虑吃饭穿衣问题。别看现在是改革开放的年代，大家好像都热衷于工商贸易，但粮棉油依然是重中之重。就算达到了共产主义，粮棉油问题也不能放松啊。共产主义，只不过把“按劳分配”改为“按需分配”嘛，大米白面地瓜随便选嘛，社会分工也自由一些嘛，种地的人同时也可以是做工的人，甚至还可以担任领导人，但我担心的是，大家都争着去当领导人，没有谁愿意做农人和工人，那就麻烦，又得搞回计划经济，你们说是不是？说着，他看了孙鲁西一眼。

孙鲁西不想跟父亲讨论问题，但不理也不行，便小声嘀咕说，没有粮棉油是会死人，只有粮棉油也跟死了差不多。父亲说，所以说嘛，要一手抓物质文明建设，一手抓精神文明建设，两手抓两手都要硬啊。妈妈冯英妹说，你们就少说几句吧，鲁西在学校里要跟老师说，要跟同学说，整天说，已经很辛苦了，回家来就让他歇着，不要再讨论这些事。孙鲁西问妈妈，党花在那边怎么样？我们大家在一起，大姐一个人在海滨，很孤单啊！妈妈一听，又掏出手绢擦眼泪，说鲁西就是心细心软，还惦记着姐姐，等放了假，你们兄弟就回海滨，去陪陪党花吧。

鲁西和梁山住一间屋子。极端务实和极端务虚的一对兄弟，彻夜长谈。孙梁山说他不想读书，想赶紧跟女友一起到社会上去，趁热打铁，注册自己的公司，要不钱都被别人赚完了。孙梁山还说，弟弟才是读书的料，自己要赚很多钱，支持弟弟读书，支持弟弟做书呆子。孙鲁西很感动，不知说什么好。哥哥竟然把书呆子当褒义词。孙鲁西担心自己真的变成了呆子，书也没有读好，那样的话，书呆子就真的成了贬义词。

回到学校，孙鲁西把从父亲那里拿来的香烟，分送给宿舍里两位年长的同学。张千颐和包海苏的牙齿、手指都被香烟熏黄了，很有年代感的样子。特别是在思考和辩论的时候，他们吸烟的样子很迷人，先是锁着眉头，使劲往嘴里吸，接着发出咝咝的声响，让烟往肺里去，然后又从两个鼻孔里喷出来。宿舍里烟雾弥漫，思想仿佛变成了缕缕青烟在头顶上飘荡。包海苏和张千颐聊天的时候，孙鲁西插不上嘴，只能当听众。他们的谈话总是那么具体新鲜，像讲故事一样，哲理是附着在故事上的。阅历单一的孙鲁西觉得，自己说话没有什么内容，总是离不开书本里的那些概念，显得特别苍白无力。

孙鲁西决定开始抽烟。刚开始的时候，伴随着剧烈的咳嗽，肺都快要爆炸，慢慢地就习惯了。两位年长的同学，本来并不想跟孙鲁西多聊，奇怪的是，孙鲁西锁着眉头吸烟的样子，仿佛成了进入谈话的通行证，能够顺利深入话语现场。在乡下生活了近十年的张千颐和包海苏，不但是烟鬼，还是酒鬼。他们喜欢晚上喝酒，趁小同学们去图书馆了，他们就在宿舍摆开阵势，廉价烧酒配盐水花生和咸鱼干，越喝话越多。包海苏讲哈尼村寨里的故事，讲边寨的祭神仪式，讲唱歌跳舞的哈尼姑娘。张千颐讲农场的故事，讲他那位还在农场里割胶的姑娘，讲到人的恩情和负义，情到深处便默默流泪，泪珠滚到装酒的搪瓷茶缸里。他们有回忆和怀念，也有自怜和喟叹，更有命运感和深深的无奈。包海苏说，三段论和范畴史，在人类的遭遇和命运之中，是没有温度和颜色的。张千颐说，他的志向不是哲学家，而是作家，希望自己能写下这一切。

张千颐和包海苏不喜欢去图书馆，喜欢在宿舍里抽烟喝酒闲扯，等夜深人静才开始读书。张千颐和包海苏讲他们下乡的故事，孙鲁西是忠实的听众。孙鲁西想到自己从小养尊处优，而两位兄长跟自己同龄的时候，却背井离乡去独自谋生，辛苦劳累且孤苦无援。孙鲁西从包海苏或张千颐手里，接过装酒的搪瓷茶缸，仰头喝一大口，也跟着他们一起感伤叹息。刚开始的时候，包海苏和张千颐的故事的确很新鲜，也很感人，但听多了就习以为常。故事还是那些故事，感人之处也还是那些，筋骨劳苦、忍饥挨饿，求不得、怨憎会、爱别离，重复几次之后就哭不出来了。其实想哭的情绪并没有消失，甚至更强烈了，某种悲情还在内心里痛苦地翻滚，在胸腔里或者血液中涌动，就是出不来。于是就喝酒催泪。喝到九分醉的时候人最脆弱，稍稍煽一下情，就会号啕大哭，但多搞几次也不行，最后从体内出来的不是眼泪，而是食物和胆汁。

孙鲁西发现了经验的局限性。见多识广的老大哥张千颐和包海苏，自然有经验上的权威性，但这种权威性也不是永久的，会随时变化。当经验和故事变得陈旧的时候，权威性就会消失。如果想继续保持讲故事的权威，要么改变说话方式，这需要语言天赋，要么补充新鲜故事，这需要想象力。这些都不是哲学系学生包海苏和张千颐的强项。实在没话可说的时候，两位兄长就鼓动孙鲁西，让他也来讲一讲，不要只是当听众。孙鲁西说，自己讲故事的能力很差，关键是跟两位大哥相比，自己的生活经历简单，无趣，无聊，根本没什么可讲的。他说自己就是一个造肥工厂，每天吃喝拉撒而已。

张千颐说，大家都一样，都是一台造粪机器。但那不过是生命的一半，是肉体这个臭皮囊工作的结果。生命还有另一半，就是精神运动，思维和想象，理性和非理性，希望和梦想，是灵魂工作的结果，它看不见摸不着，但它的重要性跟可见的物质世界相比，丝毫也不逊色。我们不但是造粪机器，还是造梦机器。

说到“造梦”，孙鲁西内心一阵战栗。那完全是另一个世界，跟眼前这个俗世好像有些关系，其实关系并不大。没有人知道梦的世界里究竟是什么。我们听到的“梦”和我们说出来的“梦”，都有造假的嫌疑，那不过是别人愿意听到的“梦”，或者你愿意说出来的“梦”，而不是真正意义上的“梦”。即使像曹雪芹那样的语言大师，也不可穷尽梦幻世界之万一。在他的“贾宝玉神游太虚境，警幻仙曲演红楼梦”一回，且不说无边无际恍兮惚兮的“太虚幻境”，就连贾宝玉的“红楼一梦”也难尽数写出。贾宝玉所见（美颜）、所闻（妙音）、所触（灵酒仙茗）、所感（云雨），不过是“梦幻”的冰山一角。梦境中的大部分情节，都是不可公开示人的秘密，比如警幻仙姑秘授之事。

想到这里，孙鲁西的脸腾地一下红了。他想到沈歌旗。但他甚至已经放弃了跟沈歌旗单独见面的打算，只要远远见到沈歌旗，孙鲁西就连忙绕道避开。包海苏几次邀请沈歌旗宿舍的同学到他们107室来搞联欢，孙鲁西都找借口避开了。他越是想避开，沈歌旗的笑脸和声音越是像刻在脑子里一样，时不时地浮现出来。这让孙鲁西感到特别糟心。他甚至采用打坐的方式，一边吐纳冥想，试图遗忘意念之中的沈歌旗，但效果都不理想。

这种状况一直延续到同宿舍两位兄长公开恋情：张千颐跟沈歌旗一对，包海苏跟许纯艺一对。孙鲁西吃惊懊恼之余，极力让自己内心的风暴慢慢平息下来。他开始全身心地沉浸到读书和思考之中，徜徉于自由想象的世界。他日夜泡在图书馆里，跟人类最优秀的大脑相伴：老庄孔孟董仲舒、程朱张陆王阳明、苏格拉底柏拉图、谢林康德黑格尔，偶尔还跟先贤们发生争辩。他平时不怎么说话，一旦开口，那些暗暗地跟先贤们争辩的语句，就奔涌而出，像黄河决堤似的不可阻遏。隔三岔五的演讲和宣泄，让孙鲁西感到满足。这符合精神分析学所说的“力比多”转移。

有一次偶尔的机会，授课老师临时有事，让班长张千颐主持讨论课。孙鲁西突然站起来发表演说，主题是关于“灵魂”。孙鲁西说，对于“灵魂”和“肉体”的思考，是哲学史上一个古老的难题，让人敬而远之，但其实也很简单，你只要把它们想象成相反的东西就行了。肉体粗重污浊，灵魂恰恰相反，它轻盈澄澈。肉体是个有重量的臭皮囊，灵魂恰恰相反，它没有重量。沉重的肉体堕落在地面上，痛苦地爬行，灵魂则轻盈地在天上自由飞翔，不受地球引力的限制，就像我故乡海边的渔鸥。肉体有大小，它的体积占据一定的空间，灵魂恰恰相反，它没有大小，或者可大可小，既可以无影无踪，也可以弥漫在整个空间里。肉体有自己的命运，有的长寿，有的短命，总之它的时间有限，“生年不满百，常怀千岁忧”，而灵魂恰恰相反，它不受时间限制，与天地同寿，和日月同辉。灵魂是不死的，永存的，不朽的。活在世上的人，要同时对自己的肉体和灵魂负责。

沈歌旗带头鼓起掌来，让孙鲁西有些吃惊，进而喜出望外，他接着说：

齐生死、同物我的道家认为，物有生死，道无始终，说的就是灵魂不死的道理。古希腊哲人认为，灵魂就像两匹飞马，拉着马车在天空飞奔。两匹马一优一劣，人就好比车夫，关键在于能否驾驭得住那匹劣马，如果不能驾驭，马车就会坠落地面。那匹劣马的特点，就是沉迷肉体的欲望，以至于羽毛脱尽而无法飞翔。优质马的羽毛丰盛，因此才有冲天之力，不受制于地球引力，能够自由地飞翔，像庄子所说的鹏和鲲一样，在空气和水中来去自由，或像列子所说的“化人”，入水火，贯金石，空气中不坠落，坚石也挡不住。那些不能飞翔的灵魂，跟肉体一起堕落在地面，忍受匍匐爬行之苦，这就是人的动物性一面导致的结果。我们学习（我更愿意称为“修炼”）的一个重要任务，就是要让自己灵魂的羽毛丰满起来，能飞得更高！

几天后，辅导员施季平找孙鲁西谈话，提醒他要好好学习马克思主义哲学，要把自己大脑的每一个角落都武装起来，不要被资产阶级唯心主义哲学所占领。孙鲁西说，他的大脑没有被资产阶级唯心主义占领，而是被故乡的海浪、飞翔的海鸥和遨游的大鱼所占领。孙鲁西说，他最害怕自己变成俗不可耐的臭皮囊，他羡慕海鸥和鱼的自由。

施季平说，故乡很好，大海很好，海鸥也很好，暴风雨中的海燕更好，总之不要脱离现实生活和人民群众，更不要散布错误的思想观念，作为革命干部的后代，更要严格要求自己，认真学习马列主义理论，才能在革命道路上不断进步，不至于被时代所抛弃。面对施季平的说教，孙鲁西既不争辩，也不理会。当听到“抛弃”二字的时候，他内心亦喜亦忧，不确定到底是谁抛弃了谁。张千颐和包海苏却很着急。他们告诉孙鲁西，同学里面有小人在暗中打小报告，让孙鲁西在公开场合说话注意点，不可以随心所欲。两位兄长还忙着为孙鲁西出点子、想对策，要化解施季平对孙鲁西的负面印象。

孙鲁西自己却对外部险情浑然不觉，该说的时候说，该沉默的时候沉默，更多的时候还是沉浸在阅读和思考中，不亦乐乎。孙鲁西迷上了“轴心时代”的思想家，老庄孔孟自不待言，还有古希腊先哲。德谟克利特和赫拉克利特留下的著作残篇，他能倒背如流。这位令马克思也喜爱的德先生说：“医学治疗身体毛病，哲学解除灵魂烦恼”“在民主国家受穷，胜于在专制国家享福”。而那位经历有点像释迦牟尼的赫先生，估计也是在海边长大的，几千年前就和孙鲁西思考过同样的问题：“海水最干净，鱼能喝，有营养；海水又最脏，人不能喝，有毒。”赫先生说话很有诗意，他说：“人喝醉了酒就会迷路，因为他的灵魂潮湿了。”说得多有意思！孙鲁西想，赫先生可能跟自己一样也经常做梦，他曾说：“醒的时候大家都在同一个世界里，彼此能沟通了解；进到睡梦中，则各在各的世界，谁也不懂谁。”赫拉克利特真是太智慧了！

孙鲁西也有很多不为人知的苦恼。他发现自己表面上无拘无束地生活，实际上还是到处遭遇掣肘，比如，读到精彩之处却要去吃饭，想到自由之境又要睡觉，说到激越之处还有人找你谈话。在庄子哲学中，这叫作“有所待”，有所依赖，有所限制，自由的行动受制于外部客观条件，变成了有限自由，而不是绝对自由。即使像鲲鹏那种在万里高空飞翔的大鸟，也要依凭大风，没有风就飞不起来。故乡海边的渔鸥，本可以一飞冲天入云霄，却要不时地倒栽葱似的飞回海面，捕捉一些小鱼小虾，填饱自己的臭皮囊。想到这些，孙鲁西感到无奈又绝望。

孙鲁西把自己的毕业论文题目定为《论自由》。王明烺是他的指导老师。看完孙鲁西的论文大纲，听完他的陈述，王明烺当场就否定了。王明烺说，你选了一个哲学家兼思想家的题目，不是学位论文所能承担的，学位论文不要讨论这么大的问题。你从古希腊先秦说起，古今中外，无所不包，你是百科全书吗？神农尝百草，将每一种草的性状和功用都记载下来，为的就是让你不要重蹈覆辙，你为什么又来把所有的草都尝一遍？王明烺还说，学位论文是科学论文，超出理性范畴的东西，包括一些神秘主义现象，不是科学研究的对象，最多只能是信仰的对象。科学应该研究客观存在，研究直接经验和间接经验中实有的东西。即使要将非理性作为研究对象，那也首先要将它纳入理性范畴，而不是盲目地跟着非理性跑，说一些吞云吐雾的话。德谟克利特的“原子”是客观的，“虚空”则有些神秘。马克思是通过原子运动及其轨迹来讨论，就把虚幻的东西变成了科学的东西。你的论文设计和写作大纲不通过，回去重写。

孙鲁西被当头泼了一盆凉水，只好重新设计毕业论文。他给自己设定的原则是，一定要做自己感兴趣的题目。他最感兴趣的就是“自由”，像青年马克思那样。还有一个感兴趣的领域就是“梦境”。孙鲁西重新设计的论文题目是《论梦境》。赫拉克利特关于梦境的观点，孙鲁西并不完全认同。理性世界也不是完全相通的，否则“自由”早就实现了，梦幻世界也不是完全不相通的，否则就没有“梦中情人”和“心有灵犀”之说了。他来到王明烺的办公室，向他陈述新论题，理由是，如果说“自由”是一种理想和希望，不具备客观性，那么“梦境”则是一种客观存在，符合科学研究的前提。听完孙鲁西的陈述，王明烺心里窝火，他严厉地说，孙鲁西，你的认识论和方法论，乃至世界观，都不是马克思主义的，都是资产阶级唯心主义的。什么潜意识，什么性压抑，什么集体潜意识，全是流行的西方小册子上的鬼话。孙鲁西辩解道，自己的关注点在“真理”与“非真理”的交界之处，是对“不确定性”部分的关注。王明烺将论文提纲扔在桌子上说，你太前卫，我落伍了，指导不了你，给你安排一位年轻的老师吧，让施季平指导你。

在沾染教条主义习气这一点上，施季平跟王明烺差不多。但王明烺对学术还是很认真的，施季平则不然，他的理想在行政管理方面。施季平刚担任分管本科生的副书记，工作很忙，对学生放任自流，谁找他讨论学术，他都是那句话：好的，好的，先写着吧。孙鲁西如获大赦，便放肆地写了起来，弗洛伊德、霍妮、荣格、马斯洛、池田大作，全是当时最时髦的观点。孙鲁西最得意的就是论文中“梦的结构”一节，他以自己的一个梦作为分析文本得出结论，说梦是一个“全息黑箱”，具有多维“时—空”结构。

那个梦的文本是这样的：张千颐和包海苏成了黑社会头子，孙鲁西因拒绝参加他们的团伙而遭到追杀。张千颐开着三轮摩托四处搜捕孙鲁西，手持尖刀的包海苏坐在旁边的车斗里。梦中的孙鲁西吓得簌簌发抖。沈歌旗说，你要是长了翅膀飞到天上去，那就安全了。孙鲁西连忙躲进系办公楼的尖顶阁楼里，静候翅膀长出来，但翅膀生长速度极其缓慢。沈歌旗说，吃一只小鸟可能会长得更快一点。沈歌旗摇身一变，自己变成了一只小鸟。孙鲁西抱住沈歌旗就啃起来。粉红色的翅膀从后背一丁点一丁点地往外长。他耳边传来摩托呜呜呜的声响，还有张千颐和包海苏的怒吼。孙鲁西吓得浑身冒汗。就在翅膀快要长成的时候，一群手持尖刀的黑衣人赶到了，为首的包海苏将尖刀猛地一下，插进了孙鲁西的胸膛……

孙鲁西从梦中醒来的时候，书架上的一本精装书正好落在他的胸口上。

孙鲁西分析说，这个梦的文本结构，实际上就像一个被压缩在一秒钟之内的电影。梦的内容就像压缩饼干，是对大脑皮层诸多记忆影像的高度浓缩，扭曲，变形。它的细节是真实的，它的结构是虚幻的。梦，其实就是一个容器，也就是一个浓缩着生命记忆和灵魂密码的全息黑箱。在书砸到胸口的那一瞬间，装载在梦中的记忆全部释放出来。全息黑箱中压缩的大量经验内容，一秒钟之内突然释放，就像 TNT 炸药爆炸一样。所以，并不是一整晚都在做梦，在物理时间里，它可能只有一秒钟。梦的时间长度，实际上是梦的空间记忆的密度。

张千颐和包海苏拍案称奇，说只有孙鲁西才有如此奇妙的想法，逻辑也很严密，推论也很合理，绝对是天才之作！消息在同学中传开了，大家都想先睹为快。恼怒又好奇的系主任王明烺教授，一直在静候孙鲁西的论文。在系务会上，王明烺举起他用红笔写满批注的《论梦境》说，这篇论文连一个经典马克思主义文献的注释都没有，对梦境的分析方法是主观唯心主义的。这是一份在全系学生中进行唯物主义教育的很好的反面教材。他接着宣布了自己的处理意见，第一是直接否定不予毕业，第二是退回去做重大修改。

孙鲁西顿时蒙了，连忙去找施季平。施季平说，这是系主任王明烺教授的意见，有什么疑义可以直接找王主任。施季平语重心长地对孙鲁西说：知错改错，不要辩解，大丈夫能屈能伸，来日方长，是金子总会发光，低头的谷穗大，仰头的谷穗小。孙鲁西认为自己没有什么错，就直接去了王明烺办公室。

王明烺说，论文没有对资产阶级唯心主义及其方法论展开批判。孙鲁西说，该批判的都批判了，论文已经明确表示，不赞同精神分析学将人性矛盾简化为性矛盾、将社会矛盾狭隘化为生物矛盾，但赞同“超我”对“本我”的升华理论，这是对人的尊严的维护和弘扬。王明烺说，既然谈到人的尊严，为什么没有涉及“马克思主义人本主义”观点？而且你的方法论也有唯心主义色彩。孙鲁西说，这是在用一个十九世纪的古老哲学概念打压人。王明烺说，在认清自己的错误思想之前，不要再来找我。两人不欢而散。

孙鲁西不想修改论文。作为班长，张千颐出面跟系里进行沟通，哲学系认为孙鲁西态度不好，除按王主任的意见修改外，还必须做出深刻检讨，没有商量余地。张千颐转告孙鲁西，后果很严重，拿不到学位就变成专科生，直接影响毕业分配。包海苏主动提出帮孙鲁西修改论文，孙鲁西再自己去系里认个错就拉倒。张千颐和包海苏都劝孙鲁西妥协。而孙鲁西从小就不知道“妥协”是什么意思。自己的毕业论文，用现代理论分析一个梦的文本，并对梦的结构进行了颇有创意的理论猜想，何错之有？妥协什么？难道只是向王明焜的权威妥协吗？王明焜的面子比学术尊严还重要吗？孙鲁西沉浸在个人严密的推论和有力的否定之中。最后的结果是，孙鲁西只拿到了学历证，而没有学位证。

这一年，著名的 A 大学哲学系三十位同学，除了孙鲁西，毕业分配个个前程似锦。张千颐和沈歌旗被分配到省委的一家理论杂志当编辑。包海苏和许纯艺被分配到省委机关报当编辑，一个在理论版，一个在文艺副刊。孙鲁西的分配一直没有着落。他一副“我不下地狱谁下地狱”的样子，既不争取，也不求援，更不声张，连父亲孙长戈都瞒住了。张千颐只好恳求在省里工作的父亲托关系，帮忙把孙鲁西安插到一家国营制药厂工作。孙鲁西不想惊动家人，就到地处远郊的三八制药厂报到去了。

第三章

●

孙鲁西被分配到三八制药厂的消息辗转传到了家里，全家都为他的遭遇抱不平，认为这对名牌大学毕业生孙鲁西来说，简直是屈辱。冯英妹让孙长戈关心一下儿子的事，孙长戈却无动于衷，还说是件好事：首先是有骨气，脾气像自己，有困难不声张，一人做事一人当，既然跟学校对着干，就要有承担后果的勇气，想当年自己刚担任排长的时候，也是跟连长对着干，擅自出去摸敌人的岗哨，结果被撤了职，又打回原形去当班长，但自己既不气馁，也不埋怨，东山再起，这才是男子汉。其次是有勇气，刚开始工作，就无条件地下基层，去接触人民群众，去了解现实。最后是有大气，学哲学的人，到宣传处最合适，人家不要，那就拉倒，就到工会去为工人群众服务，大丈夫能屈能伸。

冯英妹说，你那些大道理，是在为自己不愿求人找借口，儿子的大事遇到困难，你不出手相帮，当个厅长有什么意思！

冯英妹为儿子担忧，说他一个书生，到药厂去能干什么？只能给人打下手。儿子那么喜欢读书，结果去给人家打杂，他心里一定很苦啊！我儿命中遇到了什么克星啊！说着眼圈就红了。冯英妹要孙长戈派个车，送她到郊区药厂去看儿子。孙长戈说，你看你看，又来了，还是儿女情长、英雄气短那一套。说着，孙长戈拨通三八制药厂的电话，联系上了孙鲁西。冯英妹连忙抢过话筒，说，儿啊，去上班之前也不到家里来一趟，这个周末回家吧，有什么不开心的事情跟妈说。孙鲁西说自己没有不开心，在工会工作，主要任务就是写新闻报道、组织职工文体活动，一切都很好，妈妈不必担心，等过一阵再回家看妈妈。

国营三八制药厂，坐落在一条大河的支流上游，厂区依山傍水像座大花园，西边是药物生产车间，东边是厂部机关办公区，山麓丛林中那片被隔开的区域是宿舍区。每天早晨和傍晚，都有十几辆大巴车往返市区接送职工。这家 G 省著名的大型国企，有名牌产品“三八汤”，畅销全国，远销东南亚，是国家支持的著名国产品牌。在 G 市，只要打开电视就能看到“三八汤”的广告。产品被吹得神乎其神，其实就是排毒去火的保健饮料。但大家都认这个品牌，有病没病都要喝。

也有冷静理性的批评者。有位营养专家在电视上说，“三八汤”偶尔喝一喝可以，长期大量饮用，对身体也有害处，因为其中最重要的成分，是一种有微毒的野草，建议大家不要盲从。“三八汤”的崇拜者闻言，觉得自己的智商受到侮辱，怎能将科学理性的选择说成是盲从呢？于是纷纷投书媒体，批评营养专家，说他也曾经攻击过“老火煲汤”这一优秀民族饮食文化遗产，他认为长时间煲汤破坏了营养，这种说法根本就站不住脚，千百年来人民的智慧，抵不过所谓的营养专家一个人的脑子？现在，他又来攻击我们国产名牌“三八汤”，严重误导公众，人民群众坚决不答应！最后是营养专家道歉了事。这么一闹，“三八汤”便更加深入人心。

营销理念超前的厂长麦贤良，自称孙鲁西的校友，早年由人民群众推荐上了大学，后来又在职攻读市场营销专业的硕士学位。麦贤良原来在药厂办公室打杂，兼“三八汤”推销员。随着营销的重要性压倒生产的重要性，麦贤良的重要性也节节攀升，很快就当上了厂长。这次“三八汤”事件让麦贤良开了窍，他重新思考营销战略，扬言要让三八制药厂的产品钻进所有消费者的潜意识，让“三八汤”成为大家的“梦中情人”。麦贤良的新营销战略在职代会上全票通过。从此以后，平时“三八汤”的硬广告变少了，而在重大节日的黄金时段和黄金位置，就能见到香港一线明星喝“三八汤”的广告。平时当然也在做广告，但不再是硬广告，而是软广告。麦贤良要让电视、电台、报纸等所有媒体，都来讲述“三八故事”。

麦贤良说，三八制药厂要建设两支队伍，一支生产“三八汤”的队伍，一支生产“三八故事”的队伍。麦厂长说干就干。生产“三八故事”的队伍由工会统管，新设机构三八故事经营部，下辖体育运动队（包括男篮女篮和男排女排）、文艺歌咏舞蹈队、读书绘画文学创作队，还招聘了一批退役的专业模特，成立模特队。这些生产“三八故事”的队伍，经常到市里参加各种竞赛，篮球排球赛、歌咏比赛、书画美术展、文学大奖赛……每支队伍里的人才，都是花费高成本挖来的，名义上是工人业余队伍，实际上跟专业人员也差不多，所以经常能拿各种大奖，省城各大媒体便追着采访报道。从省到市，满世界都在讲述“三八故事”，仿佛不知道“三八故事”，不喝“三八汤”，就落伍了，就不是这个世界的人似的。上级对三八制药厂给予充分肯定，说它的精神文明建设抓得好，经济效益和社会效益双丰收。

三八制药厂整天歌舞升平，不像工厂，像文体学校，职工群众议论纷纷，褒的和贬的都有。麦贤良由工会主席熊丙安陪同，到三八故事经营部视察工作。麦贤良说，新时期的工会工作任重道远，而且亟需改革创新，不要整天惦记着发点米和油，发点洗发水和擦屁股纸。麦厂长说，“三八汤”队伍和“三八故事”队伍，目前还是两张皮，各干各的，互不相干似的。如果不相干，我花那么大成本组建这两支队伍干什么？你们三八故事经营部的任务，就是要将讲故事和制药汤两件事变为一件事，让它们形成合力，就像我们三八制药厂长出的两个翅膀，双翼齐全才能展翅高飞。这就是我的经营理念和理想。希望你们尽快研究出一个新的方案出来。

工会主席熊丙安连连点头，承诺会尽快完成厂长交给的任务。麦厂长一走，熊主席就在办公室里转圈，一时没有主意。如果说“三八故事”跟“三八汤”之间，如麦厂长所说的，有什么关系的话，那就是生产和消费的关系，车间工人在生产，球队歌队模特队在消费，用利润中一部分，养一群吹拉弹唱、扭腰蹦跳的人。球队歌队模特队一天的开销，需要卖多少瓶“三八汤”啊！但是，职工中的流言是不能公开说的。麦贤良也听到了一些议论，但他认为用于文体队的开销，没有超出总成本的百分之二十，而且取得了比做硬广告更好的效果，所以他置之不理。当然一把手说了算。执行得好是领导得好，执行得不好是下面无能。跟领导比，下面无能也不是什么丢人的事。熊丙安就派孙鲁西先去车间蹲点，了解基层的情况。

生产“三八故事”的队伍，每天都在制造新故事。孙鲁西每天都忙着采访，忙着写新闻报道，几乎成了“随军记者”。工人们背后叫他“吹鼓手”，这是同宿舍的晏明亮师傅告诉他的。那一次晏明亮酒后话多，哇哇哇地说了一通，主要的意思是，文艺体育和模特队的女人年轻漂亮，但瞧不起在生产车间上班的人，像自己这种干粗活的，只好干瞪眼。晏明亮对孙鲁西说，像你们这些坐机关的“吹鼓手”，还是有机会的。

晏明亮在“神仙草”筛选清洗粉碎车间上班，三班倒，跟孙鲁西上下班的时间经常错位，孙鲁西下班晏明亮上班。只有晏明亮上白班的那一周，两人才能碰面。平时，晏明亮不会主动跟孙鲁西搭讪，他不知道这位名牌大学分来的知识分子在想什么，只见孙鲁西每天晚上都在读书写字，晏明亮心里多少有几分敬畏。不过后来，他看到孙鲁西整天背着相机，在三八女模特队屁股后面忙活，就有些瞧不起他，进进出出连微笑也懒得了。孙鲁西很纳闷，不知做错了什么，也不便多问，两人见面就有些尴尬。

爱说话的晏明亮憋着不说，不爱说话的孙鲁西只好憋出话来说。

宴师傅累不累啊？孙鲁西一边问一边递烟。

废话，车间上班能不累吗？晏明亮伸出右手接过香烟，露出半截无名指。

你手指受过伤啊！孙鲁西关切地问。怪不得晏明亮平时喜欢把手放在裤兜里。

嗯，"神仙草"粉碎机还是最古老的那种，很容易出事，厂里挣了那么多钱，就是不换机器，车间也没有排风设备，还是用鼓风机，噪声太大，下班到现在耳朵都在嗡嗡响。晏明亮愤愤地说，一边咝咝地把烟往肺里吸。

我一直跟着文体队那边，对生产车间情况不了解，想抽空去看看。孙鲁西说。

那么谦虚干什么？去指导工作呗。晏明亮从床底下摸出两瓶啤酒，撬开瓶盖，递给孙鲁西一瓶，自己拿起一瓶咕嘟咕嘟喝了一阵，接着议论开了：想当初，我们"三八汤"真是一罐难求。它不是什么高科技产品，就是抢了先手。后来，大家都生产这种饮料，价格定得很低，"三八汤"不好卖了。为了降低成本，厂里在原料上做手脚，少用"神仙草"和金银花，加一种能消炎的西药，厂里人都不敢喝，成本低了也不好卖啊。现在好卖了，请穿三角裤的模特去卖，穿得越少卖得越快。

孙鲁西听得目瞪口呆，也跟着晏明亮一边喝酒一边吸烟。

晏明亮又开了一瓶，仰头往嘴里灌，然后接着说：在厂领导眼里，我们生产车间就好比人老珠黄的大老婆，文体队好比是年轻美貌的小老婆。我们生产的货卖不出去，就叫小老婆去卖笑带货。卖来的钱，首先就要分给会卖笑的小老婆，而不是我们这些勤俭持家的大老婆。车间工人整天听噪声，吸灰尘，泡池子，才拿多少钱？她们出去唱歌跳舞打球扭屁股的，一次给多少奖金？

孙鲁西经过一个月的蹲点，耳闻目睹，跟工人师傅聊天，亲自参与劳动，晏明亮师傅所说的基本上得到了证实。孙鲁西很震惊，原来生产一线这么劳苦！原来工人们心里装着那么多倒不出的苦水！孙鲁西闭门不出，坐下来写材料，从生产条件、工作环境、工资待遇、爱情婚姻、自卑情结等多个方面，向厂领导反映基层工人的工作、生活、心理状况，并建议改善工作环境，提高重体力劳动岗的待遇，为大龄单身青年排忧解难。其中还特别提到三八汤里加“对乙酰氨基酚”一事，认为是降低了成本，丢掉了良心。

孙鲁西写完报告，并没有先交给熊丙安审阅，而是私下让打字员打印复制多份，同时交给厂领导层和生产车间。麦贤良一看勃然大怒，把熊丙安叫过来大骂一顿，说自己当时不同意接收这个肄业生，感觉他肯定有问题，你们还为他辩解。熊丙安不停地赔不是，说一定严加管束，严肃处理。麦贤良说，孙鲁西的错误很严重：第一，违反职代会精神，对“三八故事”生产的理解是错误的；第二，违反工作纪律，泄露生产机密；第三，违反厂内管理条例，不经领导审批擅自打印复制文件。结论是，停发奖金，停职检查，如有再犯，直接开除。刚好厂图书馆的管理员怀孕，要回家待产，熊丙安就把孙鲁西暂时安排在厂图书馆上班，让他写出深刻检查。孙鲁西去找麦厂长解释，去了好几次都没见着人。熊丙安说，执行吧！这里不是学校，没有商量余地。

学校也没有商量的余地啊，学校也要执行啊！孙鲁西沉默无语，也不想再跟熊丙安多说什么。回首一年来的工作，孙鲁西自认为问心无愧。想当初，他抱着“文王拘而演《周易》，仲尼厄而作《春秋》，屈原放逐乃赋《离骚》”的想法下基层，他没有因为毕业论文事件就沮丧消沉，而是把它当作新机遇，是“天将降大任于斯人”的前兆，于是踌躇满志。他决心到社会实践中去大干一番，走出书斋，融入火热的生活中，跟工人群众一起参与劳动实践。没想到转眼间就折戟沉沙。这一次挫折，又勾起了他对毕业论文事件的创伤性记忆，勾起了他对海鸟和游鱼的思念。

三八制药厂图书馆的藏书尽管不能跟学校比，但也不少，除了中外文学名著，文史哲方面的理论书籍竟然也很全。孙鲁西又一头扎进了书中，他站在哲学书柜前随手翻阅，先秦诸子、程朱理学、王阳明黄宗羲，希腊先哲、康德谢林，黑格尔马克思，好像又回到了大学时代。他耳边响起孟子的名言：“穷则独善其身，达则兼济天下。”可是，如何才能“独善其身”啊？孟子认为“善”是人自身原本就有的，不是外加的，外因只会削弱它。按照这种观点，是不是应该减少跟外界的接触，才能保住原本就具备的“善”，才能“独善其身”？是不是要像蚕一样，自建茧房，把自己包裹起来？可是，吃喝拉撒怎么办呢，怎么才能够达到庄子所说的“无求于外”的自由境界？

庄子的宛如处子的“姑射神人”，你为什么可以“不食五谷，吸风饮露，乘云气，御飞龙，游乎四海”呢？西晋时代，河南有位能言善辩的人叫郭象，他解释说，庄子跟屈原一样，是以香草美人自喻或指代圣人，那些美妙的神人（圣人），身在庙堂，心在山林，寄生万物，神超六合，所以能自由自在。唐代有位叫成玄英的道士，也是河南人，以研究道家哲学名世，其实还是一位气功师，他说，神人（圣人）也吃五谷杂粮，但吃法跟我们不一样。我们吃的是五谷中粗糙的部分，也就是碳水化合物，神人（圣人）吃的是五谷中精细的部分，也就是天地之精华、阴阳之秀气。

孙鲁西对这些解释将信将疑。其实庄子不过是喜欢搞文学创作而已，他喜欢打比方，喜欢借此说彼，《庄子》中这样的修辞手法占了八九成。庄子还喜欢用权威老人的话来说服他人，就是“不听老人言，吃亏在眼前”的意思，这样的修辞手法也占了六七成。更多的时候，他是张嘴就说。那语言就像酒杯里的酒，装满了就自然而然地溢出来，所谓的“卮言曼衍”，动嘴不动脑，像洪水来了挡都挡不住，不小心也说出了不少真理。

云游四海的“姑射神人”啊，到底长成什么样子呢？他吸收天地精华和阴阳秀气，自然能够轻盈地飞翔，像雀鸟，像故乡的海鸥。人类吸收五谷中那些粗糙的部分，身体粗俗笨重，只能堕落在地面，匍匐爬行。孙鲁西下意识地摸了一下自己微微凸起的肚腩，发出无可奈何之叹。关键在于，食五谷的时候，如何能够吸收菁华，而不是渣滓？这种筛选能力应该是可以修炼的。

孙鲁西想起了学校里讲授“中国宗教史”的徐宇宗老师，每天清晨如铜钟般坐在学校椭圆草坪中央吐纳冥想的徐宇宗老师。徐老先生曾在人生和学术的盛年，突然堕入困境，被下放到黔东南乡村劳动改造。二十年之后重返讲坛，瘦弱书生已是仙风道骨，声如洪钟，身形矫健，老当益壮。据说他是许地山的弟子，用的教材还是油印本许地山的讲义《中国古代宗教史》。徐老先生对道教很有研究，加之在乡下劳动锻炼时遇见高人，授之以吐纳术和辟谷术，理论联系实践，颇有心得。

徐宇宗老先生说：我的老师许地山先生宅心仁厚，只列举事实，不妄加评判。其实道教才是我们中国人的传统宗教，但它的地位一直不高，因为它执着于务实，将道家的玄奥理论变成肉身实践，然而整个实践的过程就像一台戏剧，带有悲壮风格。南北朝有个文学理论家叫刘勰，是出家人，有名著《文心雕龙》传世，还有一篇为佛教辩护的文章叫《灭惑论》，为回应道教对佛教的攻击而作，自然是“崇佛抑道”。刘勰把道教分成了三品，上品为鼻祖老聃，次品为神仙小道，下品为张陵、张角之辈，“五斗米贼”，一品不如一品。这是典型的重理论轻实践，重玄谈轻致用。刘勰认为，老子跟佛陀相通，佛老可以呈现神仙相，也可以呈现俗人相，神通广大，但跟得道相比，神通显得低级庸俗，佛老不屑，俗人才喜欢玩那些。我徐某，年轻的时候也是这么想的，后来有所改变。佛陀和老子的思想那么高深，常人望而生畏，避之唯恐不及。但摆脱宿命求自由，逃避死亡求长生，不食五谷求飞升，本为人之常情，帝王所欲，布衣所欲也。想当初，徐某我困厄于山中，以辟谷之术抵御饥饿，以吐纳之术幻想自由，不亦幸哉，不亦乐乎！

徐宇宗老师年轻时的想法，也是孙鲁西此前的想法，就是不注重实践，偏重玄想。此刻，徐宇宗老师的话，在新环境和新困惑的刺激下，源源不断地从孙鲁西的记忆深处涌出，让他震惊不已，转而折服。孙鲁西报名参加了气功健身班，开始练习呼吸、打坐和冥想，顺便治疗他日益严重的失眠症。刚开始打坐的时候，没有什么感觉，后来在师父的引导下，慢慢地好像有了一点“气感”，失眠症也有所减弱。这项他原本瞧不上的群众健身活动，给了他意外的惊喜。

孙鲁西当然不是一般的健身者，而是一位求道者。他对灵魂自由、肉身永恒的想象和执念，是其健身实践的支撑。孙鲁西开始广泛研读道教哲学著作。周末他也开始回家了，妈妈长妈妈短地叫着。孙梁山已经毕业工作，同时注册了自己的公司，忙得见不着人。孙钢花已经结婚生子，也不常回家。见到小儿子，冯英妹喜笑颜开，对孙长戈说，儿子心里的那个坎迈过去了，心情也好多了，还回家来陪我们，你要多关心他。孙长戈说，我怎么不关心？我天天为他操心，担心他会堕落。冯英妹说，你的关心在哪里？你要表示出来嘛，整天对他虎着脸怎么行啊！面对孙长戈尴尬的笑容，孙鲁西并不在乎。

孙鲁西每个周日都去省图书馆翻阅资料，他借阅了王喆（王重阳）的《重阳教化集》、马钰（马丹阳）的《洞玄金玉集》、长春真人丘处机的《磻溪集》和《大丹直指》、尹清和（尹志平）的《葆光集》，深感道教理论广阔无边且深奥无比。一个偶然的机会，孙鲁西发现了一本托名“八仙合著”，且有吕洞宾和韩湘子作序的气功秘籍，叫《天仙金丹心法》，他如获至宝，借出来复印了一本，早晚揣摩研读，很快就被这种将乌托邦理想转化为肉体实践的秘籍迷住了。更神奇的是，不朽的乌托邦理想在这里被分解成不同的阶段和层次，变成了可以操作的实践技术。

孙鲁西退出了那个低层次的气功健身班，独自一人开始了更深层次的修炼实践。药厂宿舍院后面有一个小门，通往后山坡的树林。每当子时月明星稀，孙鲁西就端坐在树林的草地上调息吐纳，气息在丹田部位旋转，神思飞翔到云霄之上，凝神坐忘，物我浑然。孙鲁西在世俗生活中显得有些笨拙，但在精神生活中特别敏锐颖悟，没有花费多少时间，他就能够控制气息，迅速入定，尘世杂乱的声音被屏蔽，心灵与世界的大静穆之间有了强烈的呼应。孙鲁西一边修炼，一边还坚持写他的跨文体著作《玄鸟录》，把这些奇妙的想法与感受记录下来，自称是“仿奥古斯丁体”。

经过三个月苦修，孙鲁西认为自己已经寻到了门径。他对修炼环境的要求越来越少，不需要僻静的地方，无论是宿舍的卧榻，还是上班的图书馆，甚至在单位的班车上，孙鲁西都能随时入定。这一天，孙鲁西坐在图书馆里凝神端坐冥想，工会主席熊丙安走进来，他对孙鲁西微笑点头打招呼，孙鲁西好像没看见似的。熊丙安伸手在孙鲁西的眼前晃了几下，才把孙鲁西拉回俗世中。熊丙安说，小孙啊，你还好吧？身体怎么样？孙鲁西说没事没事，一切都很好。熊丙安将信将疑，也不便深究，就安慰他说，身体不舒服的话，可以请假回家休息。孙鲁西说自己很舒服，比以前要舒服得多。熊丙安看到孙鲁西眼神中闪烁着异样的光芒，无奈地叹息而去，内心带着关切和一点愧疚。

孙鲁西的心则完全沉浸在另一个世界中。他认为，自己的修炼已经到了升级的紧要关头，更应该心无旁骛，专心致志。从前，自己的脑子总是被杂乱无章的信息充斥，后来俗世的噪声逐渐被清空，再到现如今，能够听到更遥远之处传来的天籁之音，这个进阶多么不易，是多么大的飞跃！遗憾的是，那遥远的天籁若隐若现，有时候消失无踪，有时候近在咫尺，非常不稳定。孙鲁西发现，他越是着急，天籁之音越是离他远去，只有心如止水的时候，天籁之音才会慢慢地翩然而至。还有，当他吃得过饱，或者过多摄入肉类的时候，天籁也离他远去，有几分饥饿的时候，更容易跟天籁相遇。所谓“食谷者智，食草者痴，食肉者悍，食气者寿”，孙鲁西也尝试过“辟谷”，当然不是真正的辟谷，而是少吃，一天吃两顿或者一顿，也时不时地吃素。真正辟谷，需要特定的环境，每天坐班是不行的。

有一天午夜，他独自在后山坡的树林里打坐，突然听到清晰的天籁之音，锦瑟笙箫齐鸣，悠扬深沉的歌喉，伴随着叮当作响的清脆铃声，还有天马嘶鸣。孙鲁西浑身战栗，热泪盈眶，一种从未听闻过的声音，勾走了他的魂魄。他多么想把那天籁之音留住！可惜那声音很快就消失了，孙鲁西怪自己的定力不足，功力不深。他提醒自己要不断精进。每天午夜时分，孙鲁西都到树林里打坐，并且延长时间，为的是静候天籁之音的降临。这一天，风清月朗，万籁俱寂，正在调息吐纳的孙鲁西，突然感到有一股气从腹部深处涌出，仿佛化作一只黑鸟冲向空中，接着便听到了天籁之声鸣响，中间夹杂着召唤声，来吧，来吧，跟我飞，跟我飞……孙鲁西惊喜万分，感觉那是长春真人在召唤，于是拔腿就朝着北方追了过去……

熊丙安好多天不见孙鲁西，以为他身体不舒服，回家休息了，但孙鲁西异样的眼神又在跟前晃动，熊丙安不放心，辗转找到张千颐，给孙鲁西家里打电话询问。冯英妹一听急了，让孙长戈赶紧去找儿子。孙长戈说，心情不好出去散心，也很正常嘛，过些天不就回来了？那么大的人，又不是小孩，还要父母跟着？半个月之后，熊丙安突然接到来自隔壁 H 省的电话，说他们 C 市收容机构收容了贵单位的孙鲁西，让赶紧派人来接他回去。熊丙安和孙梁山赶到 C 市收容所，只见孙鲁西蓬头垢面，衣衫褴褛，仰面朝天，喃喃自语。

孙梁山把弟弟接回了家。冯英妹抱着儿子大哭了一场。她每天陪伴着儿子，对他轻声细语，还给他唱儿歌，像小时候一样。孙鲁西渐渐开始好转，只是觉得惊扰了家人，感到很惭愧。他对哥哥孙梁山说，当时听到云中传来的召唤声，自己的灵魂战栗不已，无法控制。孙梁山安慰弟弟，说他能理解弟弟的感受，有时候自己也会耳鸣，也能听到一些奇怪的声音，现在不要再想那事，安心休养就好。

孙长戈气得咬牙切齿，说是家风败落，家门不幸。冯英妹突然冲孙长戈大叫起来，什么家风啊？我儿子过得不好，我就没有这个家！都怪你，孙长戈，自私自利，只顾你自己做官，误了儿子终身。冯英妹说，我儿子要是有个三长两短，我就跟你孙长戈没完！冯英妹还吩咐孙梁山，把五室两厅两卫的房子隔开来，她自己跟孙鲁西过，让孙长戈一个人去过。温柔贤惠的冯英妹，平时说话都不会大声，今天突然大发雷霆，让孙长戈一点心理准备都没有，吓得他躲进卧室里不敢吱声。事后他讨好冯英妹，说让孙鲁西先不要去上班，把身体调养好，接下来的事他会想办法。冯英妹这才饶他一回。

孙长戈跟几位老战友通电话。在省委组织部工作的林副部长说，老孙啊，原来你也会求人啊？名牌大学毕业的儿子，在基层企业工会工作，你还有脸说？混日子也要找个像样的地方嘛。跟老战友玩什么清高嘛！这事交给我吧，到时候你可要陪我喝几盅啊。林副部长为孙鲁西落实的新单位，是G省电视台新成立的电视剧制作中心下属剧本编辑部。孙鲁西没说什么，其实是默许了。哲学毕竟曲高和寡，文学与更多人的情感和情绪有关系。

冯英妹夸孙长戈有能耐，就是懒的毛病要改一改。孙长戈说下不为例，不会再去“开后门”，做违反原则的事情。冯英妹一听又火了，说什么原则不原则，你跟原则去过吧！儿子虎落平阳被犬欺，你也忍心？你也吃得下睡得着？孙长戈只好闭嘴。想到儿子要到省电视台去上班，冯英妹感到高兴，觉得能拿得上台面，跟他的名牌大学般配。妈妈叮嘱儿子，珍惜来之不易的机会，一定要好好干，做出成绩来，堵住人家的嘴。

冯英妹对孙长戈说，儿子要回三八制药厂搬行李，得有些排场，不能灰溜溜的。孙长戈说冯英妹的事真多，但也不敢不执行，便从农业厅调了一辆中巴改装的小拖斗，一辆小轿车，还派了几个年轻人，一起去帮孙鲁西搬行李。孙梁山也陪着弟弟去药厂办手续。孙鲁西调离，让工会主席熊丙安如释重负。朋友把这个人托付给他，自己作为厂领导之一，不但没能保护他，还差一点弄出大事，调走了好，自己也好跟人交代。

孙鲁西回来后，从衣箱里摸出一个笔记本递给孙梁山，建议哥哥读读他这本带沉思录性质的《玄鸟录》，说其中包含着他思想和灵魂运行的线路。孙梁山读了，尽管有些地方半懂不懂的，但能感觉到弟弟的思考很深刻，很独特。弟弟不是一般人，这一点孙梁山从来都深信不疑。同时，他也担忧，怕弟弟继续往深处钻。孙梁山对孙鲁西说，暂时不要想那么深奥的问题，先把身体疗养好。孙梁山说，等自己的公司办好了，赚了钱，就养着弟弟搞那些深奥的理论研究。

玄鸟录

（孙鲁西）

*

第一章　人生是漫长的修炼

一、丘处机觐见成吉思汗的故事

上月去省图书馆，借得《海宁王静安先生遗书》一卷，中有静安先生《长春真人西游记校注》。《长春真人西游记》是丘处机门人李志常的著作。公元 1221 年至 1224 年，李志常随师西游，觐见元太祖成吉思汗，返回中原后写下这部见闻录。按图索骥，又查得蒙元大臣耶律楚材（成吉思汗血洗燕京时俘虏的契丹王子）所编撰、成吉思汗帐前亲信耶律阿海原始笔录的丘处机与成吉思汗的谈话，题为《玄风庆会录》。一位修道者，成为大英雄成吉思汗仰慕之人，必定是大贤大德。

长春真人丘处机，是全真教得道之人中活得最长的，享年八十岁。他三十八岁时向世人宣布得道，从此成了教门、社会、朝廷争相膜拜的对象。作为目睹丘处机真容的人，北京道士孙锡形容丘处机：安静时如枯木，行动时如风雷。七十三岁高龄的长春真人丘处机，应蒙古王元太祖成吉思汗之邀，由尹志平、李志常等十八位弟子陪同，前往西域的八鲁湾（今阿富汗首都喀布尔北部）觐见大汗。

成吉思汗不久前刚收复燕京诸城，接着又挥师西进。此时，成吉思汗正带着儿子窝阔台和拖雷，纵横驰骋在中亚突厥人的地盘上，迅速攻克了花剌子模帝国的王城撒马尔罕，但也在八鲁湾之役吃了败仗，拖雷的三万骑兵，打得只剩几百人。战争间隙，大汗偶有英雄老矣之叹，毕竟是六十岁的人了，对死亡心有戚戚。身边的汉族大臣对成吉思汗说，东边日出的地方，有一位三百岁的得道之人，叫丘处机，深谙长生之术。成吉思汗连忙下诏，命令派人去东方迎长春真人丘处机西行。

丘处机于1221年正月下旬，从山东蓬莱海滨出发，经济南，再沧州，过卢沟桥，进丽泽门，二月底到达燕京城。在蒙古卫队的保护下，丘处机一路走一路玩，吟诗酬唱，主持斋醮科仪。1222年正月，北出居庸关，到达河北宣化。成吉思汗隔三岔五地传书卫队：慢慢走，不要累着了真人，但也不允许沿途官员耽搁真人行程，朕急于面见真人。1222年元宵节之后，队伍开始进入戈壁荒漠，经镇海城转向西，穿越沙漠和雪山，过阿尔泰，经准噶尔盆地和赛里木湖畔，翻越天山口，经塔吉克斯坦和乌兹别克斯坦，到达成吉思汗行宫，历时一年零四个月，行程近两万里。

元太祖十七年（1222年）四月初五，成吉思汗见到丘处机，寒暄几句之后就直截了当地问：带了长生不老药给朕吗？丘处机说：没有长生不老药，只有养生之道。成吉思汗没有生气，认为丘处机很诚实，并下令所有的人都称丘处机为神仙。此后，在撒马尔罕城附近的行宫，丘神仙先后三次给成吉思汗讲道：养生之道、治国之道、儒家之孝道。他特别劝诫成吉思汗，要清心寡欲，不要太贪恋女色，要“去声色，屏滋味，以恬淡为美，以清净为娱”，这是长生之道的关键所在。有一次，成吉思汗畋猎于东山，追赶一头大野猪，自己从马上摔了下来，大野猪愣了一下，没有伤害成吉思汗。丘神仙说，摔跤是上天对你杀生的警告，大野猪不伤你而离开，是老天爷在庇护你。成吉思汗说，神仙的话我都记下了，但喜肉食和爱打猎是我们蒙古族的传统，让我慢慢地改吧。丘处机并没有向成吉思汗展示肉身的神通，而是向他展示了语言的神通，不是“德”的神通，而是“道”的神通。

丘处机履行“三年而归”的承诺，于1224年春天回到中原，徒步往返三万里，完成了举世瞩目的“龙马相会”伟业。丘处机返中原途中，成吉思汗三次写信给他，恳求“神仙不要忘了朕啊！”1227年七月，丘处机在燕京长春宫逝世。一个月后，征服了西夏的成吉思汗逝于六盘山清水河边的行宫。这也许不是巧合。（孙鲁西谨记）

二、道教的宗教性及其肉身实践随想

个人对衰老和死亡的恐惧，对永生和不朽的渴望，以及对群体团结的诉求，是任何宗教都不能回避的话题。基督教的“末日审判”和佛教的“觉悟轮回”，都是在回答上述问题。但是，最有人情味的还是“道教”。它直接将这些问题变成一种人生实践，也就是“长生久视”的修炼。秦皇汉武、成吉思汗，都对长生之道极其迷恋，遗憾的是他们过于看重世俗权力而导致修炼失败，又进一步导致官方正统思想对这一路径的不信任和拒斥。史料中对修炼成功者的记载都被当作街谈巷语、小道消息。成功者没有话语权，有话语权的不能成功，历史就在这样的错位中成了玩笑。我们暂且不要纠缠于肉身修炼实践的结果，先看看它的理论思维和论证逻辑。

人为什么会老死呢？人作为自然事物之一种，造化已经决定了他们会老死。早期道教术士，试图以“外丹”的方式来解决问题，发明炼丹术，将丹炉安放在大自然中，烧炼天地和自然的精华，供人服食，以实现长生不老的梦想。他们不知道，动物植物矿物之间是不可通约的，否则，人就真的可能会变成一朵红花或一只黑鸟。

道教内丹学派，在总结自然规律的基础上另辟蹊径，将“外丹”改为“内丹”，将安放在大自然之中的丹炉移到小自然（人体）之中，也就是丹田部位。“小周天”的和谐运行，是对“大周天”的模仿，目的是实现跟自然造化一样，具有永恒性。事实上恰恰相反，模仿自然只能走向死亡，逆自然之道而行才有活路。

自然造化的规律，就是老子所说的“道生一，一生二，二生三，三生万物”，换成《易经》的表达，就是“太极→两仪→四象→八卦→万物”。《老子》和《易经》对自然演化规律的描述，就是人的欲望满足和展开的过程，其实也是一种“死亡”过程。人一旦成了万物，成了动物、植物、矿物，就像世俗生活中的人那样，就只有死路一条。内丹学派并不打算屈从这个向死的过程，而是试图超越阴阳分离的“生—死”逻辑，达到肉体和精神的双重升华（得道成仙）。道教的理论鼻祖老子和庄子认为，人类永生和不朽的希望，在于返回“婴儿”状态，就是混沌的“道”和“太极”状态，那个阴阳未分、雌雄同体、不生不死的永恒状态。如果我们不按照自然规律顺行，而是逆向而行，就有可能永生不朽。全真教的王重阳称这种修炼为“阴阳颠倒，逆者成仙”，即所谓的圣人逆流而成仙，俗人顺流而成物。顺行生老病死，逆行可能有救。

怎样才能做到“逆行”呢？首先就是要将上述的自然造化规律颠倒过来，变成“万物→八卦→四象→两仪→太极”。这是理论上的逆向模式。落实到修炼实践上，就是将“明心见性”的性功，转化为“调息炼气”的命功，将自然造化的模式，变成体内“气”的运行模式。用全真道内丹心性学的术语来解说，就是“炼精还气”“炼气还神”“炼神还虚”。这三个修炼阶段，代表三种境界。“炼精还气”阶段属“地仙”境界，能祛病防灾、精力充沛、健康无恙。“炼气还神”阶段属“人仙”境界，能增智开慧、延年益寿、返老还童。“炼神还虚”的阶段属“天仙”境界，能实现神形俱妙、无遮无碍、万象通明、天人合一的最高目标。也就是将“精”“气”“神”三者，通过修炼，先合三为二（气神），再合二为一（神），最后化一为“无”（太极）。

为什么伟大的理想难以实现呢？那是因为修炼者的私心杂念太多，境界不高，以至于无法打通任督二脉，即分管阳和阴的两大脉系。它们作为两个不能贯通的系统，各走各的，不能圆融，那么人就会按照世俗的顺行逻辑走向分离和死亡。只有将这两大脉系的分离状态打通，合而为一，使之在身体“小宇宙”内部圆满地运行，才可能实现三个逆向修炼，以至向着“太极”还原的运动。

说到修炼，给人一种很苦的感觉，所谓“苦修”是也。其实这也是一种误解。刚开始打坐的时候，的确不舒服，双腿发麻，心烦意乱。慢慢地，随着心静气顺，身体也开始顺起来。几个月之后，随着气的运行圆融贯穿，身体会产生一种罕见的舒畅感。这种感觉是在俗世中很难体味到的。

内丹修炼过程，是在人体内部的丹田中展开的。气通过这个中介性的“鼎炉”运行，在人体内部重新组合阴和阳。也就是说，阴阳两种精气，原本就同时存在于一个人的体内。正如细胞生物科学所言，人体内同时存在“雄性荷尔蒙”与“雌性荷尔蒙”两种激素，精神分析学也有相应术语，称“阿尼玛（anima）”和“阿尼姆斯（animus）”。人体自身，原本就具有阴阳二重性。因此，也可以不求助于外部条件，在自身之内完成“阴阳合一”的过程。但多数情况下，人体内的阴阳二精缺乏有效管理，处于肆意分离而散乱无序的状态。调息和吐纳，实际上就是调节阴阳的过程。

这是一个美妙的过程。

从另一方面来看，内丹修炼跟小乘佛教有相似之处，它没有大乘佛教那种“一人不度，誓不为佛”的宏愿，也就是基督教等其他普世宗教都具备的“普度众生”的大理想。相比而言，道教显得有些个人主义色彩，也像一个“小乘自了汉”。其实，金元明清时代的道教流派纷呈，丘处机的龙门派就具有很强的儒教色彩，不但强调个人自救，独善其身，也强调救民于水火，兼济天下。

第四章

•

跟妈妈在一起，就像回到了童年。孙鲁西渐渐恢复到正常状态，但他依然觉得身体轻飘飘的，有一种“我欲乘风归去”的感觉。这是一个不可告人的秘密，只能独自消受。他经常梦见自己在高空飞翔，时而是海鸟，时而又化为风筝。妈妈就是放风筝的人，稳稳地站立在地面上，将风筝线牢牢地抓在手里，就像把儿子攥在手里，感觉特别踏实。如果风筝脱线飞走，妈妈一定会伤心欲绝。按照妈妈的想法，儿子孙鲁西就不要去上班，天天在家里让自己来照顾就好，她的退休金也够儿子花，至于她自己，当然得由孙长戈养着，让孙梁山和孙钢花养着，也是应该的。孙长戈说冯英妹头发长见识短，是老母鸡思维，不是革命干部家属的思维。

得知孙鲁西要去省电视台工作，张千颐和包海苏就张罗着要搞个聚会，为孙鲁西庆贺一下。孙鲁西本不想去。张千颐说老同学长期不见面，慢慢地就生分了。想到张千颐总是那么热心，那么乐于助人，孙鲁西只好答应。

聚会地点在江心岛上的“葵花酒吧”。张千颐和沈歌旗，包海苏和许纯艺，他们两对早就到了。孙鲁西和包海苏的另一位朋友还在路上。孙鲁西的出走风波并不是什么秘密，同学中早就传开了，大家感叹孙鲁西的命运，觉得他思想太深奥，思维太超前，恐怕难以见容于俗世。感叹之余，谁都想知道“炼岔气”是一种什么体验。

包海苏说，健身修炼的过程中，经常有“炼岔气”的现象，常见的有两种类型，一种叫“武岔”，一种叫“文岔”。包海苏说，他老家三楼的一位邻居，就是“武岔”，平时不练功的时候，跟正常人差不多，人也很和善，每天早晨都捏着仨核桃，拎着俩鸟笼，乐呵呵地出门去。但他一开始“岔气”，就变得很离谱，经常是三五天不吃饭，一吃就是一小脸盆，还大声嚷嚷着“成功了”，从三楼往下面的草坪上跳，没见伤着什么，爬起来拍拍屁股就走，改天接着跳。有一次他落地不慎，脚踝骨折，养了几个月又来了，好在他住三楼，再高一点命都没了。“武岔”往往出现在智商比较低的人身上。智商高的人会出现“文岔”，因为他们生性敏感，思维迅疾，爱浮想联翩，跟着升腾的那股“气”乱窜，不可自拔，接着就是感官错乱，他们自己称之为“五通”，说那是“飞升”的先兆，然后频频出现幻觉，最后就是意识脱离理性的控制。人的行为受到非理性的意念控制变得反常。孙鲁西估计就是后面这种情况。

许纯艺不认可包海苏的这种分类，看似明白易懂，其实简单粗暴，有戏谑色彩，实际情况比想象的要复杂得多，每个人都不一样。包海苏说，这不是咱俩的矛盾，是哲学跟文学的矛盾。这时候，只见孙鲁西远远走来，跟在一位打扮入时的女子后面。包海苏站起来，朝他们两人招手。

包海苏招呼两位迟到者坐下，说，你们俩认识啊？孙鲁西和那女子相互看了一眼，都茫然地摇头。包海苏说，你们俩一起走过来，谁都以为是一对呢，竟然不认识，真是巧，看来都是缘分。他把女子介绍给孙鲁西：省电视台编导古俪娜，广播学院的才女，马上要到电视剧制作中心履新。包海苏又对古俪娜说，这位就是今天的另一主角孙鲁西。孙鲁西赶忙欠身朝古俪娜点点头。古俪娜微微一笑，算是认识了。有一种女子貌不惊人，气质也很低调，可一旦你注意到她，就有可能被她迷住。古俪娜就属于这种类型。孙鲁西又转过脸看了古俪娜一眼，随即回到了沉思状态。

张千颐绕到古俪娜身边，握着她的手说，客家人吧？古俪娜笑着说，是啊是啊，你怎么知道？老家梅州。张千颐说，古姓多数都是客家的。我也是客家人，海南文昌人。说着，点了两打“科罗纳”啤酒，还有爆米花、炸薯条、鱿鱼丝等佐酒小吃。包海苏举起酒瓶说，祝贺孙鲁西到省电视台高就，还有欢迎我们的新朋友古俪娜。啤酒瓶碰在一起叮当作响。张千颐说，鲁西去电视台当编剧，哲学家转型文学家，一个抽象思辨，一个形象思维，这个转型幅度可不小。

说到哲学和文学的话题，孙鲁西眼睛一亮，抓起啤酒瓶喝个底朝天，接着就开了腔。孙鲁西说，你们所说的“转型”，一般而言是有的，但我认为其实没有。古希腊柏拉图那些对话体哲学著作，不就是文学作品吗？就是可以拿来演出的剧本啊。古印度和古阿拉伯的哲学著作，都是能歌唱的歌词。还有庄子的著作，是抽象思辨还是形象思维？按照他自己的说法，十有八九是“寓言”，借一个形象来解释另一个现象，也就是文学。庄子说自己的语言就像装在酒器里的酒，斟满了就自然而然地溢出来，并不是深思熟虑的结果。西方近现代哲学家荷尔德林和诺瓦利斯，都是文学家。尼采的《查拉图斯特拉如是说》，是哲学还是文学？伟大时代的哲学家和文学家，都是一体两面的，不可分离的。中国古人说，“言而无文，行之不远”，没有文学性的哲学没有生命力。同样，没有思想和哲理的文学，也只能是街谈巷议或道听途说的废话。孔子说，那些采风而来的东西，虽然也有一定的参考价值，但君子不为。

孙鲁西停了下来。沈歌旗和许纯艺为孙鲁西的精彩演讲鼓掌。张千颐举起酒瓶说，孙鲁西就是这样，做任何事都是理论先行，看来他已经为自己接下来的文学工作做好了理论准备。来来来，为未来的文学家干杯。

包海苏见古俪娜欲言又止，就说想听听她的高见。

古俪娜说，我是搞电视的，不懂什么文学，更不懂哲学，不想扫大家的兴。

张千颐说，还是畅所欲言吧，以后就是朋友了，不必顾忌。

古俪娜说，电视台的工作，就是要将每天二十四小时的屏幕填满，说得好听一些，就是生产人民群众喜闻乐见的节目，说得难听一些，就是制造跟生活本身一样平常平庸的东西和人。这些节目中的绝大部分，都不是做给在座的人看的，而是做给退休的父母看的，做给白天上班辛苦劳累，下班只想放松一下的工人农民市民看的。按照社会分工，电视节目好像也属于精神文明建设，其实跟精神关系不大，电视看多了精神会麻木，还是要多读书。

古俪娜举起啤酒瓶，咕嘟咕嘟喝了两口，接着说。就这样也不容易啊，要知道，遥控器在人民群众手里，那么多电视台都在做节目，且不说中央和外省，我们这座城市就有省市两大电视台，近二十个频道，人家凭什么看你的？得让人民群众爱看啊，他们才是硬道理，他们才是收视率，广告商只认收视率。我每天绞尽脑汁想这些，在政策法规允许的前提下，变着各种花样吸引观众。

包海苏频频点头，说一年三百六十五天都要播，的确不容易。

古俪娜说，早些年还花钱到处买节目，现在审查严，这不让买那不让买，怕污染了人民群众的精神。所以越来越难做。有时候我想，反正干多干少都一样，我凭什么操这个心啊？台里的工作人员类型很多，一批老的都是国家事业编，新招来的有企业编，还有一些是台里聘的合同工，考核方式多种多样，但总体趋势是向企业管理转型。

在报社工作的包海苏和许纯艺听懂了古俪娜的话，他们单位也传出了“转企改制”的风声。在省委机关工作的张千颐和沈歌旗懂是懂了，但没有切身的体验，隔着一层。孙鲁西则完全不懂，也不感兴趣。

古俪娜看了一眼孙鲁西，说，我也想做刚才孙鲁西所说的那种节目呢，既有思想又有文采，内容和形式都是阳春白雪。可你们知道手握遥控器的观众的耐心吗？旧数据说最大极限只有二十秒，超过二十秒镜头不变，他们立马换台。最新公布的实验数据说，人的耐心只有十五秒了，并且还会变得更短。我愁死了，一个场景的成本多高？结果只能持续十秒，我亏不亏啊！但也没有办法，没有收视率，广告商就不投广告，国家财政也不投入，我们就等着倒闭吧。

孙鲁西还沉浸在自己的玄想之中，想着哲学跟文学融合过程中的语言转换问题。古俪娜知道遇见了书呆子，而且这个书呆子即将成为她所管辖的一个部门的工作人员。古俪娜说，既然说开了，那就多说几句。台里已经预感到市场压力，趁着改制之前，先成立一批公司性质的部门，算是探探路。部门名字按照旧体制那套来，比如“电视剧制作中心”，下辖“节目编导部”“剧本编辑部”“广告经营部”等，具体运作却是按企业方式来。

包海苏提醒孙鲁西，古俪娜是他的同事。孙鲁西起身跟古俪娜握手，说希望合作愉快。包海苏继续提醒孙鲁西，她是你的领导，你跟她合作的唯一方式，就是听从指挥。古俪娜说，新部门下周三正式挂牌，她让孙鲁西下周一去报到。

分手的时候，古俪娜对包海苏说，你的这位同学，就像你在电话里说的，果然是个怪才，不过他到我们电视剧制作中心来，有些可惜啊，也不一定合适。

孙鲁西正式到 G 省电视台上班的那天，电视剧制作中心举行挂牌仪式。上级主管部门的领导和电视台台长都出席了。中心主任由分管副台长谢辛明兼任，下设两个副主任——分管行政后勤部和广告经营部的何副主任，分管节目编导部和剧本编辑部的古俪娜副主任。领导讲完话之后，谢辛明做动员报告，他打着官腔说，中心是省台改革的前沿阵地，也是省里“转企改制”的试点，任重而道远啊。想要去除传统管理模式的弊端，生产经营机制要改革，分配制度也要改革，人事管理实行末位淘汰制，底薪不高，但上不封顶。希望大家勇于探索，为改革杀出一条血路！

挂牌仪式结束后，中心全体人员分成两组继续开会，落实下一步的具体工作。古俪娜分管的节目编导部和剧本编辑部，不再设领导岗位，各设主任助理一名。大家在会议室听古俪娜安排工作。剧本编辑部，根据上级主管部门和台里的年度总体规划设定剧本选题，其中百分之二十为“主题剧”，就是配合上级宣传任务的题材，拨款和自筹比例是 7 ∶ 3。另外还有百分之八十的“文艺剧”（包括言情、职场、历史、武侠等题材），百分之百走市场。剧本可以向社会征稿，也可以自编。再带着剧本或者剧本大纲，到企业去拉广告。部门的年度广告经营目标为五十万元，人均五万元。我省大企业和名牌产品多，这个目标并不高。

古俪娜其实跟孙鲁西是同龄人，上学比一般人早一两年而已，孙鲁西在三八制药厂修炼的时候，古俪娜在省电视台文娱频道打拼，几年下来，成了台里的骨干。孙鲁西盯着古俪娜看，只见她微微突起的性感的小嘴巴，不停地上下翻动，言辞一串串往外冒，都是一些实用的、明确的信号。相比而言，从自己嘴巴里发出的信号，玄虚而缥缈，几乎没有一句话能够具体操作。孙鲁西暗想，在这里他一定要学习古俪娜，说能够操作的话，尽量不说虚的。古俪娜发现有人盯着她，转过脸来，眼神里闪过一道光。

古俪娜说，广告决定一切，有了广告，接下来就是节目编导部的工作。带着剧本去请演员，一线演员，没有请不来的，请不来说明你没钱，没本事。广告多，钱就多，就能请到一线演员。只有一线演员做主角的电视剧才有收视率，只有收视率高的电视剧才能够拉来更多的广告，特别是大品牌的广告。如果我们成功了，就能进入良性循环，否则就只能堕入恶性循环，那大家都别干了，下岗吧。

主任助理杨海经精明能干，古俪娜让他跟孙鲁西搭档，一个务实且善于行动，一个务虚且想象力丰富。杨海经对孙鲁西说，咱们雷厉风行，你赶紧弄一个电视剧的故事大纲出来，咱们这就出去拉广告，下周你就不用来了，在家写作吧。

孙鲁西回家闭门不出，开始构思故事。冯英妹知道儿子在编剧，走路都蹑手蹑脚不敢弄出动静。孙长戈下班，远远地就高声嚷嚷，冯英妹“嘘——”的一声，让他安静点。

孙鲁西很快就拉出了一个三十集电视剧的故事大纲，名字叫《雄鹰传奇录》。故事发生在山东蓬莱海滨，那是金人、元人、汉人交锋的重要战场，也是道教全真派的重要基地之一。有一位名叫成元英的少年，从小迷上了修仙和武术，梦想能像雄鹰一样飞翔，经常从山坡上往下跳，摔得鼻青脸肿，后拜全真教道士为师，苦练本领。成元英的成长过程，伴随着民族冲突和融合的过程，最终以成元英成长为民族英雄，以及明代统一中国结尾。杨海经一看大纲，大加赞赏，说好的创意就是成功的一半。他借了一辆采访车，拉着孙鲁西就出了门。

他们的第一个客户就是著名的空调制造商“高冷空调公司”。总经理是个女的，叫童芸秋，她在巨大的办公室里接待了省电视台的客人，微笑的表情掩盖着傲慢。

两个人连忙递上名片和电视剧《雄鹰传奇录》的宣传材料。童芸秋总经理拿起他们的名片看了一眼：“杨海经总编”“孙鲁西副总编”。她说，我们的生产成本里，的确有百分之三十的广告费。但我为什么要投给你们，一个八字没一撇的电视剧呢？立项了没有？能不能批下来？我没有找到投资的理由啊。

杨海经说，童总请放心，只要有资金投入，我们台里立马就会批。希望您和其他几位大企业家的名字，出现在我们电视剧结尾的字幕里。

童芸秋总经理笑了笑说，看过港版电视剧《射雕英雄传》吧？我很喜欢黄日华和翁美玲的表演，一个宅心仁厚笨手笨脚，一个古怪精灵冰雪聪明。你们这个《雄鹰传奇录》，就不怕金庸先生告你们抄袭吗？

杨海经说，金庸先生是历史学家，创作素材来自史书，我们也是从原始史料中得到的灵感，所以似曾相识，其实差别还是蛮大的。

孙鲁西感到，童芸秋的傲慢是骨子里的，为她的傲慢撑腰的是金钱。这让他浑身不舒服。不投就不投吧，不要盛气凌人。杨海经还在做着最后的挣扎。孙鲁西却已不抱希望。他看到竖在墙角的高冷牌立柜式空调机，便说，通过冷却剂氟利昂制冷，再用电风扇往外面吹，这个装置好像是美国工程师的发明吧？……杨海经连忙用胳膊肘撞了孙鲁西一下。

童芸秋总经理愣了几秒钟，回过神来，生气地说，我要开生产会了，二位请回吧！

两个人第一次出征就铩羽而归。杨海经又领着孙鲁西跑了好几家著名企业，都没什么成效。有的企业说你们来晚了，年度预算已经花完了，有的说你们来早了，年度预算还没下来。总之就是不想出钱。

杨海经对孙鲁西说，知道世界上什么距离最遥远吗？孙鲁西说，人心与人心之间的距离最遥远。杨海经说，错错错！钱从别人的口袋到你的口袋的距离最遥远啊！想把老板口袋里的钱弄出来，比从热油锅里取铜钱还要难啊！听得孙鲁西手背一阵发麻，他连忙甩了甩手。

眼看着一个月过去了，两个人没有一点业绩，这个月的奖金自然也没有着落，靠五十元底薪，只够吃饭和租房。杨海经拉着孙鲁西上蹿下跳，到处找客户。最后，他们找到了一家产品滞销的热水器公司。老板答应赞助五十台热水器，每台单价二百元，按五折算，热水器公司投入广告费五千元，条件是老板的名字要打得粗一点，大一点，显眼一点。电视剧中心将这批产品全部上缴电视台充当职工福利。按计划，两个人每月至少得出八千元业绩，才算勉强完成任务。

杨海经是台内企业编，家在乡下，对业绩比较在意，急得像热锅上的蚂蚁。孙鲁西却无所谓，他既不需要交房租，又不需要交伙食费，纯粹在体验生活，认识一下市场经济的冷漠无情和资本的滑稽嘴脸。杨海经发现孙鲁西一点也不着急，好像在看热闹似的，还经常冷嘲热讽，他于是决定不跟孙鲁西搭档，自己去单干。

为了完成台里下达的经营指标，为了从经营额中抽取百分之五的奖金，杨海经整天像疯狗一样满世界乱窜，见到孙鲁西也来不及打招呼，好像不认识似的，人都变了形，除了双脚之外，哪里都不动，眼珠也不转。有一次，孙鲁西在单位食堂遇见杨海经，喊住他想问候一下。杨海经脚步没停，打招呼的时候，为了节省时间，他笑肌刚刚提起来便急忙收起，表情显得特别奇怪。他匆忙地买了饭菜，一个人坐在角落里，两分钟就吃完了，像是张开嘴巴直接把饭菜倒进胃里，然后转身急匆匆地走了，又去跑业务，他的嘴巴还在咀嚼，像牛在反刍食物，看得人心疼。

对于杨海经这种工作状态，哲学上有个术语，叫“劳动异化”——劳动的根本目的在于创造幸福，结果，变态的劳动不但没有带来幸福，反而使人原有的一丁点幸福受到了贬损，最后，劳动带来的只有痛苦，劳动被“异化”了。这就是每个毛孔里都满是脏血的资本带来的后果。很难预料，这位眼神发直的同事杨海经，为了完成定额和利润，下一步会做出什么事情来。正如马克思对“资本”的天才描述那样：如果有百分之五十的利润，它就会铤而走险。如果有百分之百的利润，它就敢践踏人间一切法律；如果有百分之三百的利润，它就敢犯下任何罪行，甚至冒着被绞死的危险。

离开杨海经之后，孙鲁西无所事事。古俪娜找孙鲁西谈话，问他最近在干什么。孙鲁西说，在补读一些该读而没来得及读的书，比如读《资本论》就很有共鸣。古俪娜说，她是在谈工作，不是开学术沙龙。古俪娜让孙鲁西锻炼一下独立工作的能力，不要自暴自弃。孙鲁西突然发现，古俪娜眼神里全是管理目标和经营数字，使得她美丽的五官扭曲变形，一点也不漂亮了，甚至有些丑陋。孙鲁西感到心痛。

在古俪娜的规劝和施压下，孙鲁西只好硬着头皮，带着瞎编出来的剧本，造访了不少知名企业。孙鲁西觉得，跟老板讨论经济学，他们一定会很感兴趣。其实孙鲁西谈的根本就不是经济学，而是政治经济学，是资本和剩余价值的秘密。老板听着脸色就变了，客气的沉默，不客气的直接请他离开。

孙鲁西很想知道，那些赚了钱的老板的脑子里，除了赚钱之外，还在想什么。一个偶然的机会，孙鲁西认识了一位制造煤气灶的老板，姓黄。听说孙鲁西是 A 大学毕业的，黄老板说自己的弟弟也在 A 大学读书，于是多了三分亲近。黄老板请孙鲁西喝了几次夜茶。孙鲁西问黄老板，除了赚钱之外他还想什么，黄老板说，除了想赚钱，就是想保钱。赚钱不难，保钱很难，是一门大学问。要保证你的钱不到别人的口袋里去，最好的办法，就是让钱怀孕，而且不流产。这就要保胎，然后让钱顺利生产，像母猪一样，一胎多子。

孙鲁西说，能保得住吗？谁也不敢担保自己的钱不流失啊，今天不知道明天的事。给你讲个故事，有位黄财主，将积攒下来的八只金元宝用红布裹着，藏在床底下。有一天晚上，他梦见八只金元宝变成八个穿红肚兜儿的小人儿，排着队跑到隔壁村庄的孙大爷家里去了。黄财主从梦中惊醒过来，到床底下一看，八只金元宝真的不见了。黄财主到孙大爷家去讨要，孙大爷耍赖，说从没见过金元宝。见黄财主哭哭啼啼怪可怜的，孙大爷就包了一包碎银子打发他走了。就一个梦，孙大爷发了财，黄财主变成了穷光蛋。

黄老板下意识地摸了一下扣在腰间的皮腰包，说，这就是我们当老板的最大的心病啊！

孙鲁西好像突然开了窍。他开始跟小老板谈风水运程，提醒他们，已有的钱怎样才能怀孕生子。他跟大老板不谈钱，而是谈长寿秘诀，提醒他们，怎样才能延长享受金钱的时间。谈话的理论基础就是易经哲学和道教哲学，陈抟老祖、邵雍、丘处机、刘伯温那一套，老板特别感兴趣，跟孙鲁西称兄道弟，还请他去高档消费场所，按摩搓澡高尔夫。等到孙鲁西摸出合同，摆在他们面前的时候，他们却跑得比蟑螂还要快。

孙鲁西几乎没有成功过，每一次都是到嘴的肥肉掉到了狐狸的嘴巴里，或者是煮熟的鸭子又飞了。为什么？学历和智商都不高的杨海经为什么能弄到钱？孙鲁西很纳闷，决定去向频频受到古俪娜表扬的杨海经取经。赶上杨海经心情好，他说了半天，颠三倒四，逻辑混乱，主次不分。孙鲁西把杨海经的话归纳了一下，主要是两条：第一条，就是必须低声下气地哀求，甚至直接开口讨要，满足老板的施舍心理，让他在你面前像神祇，像菩萨，老板看上去好像是付出了金钱，其实他也得到了回报，那就是从你的仰望中收入了一笔丰厚的“精神利润”。对此，你不必仔细琢磨，不要去深究，拿钱走人，钱是真的，以后等你的机会来了，你再从别的仰望者那里收回你的“精神成本”，实现收支平衡。第二条，你必须虔诚地、真心地爱金钱，并进一步爱屋及乌地爱金钱的主人，也就是老板，让他们那种充满疑问的价值观得到充分肯定，使那种让人不踏实的人生观得以坐实。像你孙鲁西这样傲慢，骨子里瞧不起金钱和金钱的主人，金钱自然就躲得远远的。

也有心地比较宽厚的老板，见孙鲁西一介书生，尽管没有钱，但有学问。他们觉得孙鲁西说得口干舌燥也很辛苦，关键是说得那么透彻有见地，对人生的运程那么有洞察，就想给孙鲁西一些报酬。但一看孙鲁西眉宇间满满的智慧，不似常人，仿佛陈抟老祖再世，吓得又把捏在手心里的钱塞了回去，心里揣着愧疚，只好劝孙鲁西多吃点，好烟好酒好茶好菜地伺候他。

琢磨明白事理之后，孙鲁西特别生气，也渐渐失去了耐心。他再也不想搭理那些土鳖老板，那些除了数钱啥也不会，又精明又吝啬，第一桶金基本上是靠骗来的老板们。他们想让我孙鲁西对着他们口袋里肮脏的金钱磕头？想让我爱散发着铜臭的金钱？门儿都没有！他们不签合同，我凭什么陪他们一起聊天玩儿啊？凭什么陪着他们胡吃海喝啊？孙鲁西不再四处瞎跑了，他退回书斋里，开始更广泛地阅读和思考。

这座城市，是南部最繁华、最繁忙的城市，有人用“遍地流金”来形容它。大街上一辆辆运钞车呼啸而过，点钞机整天都在呼啦啦地转，每隔三五步就有一家银行或者二十四小时柜员机。孙鲁西一直以为，那些行色匆匆一路小跑的人，都在忙着到大街上去捡钱。孙长戈说孙鲁西，整天迷迷糊糊的，有钱捡也轮不到你！有时候，孙鲁西也尝试到大街上去转悠，碰碰运气，但他一分钱都没捡到过，只怪自己起床晚，手脚慢，眼不灵。

前些日子，孙鲁西读到一篇小说，叫《人群中的人》，作者是那位擅长写恐怖侦探故事的美国作家爱伦·坡。小说讲述的也是资本原始积累初期城市居民的境况，是那些商人职员、小贩工匠、苦力艺人、乞丐窃贼、赌徒妓女的素描。他们急促的身影，跟同事杨海经特别相似。住在狭小潮湿的出租屋里，晚上做着数钱的美梦，白天出门去演出敛财的悲剧。他们一刻也不得安宁，对孤独避之唯恐不及，每天迈着欢快而绝望的步伐，奔向一个又一个无奈又空洞的剧场。也就是说，这些茫茫人海中的渺小的人，绝大部分时间都在做无用功。按照杨海经的逻辑，做无用功很有必要，一百次无用功，就好比盖房子打地基，地基上最后建起的，将是成功的大楼。这是眼下世上最流行的游戏，它提前耗散生命，超额消费青春的激情，它给你虚假承诺，是典型的右倾机会主义思想。

现在孙鲁西终于知道，那些忙碌的人，其实绝大部分都是在假装很忙的样子。他们被假机会和假信息所裹挟，渐渐把假的当成真的，自己给自己挖坑跳。他们每天清晨起床，西装革履，夹着皮包，把自己赶到大街上，行色匆匆，到处奔波，迈着急促的小碎步，一副很笃定地知道什么地方有钱捡的样子。仔细观察又可以发现，他们恍惚的眼神背后，隐藏着紧张和恐惧、怨恨和戾气、贪婪和疯狂。到底是谁在制造假信息和假机会呢？是不公和匮乏，是欲望和希冀，是圈套和诱惑，是人性的弱点和邪恶，总之是合谋，是自掘坟墓，是侥幸，是不可自拔。有位十八世纪的德国哲学家兼诗人说得好，“不在显赫之处强求，而在隐微之处锲而不舍，这就是神圣”。俗世生活的可悲，就在于大家都执着于“在显赫之处强求”，对“隐微之处”视而不见。

孙鲁西反思了自己的现在，又开始反思在三八制药厂的行为。刚开始的时候工作热情是有的，那是积极介入生活的表现。接下来为底层劳动者请命的不平则鸣，也是善良和正义之举，尽管失败了。最后的退避三舍值得反思，自己选择了一条“小乘自了汉”的道路，试图独自去解决一切，也就是试图用生物学（物理）顶替社会学（公平）和伦理学（至善）的问题。这条逃避之路最终没能够走通，还把自己带进了死胡同。接下来怎么办？这是一个问题！

到了年终，单位走廊的布告栏里贴出了考核结果，孙鲁西不合格，离五万元的经营额还差很远，在整个电视剧制作中心垫了底。按照台里改革文件规定的末位淘汰制，第一年只发底薪，没有奖金，如果连续两年垫底，就要被辞退。古俪娜又找孙鲁西谈话，问他有什么想法。孙鲁西的想法比谁都多，但都不是古俪娜想知道的。古俪娜关心的是作为员工的孙鲁西，接下来有什么打算，而孙鲁西想的是个人的精神归宿和人类何去何从的问题，两个人风马牛不相及。

孙鲁西还在说“异化劳动”，说人类的精神处境，说资本市场的掠夺性，说社会资源配置的不公平问题。古俪娜假装很有耐心的样子，其实已经怒火中烧。待孙鲁西停下来，古俪娜说，孙鲁西得好好想一想，自己是否适合这份工作，假如确实不适应，还有没有别的打算。孙鲁西停顿了一下，说他可以辞职。

古俪娜说，你也不要那么极端，你调到台里来的时候，给的是事业编，有保障的，不一定要辞职。我可以跟台里协商，给你换一个部门，尽量做到人尽其才，人尽其用，你也有你的长处，换个地方没准就好了。

孙鲁西说，我估计也是换汤不换药，从粪坑跳到尿池而已。与其这样，还不如趁早辞职。

古俪娜说，你这人就是太消极。

孙鲁西说，我很积极啊，我以解决问题为目的。

古俪娜说，你首选最省事的解决方案。看上去很谦和，其实很傲慢。

孙鲁西说，谢谢你的劝告，我不是傲慢，我是维护底线。

古俪娜给人事处打电话了解情况，然后对孙鲁西说，我不主张你辞职，还有一个方案，就是停薪留职。刚才人事处说，这些年，台里有本事的人好多都停薪留职了，自己去开公司，赚的钱自己花，单位给保留劳保福利，这不合理，所以台里有新规定，凡是停薪留职的人，每年上缴两万元工龄费。我看你就停薪留职吧，这样我也好跟包海苏他们几个交代，别说我做人不地道。

孙鲁西接纳了古俪娜的建议，当天就提交了停薪留职报告。他顿时有一种如获大赦的感觉。至于怎么跟父亲交代，特别是怎么跟母亲解释，他还没想好。而且，孙鲁西并不清楚每年花两万元巨款买工龄意味着什么，自己能不能拿出这笔钱来，他也一点把握都没有。他唯一能把握的，就是此刻的自由心境。孙鲁西又回到了无牵无挂的状态，内心涌起了久违的飞翔欲望。

离职之后，孙鲁西不便长待在家里，没事就出门去溜达，在江边一坐就是半天，思考接下来的行动方案。回到家他就往自己房间里钻，家人都以为他在忙着写电视剧本。冯英妹对儿子说，什么时候电视里播放你编的电视剧，千万别忘了通知家里啊，我要让梁山和钢花都回来，全家人坐在一起看。

孙长戈在一旁插话说，你写的是哪一类题材？是“敌营十八年”那类的，还是“再向虎山行”那类的？建议你还是写一点革命历史题材。那些打打闹闹的武侠剧、哭哭啼啼的言情剧，我看都是在编瞎话。革命历史题材才是真家伙。没有素材可以问我嘛，我的经历本身就跟电视剧差不多，抗日战争、三大战役、南方剿匪，你喜欢哪一段？随便挑。其实难写的不是革命历史题材，而是社会主义建设题材，像我在海滨县工作的那些年，干了多少惊天动地的事啊！三反五反、公私合营、工商改造、社教运动、农田水利基本建设，表面上波澜不惊，其实也很惊险呢，要写好不容易啊。

冯英妹拦住孙长戈，说不要自私自利，把什么事情都往自己身上扯，儿子有儿子自己的主意，他们有他们自己喜欢的东西，谈恋爱啊，武打啊，我都觉得好看。为什么要写你啊？你有什么好看的？我还说要写一写我呢！我嫁给你吃尽苦头，给你生了四个儿女，呕吐得厉害，脚又水肿，有的早产，有的难产，哪一个不是生死关上走一回啊？把他们一个个拉扯大，呕心沥血，我容易吗？孙长戈最怕冯英妹的唠叨和质问，赶紧闭嘴了。

孙鲁西嘴巴动了动，欲言又止，不知说什么好。他觉得现在就把实情告诉妈妈，为时过早，等合适的时机，他会告诉妈妈的。他对妈妈说，接下来要出趟差，时间可能有些长，他会在出差途中给妈妈打电话或写信的。

孙长戈说，出去走走也好，了解社会，了解生活，整天闷在屋里闭门造车，能写出什么像样的东西来！冯英妹对孙长戈说，你这个硬心肠的东西，就恨不得儿子不回家！儿子天天在家就好了，写不出像样的东西有什么关系？孙长戈发现自己在冯英妹面前简直张嘴就是错，他气哼哼地起身到阳台上抽烟去了。孙鲁西觉得，要是妈妈也像爸爸就好了，那样的话，自己就了无牵挂，就能四处流浪，就可以自由飞翔。现在这样，妈妈成了孙鲁西无尽的牵挂。

玄鸟录

（孙鲁西）

*

第二章　金钱的肮脏与洁净

金钱肮脏吗？这是一个问题。年轻人“视金钱如粪土”，因为他们本来就没有钱，物质上的事免谈。精神的高贵与否，跟金钱的多少无关。站在精神高地鄙视金钱，是年轻人的精神游戏。一旦有钱了，他们是否也会越有越贪，成为自己所鄙视的人？守财奴是一种变态型人格，与其说他们控制了金钱，不如说金钱控制了他们。这就是“异化”。

父亲孙长戈干了一辈子革命，自称“一身正气，两袖清风”。跟他的同行比，他的确够清廉的，除了一套五室两厅的房子，外加地下的储物间和车库，没有更多的财产。钢花和梁山都比父亲的存款多。到 G 市工作之后，父亲的观念也有了一些变化，比如不再仇视金钱。从前，父亲最喜欢背诵“粪土当年万户侯”，把有权和有钱的人视如粪土。最近这些年，父亲不再说金钱是粪土了，而是说“金钱不是万能的，但没有金钱是万万不能的”。这是父亲孙长戈人生中的一次观念大变革。

现在，我想说说“金钱是粪土”这个比喻本身。人们趋之若鹜、梦寐以求的黄金，怎么跟他们避之唯恐不及的粪便扯在一起了呢？这个比喻，应该是源自人的直接感官反应，因而有一定的现实基础。

首先从颜色来看，黄金和泥土都是黄色，金黄色，褐黄色。最健康的粪便，跟黄金的颜色基本上是一致的，比如健康儿童的粪便。其次，由颜色的相同，引申为气味的相似。黄金作为金钱象征的“铜臭味”跟粪便的“腐臭味”奇妙地联系在一起。再从质量上看，无论黄金还是粪便，都是有重量的，都会因地球引力而下坠，这跟升华的清气和飞翔的翅膀正好相反。跟这类有重量的“浊物”捆绑在一起的人，只能落入泥土之中，就好像沉入了深渊。

两种貌似有天壤之别的东西，粪便与黄金，其实就像大海上的两座岛屿，表面上看是分离的，水底深层的根基却连在一起。可见，高贵跟卑贱，看上去差别巨大，深层也是相通的。德国神父马丁·路德就说过，那个“因信称义”的伟大启示从他大脑里冒出来的时候，他正在威登堡修道院塔楼顶层，坐在高悬于半空中的厕所上，畅快无比地朝下面的粪池排便，大脑沉思和肉体排泄同时进行。权威人格和肉身人格，排泄快感和升华快感，在这里奇妙地相遇了。

就数量而言，粪便的数量要远远大于黄金。粪便每个人都有，且随时可以再造。黄金却不是每个人都有的，而且得之不易，强行求索可能会搭上身家性命。物以稀为贵，黄金因其数量稀少而显得金贵，并非它本身有多么金贵；粪便因数量众多而显得卑贱，也并非它本身有多么卑贱。因为易得，人们对粪便产生亲近感，儿童对着粪便大笑不已就是例证，笑的同时还隐含着人类的精神优越感。因为不易得，人们对黄金产生怨恨，将黄金诅咒为“铜臭”，比作粪便。

就深层的精神关联而言，黄金和粪便是人的两个精神原型。“恋污癖”对排泄物的迷恋，与“守财奴”对吸纳物的迷恋，本质上是一样的，一出一进，矢量相等，方向相反而已。英国作家斯威夫特在名著《格列佛游记》中，对此有精彩描述。作为奴隶阶级的耶胡人是“恋污癖”，作为统治阶级的慧骃人则是“守财奴”。“耶胡人”和“慧骃人”这对冤家，终生不能分离，就像金钱跟粪便永远都无法分离一样。

资本主义也有同样的宿命，它终生都不能跟粪便和黄金分离。“银根紧缩”就是资本主义的便秘。“通货膨胀”就是资本主义的腹泻。“股市”就是资本主义的痔疮，随时都有便血的危险。

第五章

•

想到即将独自离家去游荡，孙鲁西有些激动。究竟往什么地方去，他没有明确的想法，总之是要离开这座城市和G省。其实他很少离开G省。初中时的一个暑假，父亲带着他和哥哥去北京旅游，参观天安门、长城、王府井。高中时的一个暑假，他和哥哥孙梁山结伴游上海，在南京路和外滩挤了一整天。孙鲁西只觉得城市巨大无边，喧闹无比。长城和外滩人挨着人，吵得他头晕目眩，而自己居住的这座城市也一样，有过之而无不及。孙鲁西的根在大海之滨。他喜欢蓝色的海：天水一色，渔船白帆，海浪海鸥，沙滩海风。只要一想到海，孙鲁西就身心舒坦，熟悉的景物、动静、气息，仿佛跟自己的身心血肉相连。外公和外婆的老家那个山村也不错：崇山峻岭，茂林修竹，山岚云雾，清泉湍急，鸟飞鹤鸣。但海滨县和外公的冯舍村都不是孙鲁西这次漫游的去向，他心中企慕的是西北方向的峻岭和高原。

孙鲁西独自闭门遐想，被一种“行走的哲学”所困扰：到底是跟着脚走，还是跟着心走呢？心动脚止，就好比中学时代的梦境或大学时代的幻想。脚动心止，就是俗世生活中的行尸走肉。心脚逆向，双脚朝着内心所否定的目标走去，那就是“流放”，在电视台和药厂时期就是如此。心脚同向，双脚和内心都朝着同一个目标而去，那也不是“漫游”，那叫“朝圣”，回到海滨县或者冯舍村，应该就属于某种意义上的“朝圣”。童年故乡、母亲怀抱、宗教圣地，朝着一切神圣之处走去，都是“朝圣”。而心脚自由，才是真正的“漫游”，脚和心都没有确定的目标，随心所欲。

孙鲁西内心微微战栗。因为他想起了在三八制药厂的那个夜晚，自己听到天籁和召唤，拔腿朝北方走去的情景。那的确是一种标准的“心脚自由”，其实它不是水平方向，而是垂直方向，也就是将自由的行走变成了向上的飞升，变成了飞翔，那是“变鸟狂想症”的一种身心表现。现在孙鲁西当然不会再做这种选择。漫游只局限在地球表面的水平运动。想到这里，孙鲁西心里踏实起来。

孙鲁西找来一张地形图，发现G省的地形，跟故乡海滨县一样，是西高东低。海滨县东边是故乡海滨，西边是外公老家冯舍村山区。祖国的地形，又跟G省的地形一样，也是西高东低，东边是东海和黄海，西边是青藏高原和云贵高原。来自东边的海之子孙鲁西，现在决定要往西边的高原方向漫游。明明是根据理性判断决定朝西北方向去，又怎么能叫“漫游”呢？经海路去南冥的鲲鹏啊，你是随心所欲飘向了南极，还是事先想好的呢？想到这里，孙鲁西笑起来。

八月的一天清晨，天气炎热，孙鲁西背着行囊来到G市火车站。根据自己对漫游的想象，孙鲁西打算随便登上一列绿皮火车，只要是向西边的高原方向就行，任火车将自己带到什么地方，绿皮火车的终点，就是自己漫游的起点。然而孙鲁西想错了。这种漫无目标的行走，事实上是不可能的。没有一条道路是供孙鲁西随意漫游的，每一条道路都是理性规划的产物。火车站的候车大厅，到处都设置了铁栏杆，众多穿制服戴大盖帽的乘务员，挡在各个关卡处，阻拦着随意行走的孙鲁西。

不一会儿，孙鲁西就跟乘务员争执起来，惊动了站长，一位戴眼镜、长发辫盘在大盖帽里面的女士。她微笑着，但眼神很严厉，耐心地对孙鲁西说，同志，你必须预先确定你的旅行目的地，是哪一座城市，你不可以漫无目标地行走。确定旅行目标之后，你还必须预先在站着、坐着、躺着这三种姿势里进行选择，不同的选择意味着不同票价，而且位置的坐标点也不同。你要选择什么样的座位，软的座位还是硬的座位？你准备什么时间出发，一小时后还是二十分钟内？这些都选定之后，你才算完成了登车之前的程序。车站、轨道、运行的列车，是一个有严密逻辑的网络，人必须服从这个网络的理性。要是都像你这样，漫无目标，还想随便登车，那么我们的火车站就会乱套，就会变成农贸市场。

孙鲁西觉得站长就是不一样，思维水平高出一截。他连忙摸出一本中国地图册，翻到地形地貌那一页，指着西边的云贵高原和横断山一带说，我想去这个地方。女站长瞄了一眼地形图，又抬头盯着孙鲁西打量良久，停顿了一下，好像在想什么，然后说，好吧，请你到那边去排队，购买去贵阳的火车票，今天中午十二点左右上车，明天下午两三点钟就到了。祝你旅途愉快。

孙鲁西买了一张硬座票，颠簸了二十多个小时到达贵阳。刚走出车站广场，就被几个为班车拉客的女子团团围住了。女子们连劝带扯，把孙鲁西推上了一辆停在路旁的长途客车，转身又去拉别的旅客。客车驾驶位上坐着一个黑脸男子，正在那里嗞嗞地吸烟，见孙鲁西上了车，立刻按开关将车门关上。

孙鲁西问，这趟车去什么地方？

黑脸男子说，你去什么地方啊？

孙鲁西问，是去西北方向吗？

黑脸男子说，就是啊，西北啊，大定嘛。

孙鲁西问，大定是什么地方？有大山吗？

黑脸男子说，哪里有什么大山啊，全都是大楼。

孙鲁西说，没有山？那我不去，请打开门，我要下车。

黑脸男子说，你喜欢山啊？我们那里全是山呢，毕节嘛，乌蒙山嘛，长征路嘛。

听到乌蒙山和长征路，孙鲁西心里有了数，他知道毛主席诗词中就有“五岭逶迤腾细浪，乌蒙磅礴走泥丸”的句子。长征路肯定是在比较偏僻的深山。孙鲁西拿起地图册，在贵阳的西北角大约两百公里的地方找到了毕节，大定挨着毕节，在东南边。

车子好像要等到全坐满了才开。等了很长时间，空位还不少。那位参与拽孙鲁西上车的年轻女子，来来回回地忙活着。终于，女子停下来，对黑脸男子发出开车指令，她自己则摇身一变，成了售票员。客车一路上走走停停，售票员上蹿下跳地去招揽乘客，到达大定的时候，已经是午夜。

客车停靠在路边，售票员问孙鲁西，你一个人要去哪里啊？

孙鲁西说，你们就到这里吗？那我也到这里吧。

售票员说，这里是终点站，大定客运站。我们还要往北走一段，去北岭镇。

孙鲁西说，那我也跟你们一起去北岭镇吧。

售票员想了想说，太晚了，旅社也不好找，你就跟我们去北岭落脚吧。

黑脸男子开车拉着售票员和孙鲁西往北又跑了半小时，在那个叫北岭的小镇停下来。

客车售票员名叫苗桃，她领着孙鲁西去镇政府招待所住宿。她把招待所唯一的服务员也就是她的妹妹苗杏喊了起来。苗杏睡眼惺忪地接待了这位远道而来的客人，她打着哈欠对孙鲁西说，你先去睡觉吧，有什么事情明早再说。

清晨，孙鲁西被鸟儿吵醒。他出门到小街上去溜达。寂静的小镇还在沉睡。狭长的街道像一条绳子，丢弃在大山的褶皱里。阳光照射在山巅，山岚蒸腾如烟雾。街道两旁，房屋与房屋并不连贯。透过右边的缝隙，能看到山崖上裸露的灰白色石头，左边能看到刚插上晚稻的水田，几位农人扛着锄头在田边引水，朝孙鲁西这边好奇地打量。母鸡领着一群小鸡在叽叽地觅食。一条大黄狗站在小街中央，好奇地盯着孙鲁西，愣了一会儿，转身走了。

孙鲁西突然听到有人在高声呼喊他的名字，回头一看，是招待所的服务员苗杏。小女孩在小街的另一头朝孙鲁西招手，她穿着印花 T 恤衫，蓝布大摆裙在风中摇曳。初升的太阳照在她的脸上。她眯眼对着阳光，好像在朝孙鲁西微笑似的，抿着青杏一样的小嘴巴，身子瘦弱得像竹竿。

苗杏领孙鲁西去镇政府食堂吃早餐。苗杏说，昨晚的售票员，我大姐苗桃，早晨跟车去贵阳了。苗桃说让我照顾你，是她把你从贵阳拉到这里来的。她说，当时她要是知道你是一个没有目标的游客，她就不会拉你来。

孙鲁西说，没关系。谁都不知道自己要去哪里啊，除非躲在家里不动。

苗杏说，我就哪里也不去，待在家不动。我第一次去贵阳就吓哭了。

孙鲁西说，这里真好，风景好，又干净，又安静。

苗杏说，是啊！唉，我二姐就不喜欢这里，她总说 G 市好，说大家都去那里打工。

孙鲁西说，我就是从 G 市来的，那里一点也不好，忙乱吵闹，满城腥味。

苗杏说，真的？等一下你告诉我二姐，让她知道真相。她叫苗蔓，在镇医院工作，她最害怕的就是腥味，喜欢到小溪里不停地洗手。

苗杏带孙鲁西在小镇四处转了一圈。远处传来敲击钢板的当当当的声音，那是镇中心小学上课的钟声。再往前走，小街尽头有一个大院子，两幢青砖小楼别具一格。苗杏说，那就是镇医院，苗蔓在省医学院毕业后，就分配到我们镇医院。我们姐妹三个在一起多好啊，可她总说要去 G 市求职。

苗杏站在医院大门口高喊，蔓，蔓啊，苗蔓，出来一下！

一位女子从医院里走出来，边走边摘下白色的工作帽，仰头朝后捋了一下披肩长发，接着将白大褂脱下来搭在手臂上。她穿一件鹅黄色绉纱连衣裙，身材曼妙，身姿款款，并且早就注意到了苗杏身边站着的高个儿年轻男子。

苗蔓对苗杏说，上班时间大喊大叫干什么？

苗杏说，这是苗桃昨晚拉过来的客人，叫孙鲁西，G 市人，我让他跟你说，G 市到底怎么样，是不是像你说的那么好。

孙鲁西对苗蔓微笑着点头致意。苗蔓长得跟苗桃和苗杏差不多，但肤色不像，苗蔓白净得有点苍白。在她飘忽不定的眼神背后，好像藏着热切的情感，跟苗桃和苗杏一样，但外表总覆盖着一层掩饰，不像苗桃和苗杏那么外露。

苗蔓抬头看了一眼孙鲁西，脸腾地一下红了，她转而斥责苗杏，让她不要胡说八道。

苗蔓又看了孙鲁西一眼，说你们先去玩吧，我这边还有病人，等下了班再说。说完转身朝医院里面去了。

孙鲁西有些尴尬。苗杏说，苗蔓就这样，总是故意冷冷的，跟她熟悉后就好了，她心里其实比苗桃还要热。苗杏说她自己也要回招待所去了，让孙鲁西一个人随便转转，中午还在政府食堂吃饭，苗蔓应该也会过来，到时候再跟她说说 G 市的情况。

孙鲁西沿着小街朝南走去，两边的房屋被田野和卵石河滩取代。街道西边低洼处，平行流淌着一条小溪。街道和溪流中间的空地上有一座磨坊，利用溪流落差的能量带动磨盘碾磨谷物。溪流上架着一辆巨大的圆形灌溉水车，吱呀呀地转着。小溪清澈见底，能看到五颜六色的卵石。孙鲁西脱掉鞋袜，感受着冰凉的山泉，沿着溪岸蹚水向上游走去。

不远处有一个盥洗码头，用长方麻石条垒成。刚下班的苗蔓正蹲在那里洗手，弯腰时乌黑的长发从脸边垂下，拖到了水面上。她起身时将长发向后甩，身边留下一串水珠。苗蔓优美的身影和姿态，让孙鲁西怦然心动，有呼喊她的冲动。苗蔓却只顾低头洗手，好像没有看见他。孙鲁西蹚水朝苗蔓那边靠近。苗蔓抬起头来看孙鲁西，眼里闪烁着光亮。孙鲁西正打算从苗蔓身边上岸，结果踩在麻石表面的青苔上，脚下一滑，仰面躺在了溪水中。苗蔓哈哈大笑起来，伸手把孙鲁西拉上岸。孙鲁西尴尬地连忙朝招待所跑去。

等他换好衣服再来到镇政府食堂，苗杏和苗蔓已经买好了饭菜在等他。这次见到苗蔓，大家都笑起来，好像老熟人似的。苗杏让孙鲁西赶紧坐下来吃饭。

苗蔓说，水很凉啊，你没事吧？

孙鲁西连打了几个喷嚏，说没事，青苔太滑了。

苗蔓说，你们大城市里的人，脚板不稳，就容易摔跤。我们山沟里的人，打小就在溪里蹚水，从来都不会摔跤。

孙鲁西说，我在海边长大，在海里我跟鱼一样，在山沟里也待过几年呢。

苗杏说，别说山和海了，说说城市吧，孙鲁西，你跟苗蔓说，G 市到底怎么样？

孙鲁西见苗蔓用审视的目光盯着他，说话就谨慎起来。他不想像早晨对苗杏说话时那样任性随意，那样带着强烈的主观好恶。他想尽量说得客观一些。

孙鲁西沉思了一阵，他说 G 市是中国最大的城市之一，它的居民再加上旅游者和打工者，应该有一千多万。那里有很多国内外知名的品牌和企业，包括国营的、外资的、合资的，提供了几百万个就业机会。它一年赚的钱，比你们这个省十年百年赚的钱都要多。那里有很多酒店饭馆、百货大楼、超级市场，什么漂亮衣服都能买到。还有很多名牌大学和科研机构。总之是一个很多人都向往的地方。

苗杏听得目瞪口呆，她质问孙鲁西，那你早晨为什么说它不好？你撒谎！

孙鲁西说，我没撒谎，我说的都是真话。我真的认为它不好。我真的不喜欢它。

苗蔓问道，为什么？它伤害了你吗？

孙鲁西说，表面上看，刚才我所列举的那些的确很诱人。但是，你想一想，那些东西跟一个人的幸福真的很有关系吗？它到底是增加了你的幸福，还是贬损了你的幸福？

苗杏说，既然有那么多钱，还有那么多东西可买，怎么不幸福呢？

孙鲁西说，它让我的幸福感不是增加了，而是减少了。我是跟我童年时代在海边的生活相比，跟我少年时代在外公老家山区的生活相比。

苗蔓说，如果一个人本来就生活在贫困匮乏、孤独寂寞、压抑苦闷之中，本来就不幸福，那有什么可贬损的呢？

孙鲁西说，像G市这类大城市，没有绝对的贫困匮乏，说起来你可能不信，有捡破烂和乞讨而发财的。它也不会有一般意义上的孤独寂寞，你会因为繁忙、吵闹、混乱而焦虑不安，只有当千万个人都对你视而不见的时候，你才会有一丝孤独寂寞感，你可能会因此做出一些反常的举动，试图引人注目，直到你变成了小丑。至于压抑苦闷，那是有的，但那种压抑不是来自道德的议论，不是来自熟人监视的目光，而是来自庞大的像巨兽一样的城市本身，它强大的气压会使你呼吸不畅，高频率的节奏让你的双脚飘浮不稳。你的苦闷在于，你的任何努力都无声无息、无影无踪，你就是“渺小”的代名词。你什么也不是。你就是一个“无”。

孙鲁西那些玄乎的词语，苗杏听不懂。但她听出来了，这个孙鲁西，不是一般人，至少是个有文化的人。

苗蔓也不是全懂，有些地方因缺乏体验而感到隔膜。但她有她自己的理解方式。孙鲁西每一句关于G市的负面评价，苗蔓都把它听成正面的：眼花缭乱就是丰富多彩，混乱就是自由，忙碌就是成功，吵闹就不孤独。到城市去，再渺小也渺小不过一个深山沟里的小医生了，再无声也不会像荒山野岭里小鸟的鸣叫。

那是一座让全中国人都心向往之的城市，孙鲁西为什么不喜欢呢？是不是他在那里受到了伤害？被恋人抛弃了，一个人跑到山里来疗伤？修复情感伤害，的确需要时间，更需要好的环境，还要遇到好心人的安抚。苗蔓希望能为孙鲁西提供帮助，为他受伤的心做一些补偿。见孙鲁西只顾说话，顾不得吃，苗蔓就端起菜碗往孙鲁西的碗里扒。孙鲁西回过神来，连声说谢谢。

苗蔓盯着孙鲁西看，发现孙鲁西说谢谢的时候，纯粹是出于礼节，眼神里好像没有一丝感激，不像受过伤害而期待温暖的人。而且他的眼神深邃复杂，不属于失恋就去旅游消费的"自恋型人格"。按照心理病理学的分类，孙鲁西大概属于"自我贬损型人格"。这种人格的根源在于极端理想主义而导致的傲慢，对外界的一切都瞧不上，包括环境、社会、导师、圣人、上帝。世界如此脏乱差，你们干什么去了？要你们有何用？发展到极致就是瞧不上自己，经常自我贬损，让自己长期处于一种挫败的激情之中。

苗蔓突然想起自己那毕业和分手同步的前男友，正好是这种"自我贬损型人格"的反面，属于"自我拔高型人格"，根源在于他那种极端现实主义导致的自卑，对什么都垂涎欲滴，想据为己有，得不到就满腹牢骚，他的平衡方式就是自我拔高，希望所有人都来表扬他，长期为自己营造一种成功的幻觉。

想到这里，苗蔓倒吸一口凉气，满腔热情被自己泼出的凉水浇灭了。两个男人，两种极端人格，令人烦躁。但“人格”是心理的曲折外显，具有不稳定性。稳定的是眼前活生生的人。跟前男友的世故和油腻相比，孙鲁西冷峻的表情背后是天真和幼稚。

大概是掉进溪水里着了凉，第二天孙鲁西有点发烧。苗杏赶紧去医院找苗蔓。苗蔓让苗杏帮她背着出诊箱，赶到招待所，一量体温，38.5℃。苗蔓开了药，让孙鲁西好好休息。一连两天都是苗杏在照顾孙鲁西。苗蔓只要有空就过来陪孙鲁西聊天。大姐苗桃出车回来早的话，也会过来坐一坐。

他们天南地北地聊着。苗家的父亲苗世高，原本也是北岭镇上一个得意的人物，尤其得意的是有三个漂亮的女儿。一次车祸将他那辆农用三轮车轧得粉碎，包括他的双腿。瘫痪在床的苗世高只能依赖妻子过活。家里重活没人干，才觉得少生了两个儿子，他开始埋怨命运，辱骂女儿，把气撒在三个女儿身上，把不幸全都转化为攻击性语言。初中毕业的苗桃，找了一个老实又结实的男友，就是那位开车的黑脸男子，名叫劳万明，想让他入赘。苗杏今年高考落榜，刚到镇招待所做合同工。大学毕业的苗蔓跟家里有些格格不入，扬言不嫁人，让镇上的男子避而远之。

孙鲁西也把自己的家世、经历都告诉了她们。孙鲁西说自己喜欢自然，喜欢海和山，不喜欢人工制造的水泥街道。孙鲁西还说，这些天他在梦中云游四方，不知不觉地走进了云贵高原深处的一个桃花源，失足掉进冰凉的河水，眼看就要淹死，遇见两位仙女搭救才幸免于难，希望自己不要醒来，一直住在梦中的繁花地和温柔乡，跟两位仙女相伴。说得姐妹俩开怀大笑。

苗蔓说，没想到你这个哲学家还有文学才华啊！她明知道孙鲁西是在编故事，但那语调还是令人着迷，语言的力量还是穿透了她的心。苗蔓想象自己真的生活在桃花源，迎面走来漫游者孙鲁西。

一周之后，孙鲁西要离开，他没有说是否回 G 市，只是说去火车站，还搭乘苗桃和男友的车。孙鲁西邀请苗家姐妹有空一定去 G 市做客。苗蔓依依不舍，让孙鲁西别忘了这个山沟里的桃花源，等自己攒够了假期，一定去 G 市找孙鲁西。

漫游了一个多月的孙鲁西回到 G 市，谁也不知道他离开北岭小镇后去了哪里，他自己讳莫如深，别人也就不好追问。孙长戈又享受了调房福利，搬进一套更大的房子。大家忙于搬家收拾，没有人关心孙鲁西工作上的事，其实他们都知道孙鲁西停薪留职了。冯英妹向孙长戈发出警告，不得提及这件事，就当什么也没发生。冯英妹经常给孙鲁西塞钱。孙梁山也打算给弟弟一笔钱，还在琢磨怎么给，他怕弟弟拒绝。

孙鲁西还是早出晚归显得很忙碌的样子。他需要挣够两万块钱工龄费给单位。他的朋友和同学都是文人，也帮不上什么大忙。张千颐建议他写一些理论文章挣稿费。孙鲁西将《金钱的肮脏与洁净》一文修改扩充成《金钱的精神分析》，投了过去。主编的审稿意见是“思维新奇，观念极端，言辞粗俗，不予刊用”。张千颐又把孙鲁西那篇《道教的宗教性及其肉身实践随想》进行了删改，把名字换成《养生实践的哲学思考》，很快就通过了终审。

孙鲁西更多的文章，还是发表在许纯艺编辑的文艺副刊上。配合正在热播的武打电视连续剧和流行的武侠小说，许纯艺让孙鲁西开了一个专栏，叫“东方神通”，属于哲思随笔类，内容包括中国养生思想、历史逸事和野史掌故点评、方士与儒生的故事、肉体的极限和超越的可能性等。署名“鲁西”的专栏文章，颇受中老年男性读者的追捧。孙长戈有些尴尬，他一方面不认同儿子的观念和趣味，另一方面又被官方报纸的权威性所震慑，不知怎么应对，只好假装没看见。

孙鲁西过着一种自认为理应如此的生活，每天忙于阅读和写作，觉得特别充实，有时候出门散步，或者跟杂志社和报社的朋友聚会聊天。直到年底，省电视台财务处催他缴纳两万元工龄费，他才意识到自己的经济危机。孙鲁西决定彻底放弃体制身份，当一名自由撰稿人。G 市少说也有几十家报刊，大家都认识了一位叫“鲁西”的专栏作家，言辞犀利，思想新颖，语言味道特殊，有一点点晦涩，但不至于不懂。读者就这样，全懂了他瞧不起你，读不懂他就拒绝你。鲁西的语言恰到好处，天生的专栏作家。孙鲁西的新老朋友越来越多。G 市的编辑们以约到鲁西的稿件为荣。

天气开始炎热起来。每个周五下午，孙鲁西都要去一趟西郊的省新闻大楼，许多报刊都在那里办公，他去给报纸送稿件。这一天，孙鲁西刚走到大楼门口，突然发现一个熟悉的身影在徘徊。仔细一看，他不敢相信自己的眼睛，竟然是苗蔓！

孙鲁西喊道，苗蔓！是苗蔓吗？你怎么在这里？苗蔓一见孙鲁西，眼泪就哗啦啦地往下流。孙鲁西连忙把她拉到路边的长凳上坐下，让她别哭，有什么事慢慢说。

原来苗蔓来 G 市已经三个月了。刚来的时候，她不打算立刻就跟孙鲁西联系，想等自己工作有着落再说。她每天在报纸上看招聘广告，但遇到了大量的虚假信息，多次被骗到美容院、桑拿室、洗脚城。最惊险的一次，被人骗到了远郊的一个乡村，让她在一家地下黑诊所上班，每天都在帮打工的女孩子刮宫，治疗男子的梅毒淋病，干了一个月，没有拿到一分钱工资。更要命的是，黑诊所老板多次试图对苗蔓图谋不轨，幸亏苗蔓机警，侥幸逃离虎口。最绝望的时候，苗蔓拨通了孙鲁西家的电话，却发现“您拨打的号码是空号”。她按照孙鲁西提供的地址到现场寻访，有人说孙家搬走了。一连串的打击让苗蔓晕头转向，最后的希望也没了。她怀疑在北岭镇遇到的那个孙鲁西，也是G市这个大骗局中的一环。

苗蔓也想过放弃，但她又不想轻易认命，打算在G市做最后的挣扎。身上的钱越来越少，租住的房屋也越换越差，找工作的条件更是越降越低，但她坚持下去的决心依然是坚定的。偶然的机会，她在报纸上看招聘广告的时候，读到署名“鲁西”的专栏文章，惊奇地发现，那些文章的语气、观点、风格都似曾相识，于是她断定，写文章的鲁西，就是孙鲁西。接连好几天，她都在报社大楼门前守候，希望有奇迹出现。苍天不负有心人，她终于见到了孙鲁西。

看到满脸憔悴的苗蔓哭得泪人似的，孙鲁西连声道歉，说搬家和换电话这件事没有及时告知，让她吃了苦，抱歉抱歉！该死该死！苗蔓哭着说，要是再见不到你，我就要回家去，受我父亲的辱骂，去遭镇上人的白眼。或者我根本就回不去，被人骗到偏远的地方害死。她越哭越伤心，弄得孙鲁西手足无措。

好像过了很久，苗蔓才渐渐平静下来。报社门口进出的人多起来，快到下班的时间了，孙鲁西赶忙把稿件送进去。他请苗蔓吃晚饭，再把她送回出租屋，让她先安心待着，说会想办法帮助她找工作的。孙鲁西去找张千颐和包海苏商量对策，见了两次面，他们犹犹豫豫，旁敲侧击，就是不正面说事。孙鲁西心里着急，又不知该怎么办，心事重重。

冯英妹见儿子这一阵都不在家里吃饭，回来得也很晚，不知道他在忙什么。知子莫如母，冯英妹直觉有事，又不便打听，只能忍着，经常偷偷地往孙鲁西钱包里放钱。忍了几天，还是没忍住，便开口问儿子，碰到什么困难没有，需不需要妈妈帮助。孙鲁西支支吾吾不想说。冯英妹说，儿啊，妈妈都是为你活着，还有什么事情不能跟妈妈说？孙鲁西要求妈妈为他保密，特别是不能跟父亲说。

得知那位叫苗蔓的乡下姑娘三个月来吃尽苦头，现在还住在地下出租屋里，冯英妹开始责备孙鲁西。冯英妹让儿子带她去见苗蔓，要把她接到家里来，免得她一个人在外面流浪。孙鲁西说这事先不必着急，当务之急是帮她找工作。

冯英妹说，她想找什么工作？

孙鲁西说，她是医学院毕业的，自然是当医生。

冯英妹说，那还不好办？我给钢花打个电话。

孙钢花结婚后从郊区医院调到了市红十字会医院。她丈夫薛章秉，就是市卫生局的领导。关于苗蔓的事，孙鲁西之前一直瞒着家人，自然也不便跟姐姐姐夫提起，再说他也不想开口求那个姐夫。冯英妹让孙钢花回家一趟，说有重要的事商量。孙钢花是个急性子，偏要妈妈在电话里说什么事，冯英妹说不清，让孙鲁西自己跟姐姐说。

听完孙鲁西的介绍，孙钢花说，出去流浪一个月就勾引上女朋友了啊？还把她养在出租屋里，看不出啊，弟弟你够厉害的！

孙鲁西一听脸都红了，连忙辩解道，不是不是，只是一般朋友，前几天才碰上她。

孙钢花说，一般朋友？那你起什么劲啊？让她自己去找呗。

孙鲁西说，她已经找了三个月，不但没找到，还被骗惨了。求姐姐帮忙啊！

见孙鲁西真的着急，孙钢花笑起来，连忙宽慰弟弟，说不就是想找个工作吗，没问题！这两年市教育卫生系统的人才大量流失，下海的下海，出国的出国，特别缺人。薛章秉就说过，凡是有正规大学文凭，希望到G市基层医院和中小学工作的，市里会大开绿灯。你让她带着求职材料来找我。晚上到我家里来也行。

苗蔓不想去孙鲁西的姐姐家，她有些害怕，问能不能上班时间到办公室见面。孙鲁西又去跟孙钢花协商。孙钢花安排，晚上到她家附近的茶楼喝夜茶，她让薛章秉也来。

苗蔓很紧张。她被接二连三的打击弄得自信全无，何况是去见孙鲁西的姐姐和卫生局的领导，还要为穿什么衣服而伤脑筋。寒碜或者华丽都不合适。牛仔短打扮给人不成熟的感觉。长裙飘飘又给人娇气的感觉。

服装迟迟定不下来。苗蔓想出了一个办法，她让孙鲁西在屋里，自己在门外，关上房门，孙鲁西在里面随便拿起一件衣服问，这一件？外面的苗蔓就喊 YES 或者 NO，最后碰上哪件就穿哪件。苗蔓一直在喊 NO。当她大声喊出 YES 的时候，跑进屋里一看，是一件晚礼服，紫色的吊带长裙，苗蔓当场就要哭了。大学毕业的时候，同学们让她当毕业晚会主持人，她买了这件礼服，只穿过一次，从此就压在箱底，也不打算再穿。之所以还将这件衣服带在身边，那是苗蔓心灵的秘密，她不想让人知道。

此刻，孙鲁西不知所以，一个劲儿说好看，逼着苗蔓试穿那件晚礼服，说穿着它就像要飞起来一样，符合他对女孩子的想象。苗蔓则坚决拒绝，说穿着吊带晚礼服出现在喝夜茶的地方，很不合适。孙鲁西说没关系，加一件披肩就可以了。苗蔓找出一件米白色的开衫套在外面。孙鲁西说，绝配。

两人如约出现在茶楼，见到了姐姐孙钢花和姐夫薛章秉。孙鲁西陪着姐夫喝啤酒、抽烟，把苗蔓的求职简历交给姐夫。薛章秉翻阅过简历，打量了一下苗蔓，便让服务员把电话机拉过来，哇啦哇啦地打了一通电话，然后转身就要向孙钢花表功。孙钢花正拉着苗蔓的手嘘寒问暖，说一个人在外面东奔西跑很辛苦，还说苗蔓早就应该来找她，说得苗蔓眼圈红了，使劲忍住才没哭出来。孙鲁西发现孙钢花好像很喜欢苗蔓的样子，才这么一会儿工夫，甚至比自己跟苗蔓还要亲近，他觉得女人挺不可思议。

趁苗蔓去洗手间，薛章秉汇报说，已经把苗蔓安排在东市区中医院，这个礼拜就可以办入职手续。孙鲁西敬了姐夫一杯。孙钢花嗯了一声，点头赞许，又对孙鲁西说，这个苗蔓不错，聪明漂亮，但看得出，性子有点刚烈，我是名字刚硬性格柔软，她正相反，名字柔软脾气刚烈。对于孙钢花把自己跟苗蔓放在一起比较，孙鲁西不以为然，他脱口而出，我怎么觉得你们两个人的名字和性格都特别贴切呢？

苗蔓没想到孙鲁西的姐姐姐夫如此神通广大，她用三个月解决不了的问题，人家几个电话就搞定了。苗蔓感觉到了孙钢花的关切，同时也感觉到了她对自己的警觉。前几个月的经历告诉苗蔓，在这么复杂的城市里，没有几分对人的警觉是很难活下去的。自己逃离家乡的主要目的，就是要离开北岭镇医院，到G市找一份像样的工作。此外的一个奢望，就是希望再次遇到孙鲁西。现在两个目标都实现了，她觉得三个月的苦没有白吃。接下来命运会如何，她也不敢多想，只能听天由命。

第二天，孙钢花给妈妈打电话，说薛章秉给那女子安排了工作。孙钢花着重说了对苗蔓的感觉，说她出身底层，会比较实际，加上性子可能有些刚烈，不知性格柔软的弟弟跟她是不是合适，有些担心。冯英妹说，安顿下来就好，还是薛章秉有能力。冯英妹还说，那个女子我不用看，我只看我儿子的表情、眼神、情绪，还有他睡着时踏实的样子就知道，我儿子遇到了让他舒适开心的人。

苗蔓退掉了破旧的出租屋，搬到离东市区中医院和孙鲁西家都更近的市中心来了。孙鲁西每天依然半夜才归，回到自己的房间倒头便睡，转眼间鼾声大作，跟以前翻来覆去睡不着的情形大相径庭。冯英妹看着心里特别踏实。冯英妹经常试探孙鲁西，问什么时候让那个女孩搬到家里来住，她好提前做准备，打算专门给她腾一间屋子。孙鲁西说，她一个人住自由自在，住到我们家里来算什么？还要每天跟你们客气。冯英妹说，你去告诉她，不必客气，慢慢地熟悉就好了。孙鲁西向苗蔓转达了母亲的意思，苗蔓说先不急，预付了一年的房款，合同约定不能退，自己也还没准备好，等过一阵再说。

冯英妹天天咧着嘴笑，孙长戈问她有什么开心事，冯英妹说，孙鲁西有女朋友了，叫苗蔓，东市区中医院的医生。孙长戈说，这有什么好笑的？你应该哭才对！都快三十的人了，连自己都养不活，还恋爱？还结婚？等他老了你还养着他吧！

冯英妹说，又不要你养！现在就等鲁西带那个女孩回家，把她留下来。女孩子，还有儿子，两个我都养，不指望你养！我生了他就要养着他，除非他不要我养。好在我儿女都有出息，有良心，关爱这个弟弟。你一天到晚不着家，一回来就扫我的兴！赶紧把你那些乱七八糟的文件和报纸收拾了，把房间给我腾出来，到时候给苗蔓住。

孙长戈正在看报，他用手背在报纸上扫了几下说，我早就说过，他在报纸上写的文章，观点偏激，言辞怪异，不可能长久，你看吧，最近就不见他的名字了。

冯英妹说，他忙着谈恋爱，哪有时间写文章啊？

孙鲁西和苗蔓的确处于热恋之中。两个人只要有空就黏在一起，如胶似漆，抱着亲吻，饿了就到外面去吃快餐，回来接着吻，有时候吻出了眼泪，就吸吮着泪水继续吻。西部高原山沟里出来的苗蔓，跟东部海滨和都市里的孙鲁西，两个原本陌生的路人，像前世的亲人，奇迹般地相遇。

突然，苗蔓从幸福中抽身而出，腾出自己的嘴巴，眨巴着眼睛思索了一阵，仿佛有所顿悟的样子。胚胎是没有性征的啊！苗蔓说，她曾经读过一个神话故事，说男女原本就是雌雄同体的一个人，有两个脑袋和两双手脚，各有自己的生殖系统，长在一起。后来，他被神对半劈开，便成了一男一女，成了两个孤零零的游魂。他们终生都在寻找自己的另一半，要跟对方重新合而为一。因此，幸福就是重新遇合，就是阴阳合一梦想的实现，就是雌性荷尔蒙和雄性荷尔蒙的高度和谐状态。

孙鲁西夸苗蔓能把医学转化成哲学。孙鲁西对幸福也有自己的看法，他说，人类的一切痛苦，都是时间带来的，因为有时间，所以才有生老病死，才有爱别离、求不得、怨憎会，才有匮乏和衰朽。如果逆向推论，那么所谓的幸福，一定是能消除时间感的某种东西。因此，幸福就是时间中止。爱情自然排在第一，本质上相似的还有醉酒、做梦、性爱，最后就是死亡本身！

接下来，两个人就像居住在远离尘嚣的洞穴中的两头野兽，无知无视，没有记忆，抛却了时间的流逝和世事的纷扰。一切都被遗忘在脑后，只有幸福的亲吻声。红尘中唯一的超越行为就是爱，这是神赐予悲苦人世特有的奖赏。

第六章

•

火凤凰花盛开，血红的花瓣飘落到潮湿的街边，变成深褐色。冯英妹天天都在盼着儿子领苗蔓到家里来。但她却发现，孙鲁西最近待在家里的时间越来越多。冯英妹有些担忧，便试探着跟儿子打听苗蔓的情况。孙鲁西安慰妈妈，说一切都很好，只是苗蔓最近很忙，她正在熟悉新工作、新生活、新城市，也开始有了自己的社交圈。冯英妹点了点头，趁机多问几句，问他怎么不找那些老同学玩。孙鲁西说，老同学结婚的结婚，出国的出国，下海的下海，哪有时间聚会闲聊啊。冯英妹说，老同学还会帮你发表文章吗？孙鲁西说，偶尔也发，最近自己疏懒，写得少了。事实上孙长戈的直觉是对的。上面有人不喜欢孙鲁西的文风和观点，找他约稿的人就少了，恰好赶上孙鲁西近期的确写得少。

孙鲁西的话，冯英妹将信将疑，她顺手打开电视机，调到她最喜欢的电视栏目《每日一汤》，发现嘉宾由一个变成了两个，主讲男嘉宾边上多了一个女的。冯英妹说，新来了一个女嘉宾，长得好看，但不怎么会说，说的都是外行话。孙鲁西路过的时候瞟了一眼屏幕，立刻停住，他大吃一惊，脱口而出，苗蔓？她怎么上电视了？

这个《每日一汤》节目，是G市电视台名牌栏目《饮食与卫生》中的一部分，主要是教家庭主妇煲汤，怎么选瓦罐，怎么配料，怎么掌握火候，什么体质适合喝什么汤，什么季节应该喝什么汤。因此，在这座喝汤几乎成了信仰的城市，《每日一汤》节目收视率特别高，是G市电视台的宠儿。主讲男嘉宾叫孔周南，东市区中医院保健科专家，也就是苗蔓的同事。女主持正陪两位嘉宾聊天。男嘉宾孔周南讲“饮食”，女嘉宾苗蔓讲“卫生”。孔周南用本地方言夸夸其谈，把汤中的“元气”与生命的“元气”扯到一起，进而讨论喝汤和益寿延年的关系，以及煲汤的技术和秘诀，他在形而上与形而下之间来回穿梭，游刃有余，尤其是将喝汤跟审美价值和永生不朽扯到一起，很有蛊惑性。

孙鲁西一边听一边冷笑，认为那个孔周南在糊弄老百姓。女主持提醒苗蔓，问她有何高见。苗蔓不懂煲汤，说的话也跟煲汤无关，一看就是个陪衬，像是临时拉去凑数的。苗蔓的主要观点是，喝汤也要注意卫生，不要喝得过量，过量就是不卫生的，尤其是要警惕喝汤依赖症，不要上瘾。孙鲁西听着也觉得可笑。

听到孙鲁西喊出苗蔓的名字，冯英妹以为听错了，仔细看电视屏幕上的介绍，字幕打出来的的确是“东市区中医院医师苗蔓”。小家碧玉的样子，眉眼都很耐看，就是嘴唇薄了一点，说话时的表情也得体。冯英妹顿时替儿子感到一种危机。同学们都忙，儿子却在家里闲着。苗蔓都上电视了，儿子却从电视台辞了职。唉，既无工作又无收入，我儿子拿什么来说服别人啊！只有一张名牌大学的文凭，用得上就是文凭，用不上就是一张纸。另一个资本就是干部家庭，无奈老家伙孙长戈，总是恨不得把儿子撵出去似的。

冯英妹想着，偷偷摸出手绢擦眼泪。她起身回到自己房间，好一会儿才出来，拿着一本存折往孙鲁西手里塞，说放在儿子身上以备急用。孙鲁西坚决推辞，说自己天天在家蹭吃蹭喝，花不了什么钱。冯英妹在孙鲁西背上拍打了一下，说什么叫蹭吃蹭喝，妈妈整天操心的就是让你吃好喝好。孙鲁西说，孙梁山给他的一笔钱还在那里没动，这存折妈妈收着更好，他要用时再找妈妈。冯英妹对孙鲁西说，存折你先收着，该花的时候就要花，你爸就经常说，手里有粮心里不慌，物质基础雄厚，国家胆气就壮。人也一样，你先拿着！孙鲁西拗不过妈妈，只好先收下，心里发誓不动用妈妈的钱。

孙鲁西问苗蔓，怎么想到上电视做健康节目嘉宾？苗蔓说，主讲嘉宾孔周南就是我们保健科的主任，他见我刚来，人生地疏，没什么机会，关照我去挣点外快。可是他怎么知道我内心的想法呢？我真的很感激他。孔周南说不必感激，他也希望上电视的时候旁边能有人插个话，他就可以歇一歇，一个人说有点累。孔周南还说，上这个名牌栏目做节目，要不了多久就会有大把的机会找上门来。他是本地人，出身中医世家，著名品牌“佩芝堂”的传人，我们在街边喝的佩芝堂凉茶就是他们家的品牌。还有，他真的很懂养生保健，五十出头的人，看上去像三四十。

孙鲁西听得有点烦。苗蔓接受孔周南的邀请上电视，事先都不跟自己说一声。孙鲁西认为苗蔓是在忽略自己。大概在苗蔓眼里，他的存在已经变得无足轻重，他完全是多余的，他是这个世界上的“多余人”，应该被淘汰掉的废物！

孙鲁西突然高声说，那个孔周南，完全是张嘴瞎说。喝汤，是一件俗得不能再俗的事情，怎么能跟信仰和神圣的事扯到一起呢？“浊物”（肉汤）与“清物”（元气）之间的转换，怎么可能通过消化系统完成呢？消化系统的主要功能是造粪。要化浊为清，只有通过艰难的修炼，才有一丝可能性，那还得看机缘。它跟俗人无缘！孙鲁西转而又面向苗蔓说，还有你，纯粹是在没话找话，谁不知道喝汤要讲卫生？你还让大家不要喝汤上瘾。不上瘾那还叫G市吗？这座城市两千多年的建城史，就是一部喝汤史。就算个人能够凭意志克服喝汤依赖症，这座城市也不可能克服这个千年习俗，喝汤瘾是不可能去除的。所以，不是哪一个人上瘾的问题，而是整个一座城市上了瘾。其实就是嘴巴和肠胃的惯性动作，跟帕金森症差不多。

苗蔓有些生气，反驳道，你的说法看上去好像很有见解，其实是一种脱离社会的自说自话，而且也不能自圆其说。既然喝汤是这座城市的千年习俗，我们就得尊重它，在尊重的前提下给出更好的科学建议，让更多不懂煲汤的人得到帮助。而且每期电视节目后面都有字幕，说嘉宾观点只代表个人，不代表电视台和栏目组，更不是命令和真理，仅供参考。这就是在提醒观众，可以自由选择。遥控器在观众手里，他们可以换台。

孙鲁西说，换台？换到哪里去？哪个台都一样，都被资本和谎言胁持。

苗蔓说，那大家都不要看电视，都去打麻将好了。

孙鲁西说，打麻将是四个人的游戏，电视广告宣传是社会游戏，有社会成本。

苗蔓说，普通观众就是免费看电视，有什么成本？

孙鲁西说，时间成本、生命成本、精神成本。

苗蔓说，你强词夺理！按照你的想法，大家什么事都不要做了。电视台不要做节目，企业也不要投广告，老百姓晚上也不要看电视，也不要休闲娱乐，坐在那里发呆

孙鲁西说，发呆是“零”，不是负数。看那些节目，那些打着科学之名的欺骗，结果就由“零”变成了负数。

苗蔓辩不过，就哭起来。自己怎么就成了欺骗啊？她知道孙鲁西想法古怪，所以才不愿意事先跟他说，果然如此。孙鲁西为了增加自己语言的力量，经常将极端的观念理论化或哲理化，不仅要起到批评当事人的效果，还顺便审判所有人和世界。听到孙鲁西那些激烈的言辞，苗蔓想起了自己的父亲。父亲就是将自己的不幸转化为攻击性，对几个女儿进行辱骂，乃至全盘否定。苗蔓越想越伤心，啜泣声越来越大。苗蔓说，找工作的几个月，她花光了所有积蓄。刚领到的工资，要交房租和生活费，再添置一些必要的生活用品，已经所剩无几，想给家里寄点钱都无能为力，她耳边充斥着父亲的咒骂声。孔周南完全是好心帮忙，为自己解决燃眉之急，竟然遭到孙鲁西如此激烈的批评。苗蔓哭着请孙鲁西立即离开，

让她一个人安静一会儿。

孙鲁西回到家，盘点了一下自己的资产。上次出门旅行一个多月，自己那点积蓄花得差不多了，现在只剩下几千元。还有就是孙梁山和母亲给他的两个存折。当时出于无奈接纳下来的时候，他就给自己立下规矩，不到万不得已，决不动用哥哥和妈妈的钱。苗蔓是缺钱，能接济一下当然好，但也不是迫在眉睫。孙鲁西这才觉得，自己这个年龄，应该有些积蓄才对，看来当务之急是赚钱。

孙鲁西又去找过苗蔓两次，不巧都没遇见，越见不着越急。他正想要不要去医院找，苗蔓的电话就来了，她约孙鲁西到江边一家叫“江上风”的茶楼见面。茶楼设在江边的一艘趸船上。江上轮船来回穿梭，夕阳斜照在水面上，趸船在波浪的拍击下轻轻地摇晃。江对岸就是A大学，孙鲁西忍不住多望了两眼，那个自己深爱的却抛弃了自己的母校！苗蔓已经到了，她对面坐着的中年男子，正是电视上见过的孔周南。彼此都知道对方，但苗蔓还是介绍了一下，她挨着孙鲁西坐，给他斟茶。

孙鲁西有些措手不及，没想到电视上的保健专家突然出现在自己身边。孔周南穿着考究，左手中指戴着一枚戒指，手腕上戴着紫色的手串，右手端着一只大烟斗。空气里弥漫着很好闻的进口烟草的香精味儿。

孔周南微笑着开口打破了僵局。A 大学哲学系，大名鼎鼎啊！早些年我在中医学院读书的时候，也迷恋哲学，还去 A 大学蹭过课呢。

孙鲁西顺着孔周南的话说，孔先生对哲学也有兴趣啊？

孔周南说，略有兴趣，学中医的嘛。国外将中医当作一种保健科学，而我以为，中医本质上是一种生命哲学。

孙鲁西想了想说，嗯，阴阳和谐的升华理论，辨证施治的系统思维，的确有点生命哲学色彩。但是，“保健”最多只能是技术，不是科学。技术因人而异，科学必须是可重复实验的，具有精确数据链的。

孔周南说，是的，技术是因人而异，但当“人”换成了机器，解决了重复过程中的精准性，它就接近科学了。

孙鲁西说，施行技术的“人”可以换成机器，但接受技术的“人”，也就是被治疗的对象，是不能换成机器的。机器人给机器人治病，是没有意义的。

孔周南说，流行时尚、大众传播、信息交流、教育培训、法律法规，都是试图调适过于差异化的“人”，让他们模式化，变得更容易掌握。

孙鲁西说，这恰恰是我要反对的。僵化的教育、重复的信息、雷同的思维、同质的生活，消解了“人”的差异性和丰富多样性。现代文明就是要把人变成机器。

孔周南说，人还是人，不会变成机器。人类总是要追求更高意义上的“同一性”，而不会停留在低级“差异性”上。比如煲汤，那些根本不懂煲汤的人，各煲各的，丰富多样，其实是瞎折腾。看了传播科学知识的电视节目，懂得了煲汤的基本原理，都遵循科学的方法，在这个基础上，还可以有更高一级的创新。

终于进入了正题。孙鲁西便彻底放开了，他说，孔先生将电视节目视为一个单纯的信息传播渠道，而不是一种资本和权力运行的媒介。其实电视台制作迎合消费心理的节目，引诱消费者观看，专家身份就是重要诱因之一，大家都想听专家对煲汤喝汤的建议，以便喝得更好，更幸福。他们的剩余时间，也就是休闲时间，就被电视锁进了一个特定时段。看的人多，收视率自然就高，广告商就来给电视台投广告，将这一段时间买下来。一个完整的资本运作链条建构起来了。资本生产的目的就是利润。那么谁在获利呢？首先是电视节目制作方，其次是广告商和企业。普通市民得到什么？貌似得到看戏的快乐，但那个“戏”跟艺术没有半点关系，他们就是在看广告，而且很可能是信息低劣乃至虚假的广告。

孔周南举起手来，试图打断孙鲁西的话。孙鲁西说，我知道孔先生想说什么，请你让我把话说完。普通市民的剩余时间，原本可以用于打麻将、聊天、读书、逛街、吃喝、谈恋爱、发呆、睡觉，各不相同，自由多样。现在大家都被诱惑去做同一件事：看电视。所有人都被电视节目转换为“收视率”，被卖给了广告商。广告商用劣质广告片填充购得的电视时段。观众在免费看广告。那么，广告商的资本回报在哪里？资本这个魔鬼，通过商品广告的图像，控制了所有人的记忆，让商品形象进入了人的潜意识。广告借此制造了一个神话：吃喝或者使用某种商品，你就可以获得幸福。虚假的幸福紧箍咒就这样将所有人都锁住了。所以，你们那个节目，好像在服务观众，其实就是电视台、广告商和专家一起合伙欺骗观众。

孔周南突然鼓起掌来，还连连说“妙”，说孙鲁西不愧是名牌大学王牌专业毕业的，有一种透过现象看本质的劲头。但是，孔周南说，我也发现了你的思维误区。首先，你列举了很多市民消磨剩余时间的行为，都是为了跟“看电视”对立。看电视，应该是诸多消磨时间的行为之一啊，它们是并行的啊。看电视，同时也可以打麻将、聊天、吃喝、谈恋爱、发呆、睡觉，怎么就变成了非此即彼呢？其次，你把电视节目跟“欺骗”扯在一起，认为它有虚假性，你因揭穿这种“骗局”而感到快慰，但这不是普通市民所需要的，这是一种精英的傲慢。再次，你完全忽略了电视开关和遥控器的功能，它像阎王判官，直接对一个电视节目的生死做出判断，由此产生残酷的行业竞争，迫使电视节目在形式和内容上下功夫，提高质量，降低成本，服务观众。

孔周南端起茶杯，朝孙鲁西和苗蔓示意了一下，低头抿了一口，又接着说。我的这档节目之所以还有收视率，是我积累了半辈子养生经验的结果，现在又有年轻漂亮且专业的苗蔓医生加盟，会让收视率更高。我们的资质和努力，也有成本，也应该得到回报。尤其是苗蔓医生，父亲卧病在床，又初来乍到，对资金或者机会的需求更迫切一些。因此我觉得这是一件皆大欢喜的事情，不需要过度思考，而需要实际去做。

提起苗蔓对资金的需求，孙鲁西低下头不敢接话。他也觉得自己需要做事，只是没有方向，有劲不知往哪里使。苗蔓起身给他们斟茶，并提议谈点轻松的，不要那么剑拔弩张。孔周南这才开始切入今天的正题。

孔周南说孙鲁西才华横溢，智力超群，但不应该只消耗在沉思默想上，而应该转化为积极的行动。孔周南建议孙鲁西做民营出版。孔周南自己在一家省级出版社出版的“养生系列”图书，内容新颖，形式陈腐，至今堆在仓库里。孔周南说，随着改革开放的深入，他预感到一个出版的黄金时代就要来临，所以才想到让孙鲁西介入出版行业。能力很重要，时机更重要，应该赶紧注册一个股份有限公司，筹集资金，租赁办公室，招几个编辑，就可以开始干了。先考虑出三个系列的图书，总主题就是“美的生活”，这是我们现在急需但又匮乏的领域，所以市场空间很大。

第一个系列是“美味健康”，主要营销对象是家庭主妇，以孔周南和苗蔓现有的成果为主体。《每日一汤》节目可以转化成文字的形式呈现出来。孔周南原来关于饮食卫生的旧作，版权已经到期的，也都拿来。组织编辑利用图书馆资源进行再编撰和再加工，形式和内容上要有创意，处处为读者着想。只要营销跟上，绝对畅销。

第二个系列是“美好生活”，主要营销对象是年轻女性，为她们提供社交生活指南，比如《化妆技巧》《约会服装》《配饰之美》，没有稿件资源也不怕，发挥想象力啊，能想象出来的美都可行。还可以到香港去买繁体字版的书来参考，改写成简体字版。图书必须装帧考究，形式漂亮，便于携带。

第三个系列是“趣味休闲”，营销对象是普通市民。这个系列涉及的面可以宽一点，比如插花技术、收藏常识、烟斗品鉴、文玩的历史、宠物指南等。

先考虑这三个系列，每个系列只要一个书号就可以。利润空间还是不小的。一定要招一批得力的编辑，必须是学文史哲出身的，中文系的最好，让他们去泡图书馆，将死的知识转化为活的生产力。文化消费实际上是一种想象力消费，所以作者和编辑的想象力都要丰富，文字要过硬。

孔周南看着孙鲁西说，这就是我全部的想法，也是找你来最想说的话。你先考虑一下这个方案是否可行。如果行的话，我们三个人都是股东，还要再多拉几位朋友入股。企业法人就是你孙鲁西。我们不介入具体的经营。前期筹备工作我会尽最大努力帮助你。

孙鲁西听得正兴奋。没想到只要找几个人来泡图书馆，或者买一些图书进行二度编撰，就可以搞出版。对于文字和知识，他是有把握的，不像在电视剧制作中心那样，整天到处乱窜，求着老板投广告，互相瞧不起。文字商品就不一样。孙鲁西当即表示同意。孔周南也很高兴，觉得自己没有白费喉舌。

回到苗蔓的住处，苗蔓对孙鲁西说，医院里的人都说孔周南主任是万事通，绝顶聪明，果不其然！孔主任的妻子和儿子都移民去了澳洲，他们两地分居，偶尔才会在那边或者这边团聚，也很不容易。孔主任不想太早到那边去过养老生活，他说自己的人脉和事业，自己的根，都在这边。我把我们的情况简单地跟他说了一下，他就有那么多的想法。他不但设想了公司的前景，连近期出版计划都想好了。如果他的设想能够顺利实施，这是一件对我们大家都好的事情，孔主任真的是“及时雨”和“智多星”啊。

孙鲁西发现，孔周南的气场的确很大，跟他在一起，好像就被他笼罩着。孔周南散发出一种强大的磁场，将别人的能量化为乌有，甚至转化为自己的能量，想来让人发怵。孙鲁西冷冷地说，孔周南的设想操作性很强，公司创业之初可以采纳，但我也在想，这种低俗的迁就读者的设想，绝不是一个文化公司应有的理想，先干着吧，边干边调整。

这一天，“玄鸟文化传播股份有限公司”挂牌开张。开始是股东代表孔周南和法定代表人孙鲁西致辞。孔周南高屋建瓴，系统全面，孙鲁西凌空蹈虚，充满理想。接着是冷餐酒会，大家端着酒杯自由交流。所有的股东都到了现场，除了发起人孔周南、苗蔓、孙鲁西之外，还有东市区中医院刚退休的赵副院长，以及做建材生意的谷老板、开运动鞋厂的齐老板，后二人因迷恋养生而成了孔周南的铁杆粉丝，入股纯粹出于友情赞助。孙鲁西把妈妈和哥哥给他的钱都投进来，因此孙梁山也成了股东之一。

不少亲朋好友和同学同事都来捧场，张千颐和沈歌旗、包海苏和许纯艺，连古俪娜都来了，还有二姐孙钢花和二姐夫薛章秉，更值得一提的是大姐孙党花和大姐夫刘猛军，特地遵妈妈之命，从海滨县赶到省城来祝贺。孙长戈违背冯英妹的意愿，认为自己的身份出现在这里不合适，只派了他们农业厅办公室的刘主任，带着花篮登门祝贺。此外还有刚招聘过来的几位年轻编辑。大家济济一堂，热闹非凡。

冯英妹尽管在人堆里一点也不起眼，但她心里把自己当成今天的主角。凡是儿子的事情她都要支持，加油助威。她看着孙鲁西边上的孔周南和苗蔓，那两个人在电视上都见过。苗蔓穿着一件短西服上装，一条银灰色大摆裙，站在那里很轻盈的样子。冯英妹故意走到孙鲁西身边，暗示孙鲁西把苗蔓介绍给她。冯英妹亲热地握住苗蔓的手说，姑娘，早就听孙鲁西提到你的名字，在电视上也经常见，真是个好姑娘！在医院工作还好吧？到这边习惯了没有？一个人在外怪苦的。

苗蔓拉着冯英妹走到孙鲁西的姐姐和姐夫们身边，说，阿姨您太客气了，我还不知道怎么感谢您和姐姐姐夫呢！

冯英妹说，感谢啥，都是缘分。我要谢谢你对孙鲁西的关心和帮助啊！

苗蔓说，没有啊，阿姨，都是他自己努力。

冯英妹说，我天天盼着你到家里来，今天终于见到了。我们现在就是熟人了，以后随时到家里来啊！我退休在家里没有事，只想为你们做吃的。

苗蔓点了点头，眼里闪过一丝泪光。她拉过一把椅子，安顿冯英妹坐下休息，转身又跟孙鲁西和孔周南一起忙着接待客人去了。

看着苗蔓轻盈的身姿，冯英妹双眼突然蒙眬起来，她觉得苗蔓像一阵风，像一团气，飘来飘去，随时都会飘散无踪似的。冯英妹心里隐约有一种不安的感觉。

半年之后，孙鲁西担任主编的“玄鸟丛书”第一批图书开始发行。与此同时，张千颐的杂志和包海苏的报纸副刊联合举办“生活美学”研讨会。会场上摆满了“玄鸟丛书”。“美好生活”“趣味休闲”“健康长寿”三个系列的图书开本精巧，时尚洋气。各大媒体竞相报道，包海苏的报纸更是以“改革开放与日常生活”为题，将新书与时代挂钩，在G市掀起了一阵小旋风。加上孔周南和苗蔓在《每日一汤》节目中的推介，新书销售业绩喜人，一年就收回了成本。

孙鲁西并没有完全按照孔周南的建议做，而是将其中的

“美味健康”系列，改成了“健康长寿”系列，除了饮食，还增加了养生哲学的内容。其中新增的两本书，是孙鲁西最拿不准的，也是孔周南持保留意见的。一本是《夫妻与健康》，是孙鲁西指导一位哲学系的学生根据《黄帝内经》《洞玄子》《大乐赋》等古籍，还有高罗佩的《中国古代房内考》和英文版的《秘戏图考》编撰出来的，由于具有一定的学术规范，态度也算严谨，通过了审查，很快销售一空，还在加印。另一本是《东方养生哲学》，是孙鲁西自己以道教典籍为基础编撰的，并不好读，结果也销售一空。一本书冒的是审查不过的风险，一本书冒的是读者不买账的风险。结果是孙鲁西赢了。这让孙鲁西尝到了险中取胜的甜头。

孙鲁西一开始就不很赞同孔周南的设想，什么晚装啊、戒指啊、烟斗啊、宠物啊，充斥着资产阶级平庸腐朽的生活哲学观念。还有，整天煲汤有什么用？有钱的人不用煲汤，没钱的人喝不起汤，只有一小撮酸腐的中产阶级，整天就知道煲汤。一定要抓住有产者和无产者共同感兴趣的问题，比如《夫妻与健康》之于人类的身心和谐，比如《东方养生哲学》之于人类长生不老的梦想。这就是孙鲁西策划两本畅销书的秘诀。

苗蔓知道孙鲁西的想法，并预感他还会有更疯狂的想法，隐约为他担忧。民营出版业冒险失败，就意味着烧自己的钱。苗蔓试图跟孙鲁西交换意见，被孙鲁西的雄辩戗了回去。苗蔓只好去找孔周南。孔周南认为，重大事情可以开董事会，但我们不要过多介入具体经营，孙鲁西有权决定经营模式和方法。用不着担心，让他交点学费吧。

孙鲁西有意摆脱他人的束缚，思维开始天马行空：只有解放全人类，才能解放我们自己啊！什么“有产者”“无产者”，都是变化无常的，都是虚妄无稽的，都是人类解放的桎梏，都是人的执念。人类面临的真实境况，就是生老病死、爱别离、求不得、怨憎会！人类苦于不能自由飞翔，人类因肉身的局限而臣服在死亡面前。自由对平等的毁坏，平等对自由的限制，公平的谎言，还有金钱等各种虚假的承诺。这才是人类渴望超越和解放的诉求。

孙鲁西为所有人设计了一套通俗哲学读物，取名叫“新解放书系”。营销对象：全人类。营销卖点：人类“解放”或者“解脱”的冲动。书系作者：由玄鸟公司的编辑牵头，外聘哲学系、中文系、历史系的在读研究生。出版计划：第一辑五本，每本十五万字。孙鲁西很快就拿出了总体编写大纲。

新解放书系之一：《东方智者的得道之途》，介绍老庄哲学中的解放思想，依赖外部条件的相对自由，不依赖外部条件的绝对自由，万物齐一观，赤子理想的价值等。

新解放书系之二：《内丹与外丹：肉身不朽的实践》，介绍炼金术士及其外丹修炼成果，道教内丹和密宗自了的修炼实践，气功的虚妄性和可能性，人类长生不老的梦想。

新解放书系之三：《劳动与货币：赚钱与古典解放》，介绍劳动与农耕文明的关系，金钱与城市文明的关系，劳动价值的遭遇，金钱解放的谎言。

新解放书系之四：《革命和改良：社会解放新希望》，介绍古典大同理想和革命史，农民起义史，近代资产阶级革命史，现代无产阶级革命史。

新解放书系之五：《爱与空的智慧：宗教和哲学的救赎观》，介绍佛教哲学的“空”，希伯来哲学的“爱”，希腊哲学的“智”，相应地介绍人类历史实践中的“有”“恨”“愚”，正义和善的力量给人类解放带来的希望。

看着自己编写的大纲，孙鲁西觉得非常完美，心里充满喜悦。他沉浸到幻想之中，好像“新解放书系”第一辑五本已经印出来了，在G市乃至全国都引起了轰动，“新解放书系首发式”和“解放理论研讨会”在A大学哲学系会议室召开，也就是那座小钟楼的顶层，高朋满座，系主任王明烺教授也出席祝贺……

孙鲁西上报出版计划和编写大纲，同时组建了五个编写小组，一边开始编撰，一边等上面主管部门的批复。结果却令人失望，书系被上级部门驳回了。理由是，这么重大的选题，编写者的资格有问题，编撰大纲也不完备，核心价值不明晰，要求重新组建由权威部门专家构成的编委会，并吸纳专家进入书系编写组。书稿要列入重点审查的范围，聘请大学和科研单位的专家审读。在这些要求没有达到之前，暂缓出版。

孙鲁西这边箭已在弦上了，他不能等。他设法尽量满足审查部门的要求，拉了一个编委会名单，将几位大学同学的名字加进编写者中。同时，他毅然决定让编写组加快进度，完稿之后，一边向上送审，一边直接下印刷厂，如果批复手续拖拉，不完备，就先暂停其他系列书籍的出版，将书号挪用于“新解放书系”。

五本书分别送到了五位审读专家手上，其中三本花了钱，很快就审核过关了。另有一本到了王明烺手上，他写了一个简短的审读意见，直接把稿子给毙了。还有一位专家拿到稿件没来得及处理就出国访学去了，至少半年之后才能回来。因此，审读和批复过程遥遥无期，而且有否决票。

孙鲁西这边书却已经印出来了，而且还按原计划举行了首发式和座谈会，媒体的报道也很高调。孙鲁西开始有一种不祥的预感。果然，两天后，出版执法部门和工商行政部门出现了，当即查封了“新解放书系”的全部图书，罚款三万元，勒令玄鸟公司停业整顿，如果整顿不合格，就要吊销营业执照。

事件造成的损失，把前一段的业绩全部抵消了。孙鲁西非常愤怒。为什么面向普通读者的优质书稿不能顺利出版？为什么书店里那么多貌似学术的垃圾，就可以堂而皇之地堆在那里？为什么说我们的编者没有资格？不就是没有所谓的头衔吗？你以为那些审读的教授是独立的第三方吗？其实他们一点也不独立，满脑子私心杂念，他们根本就不负责任，而整个审批过程，好像就是故意要把这件事拖黄的意思。

孔周南早就预感到，孙鲁西是在找教训，是在交学费。孔周南严肃地对孙鲁西说，办公司不能感情用事，也没什么道理可讲，必须在法律法规的范畴里做事，同时还要符合市场经济规律。肆意妄为就要挨罚，就要失败。请你认清楚办公司的根本目的，是利润的最大化，而不是别的。这次事件就算我们大家交的学费吧。玄鸟公司只有执行处罚，暂停业务，按要求写出说明和检讨，求得主管部门的同情和理解这一条路了。

孙鲁西什么话也听不进，摔门而去。什么利润最大化？我在做对公众有益的事情，所谓利润，就应该是公众对我劳动的报酬和奖赏。通过刺激低级欲望而寻求利润，堕入资本的圈套，只会让我们堕落，让心变黑！唉，好不容易走出了书斋，好不容易从自我怀疑中走出来，好不容易在思想传播过程中获得了社会回报，好不容易唤起了介入和实践的热情，突然又被迎头泼下的一盆凉水浇灭。孙鲁西深感沮丧，觉得是命运在捉弄他。

回到家里，孙鲁西闭门生气，把冯英妹急坏了，不知道儿子遇到了什么事。冯英妹嘘寒问暖，端茶送水，故意忍着不打听，其实心里一刻也不能安宁。孙长戈以一位老侦查员特有的敏锐做出判断，他对冯英妹说，急啥？很正常啊，到了该出事的时候了，我已经摸透了他的规律，无论在什么地方，无论干什么，哪怕是他喜欢的事情，短则半年，长则一年，准出事。不用说，他的公司出事了。不出事他能天天在家里待着不去上班吗？

冯英妹让孙长戈闭嘴，说儿子不会出什么事情的，即使有事，那也肯定有他自己的理由，过几天他就会跟我说的，现在不要烦他。冯英妹批评孙长戈，一辈子都不理解自己的儿子，只顾把自己的想法强加给他。冯英妹还说，自己这个儿子活得很苦，没有人懂得他的心。他的心很善，但也很高，总让别人仰着脖子看，别人就觉得累，不跟他玩，他就只好一个人玩。眼看冯英妹又要流眼泪了，孙长戈连忙躲开。

第七章

●

苗蔓知道孙鲁西的脾气。重整旗鼓对谁都很难，对孙鲁西就更难。苗蔓只好跟孔周南一起抽空帮孙鲁西处理公司善后事宜。前阶段所有的利润凑一凑，正好够用于交罚款，以及员工遣散费和房租。股东们只能拿回成本。大家都白忙活。

孔周南和苗蔓又要上班，又要去电视台做节目，有时候还应邀出去开讲座。好在东市区中医院特别支持他们，觉得医院能成为市电视台《饮食与卫生》栏目的独家专业支持单位，就是他们对医院的最大贡献。医院保健门诊也经常人满为患，孔周南和苗蔓的号要提前预约。医院自制的“东医牌”汤料（普通型、祛火润肺型、滋阴补阳型）供不应求。至于孔周南和苗蔓成双成对地出入，医院同事并不觉得有什么问题。孔周南老师就是这样的人，典型的教父型人格，有丰富的社会资源，有发现人才的眼力，有培养人才的方法，经他栽培而出国、发财、成名的女子，苗蔓不是第一个。孔周南就公开说过，他喜欢跟年轻漂亮的女孩子在一起工作，按照他的“生命气场理论”，男女搭配符合阴阳平衡原理，民间也有“男女搭配，干活儿不累”的说法，来自人民的经验总是宝贵而正确的。医院新来的女同事，其他科室不接收的，保健科都表示欢迎，但也得能入孔周南的法眼才行。孔周南看重的不只是外表，更是天生的禀赋和潜在的价值。孔周南的爱好，就是把那些来自四方的“丑小鸭”，变成G市的“白天鹅”。

苗蔓进入保健科不久，孔周南就预感到她将成为公众人物。成为《每日一汤》的嘉宾之后，苗蔓的名气越来越大。苗蔓的长相里隐藏着一种“明星基因”，但她的成长环境和家庭背景使得她缺乏自信，甚至点自卑。同时，精英教育又激活了她性格中的另一面——冷傲，这仿佛是蒙在她的光彩外面的一层阴霾。如果仅作为专家，这种冷傲的性格不是什么问题，但要成为公众人物，就有障碍。要将冷傲由攻击性变为观赏性，转化成“美”，唯有唤醒她的自信，这样，隐含着的“明星基因”才会被激活，冷傲才会变成一种风格。因此，对于苗蔓而言，只有成功才是最好的催化剂。孔周南第一次见到苗蔓，就隐约有了这种想法。如今眼看着自己的试验品成功，孔周南心中充满快慰。

孔周南全力以赴地捧苗蔓，不但把《每日一汤》主讲嘉宾的位置让给苗蔓，自己在一旁陪衬，还把社会上的很多其他机会都让给苗蔓，让她频频在公众面前曝光。孔周南想象中的苗蔓，不只是一个给观众讲煲汤的人，而应该是受公众仰慕的人。在这座改革开放的前沿城市，生活可以说日新月异，人们的诉求也越来越丰富细致。苗蔓已经不局限于养生保健，开始涉及“美与生活”这个更加宽泛的领域。每逢节庆假期或纪念日，她还会跟歌星影星同时出现在电视屏幕上。电视台给苗蔓的定位是“生活达人”“生活指导”。苗蔓自然特别感激孔周南，在自己脚跟未稳之时，遇上一位宽厚无私的上司，一位优雅智慧的男人，不是敬重和感恩所能表达的。

与成功相伴而来的不只是金钱，还有掌声、鲜花、赞叹、羡慕。公众激赏的目光让苗蔓经常处于亢奋状态，甚至陷入幻觉。有一次，苗蔓在 G 市图书馆报告厅演讲，题目叫《进的科学和出的美学》：从眼耳鼻舌喉等感官进入体内的，应该把好科学关，要讲究卫生，要适可而止，切忌贪婪，七八分饱即可；从身体内部散发出来的，应该把好美学关，不要散发出油腻、肥胖、肮脏、丑陋的东西；在进与出之间，应该追求和谐平衡之美，生活不只是“日子”，生活是一种“修行”。演讲的听众主要是身体正在走向衰朽的退休人员，还有对前途迷茫的有闲中年。热烈的掌声刚刚停息，一位男子手捧鲜花来到台前，一边表达崇敬之情，一边热烈地拥抱苗蔓，激动之下他的嘴唇划过了她的右脸颊。苗蔓浑身一阵战栗。

公众人物容易因掌声和目光产生快感，而且很快就会上瘾，进而会对平淡的日常生活产生厌倦。他们自我培植一种表演型人格，渴望通过表演得到更多的回报，不只是金钱上的，更重要的是精神上的。他们本身作为庸常的人，却鄙视庸常生活，无休止地追求反常化的高潮。他们对于一般人给予的正常关爱和热情，漠然以对，不为所动。他们会对公众的狂热和崇拜形式，有越来越高的要求，像老烟鬼一样，瘾越来越大。一般的掌声和目光不能满足了，他们就需要不断地变换花样，加大刺激，才会有快感。

苗蔓辞去了《每日一汤》嘉宾的工作，孔周南一个人继续顶着。苗蔓很快就出现在电视台的娱乐节目嘉宾席上。这是一个更加成功的标志，因为此时他们已无须用专业来证明自身，只要坐在一个虚假的旁观席上，张嘴随便胡诌几句就行了。专业人员摇身一变成了“观众”，坐在比观众和表演者更高的位置上，对表演者的表演进行表演式的评判。他们是坐在评判席上进行“观看”和“表演”的多面人，也就是“成功人士”。

冯英妹早就发现苗蔓缺席了《每日一汤》节目。刚开始她有些吃惊，是不是因为苗蔓不够专业而被淘汰了？她不敢问孙鲁西。有一次看娱乐节目《恋人一起冲》，年轻的恋人手拉着手，越过各种障碍：转盘、浮标、滚轮、坡道，争分夺秒抵达目标。现场坐着三位点评嘉宾，其中就有苗蔓，她正在为观众分析胜出者的经验，总结失败者的教训。主持人对所有观众说：我们的“生活达人”苗老师的话，你们记住了吗？希望下一对选手按照苗老师的建议做，争取马到成功啊！苗老师不仅成了竞技游戏参赛者的老师，还成了地球上所有观众的老师。冯英妹看着电视里的苗蔓，心里五味杂陈，不知说什么好。

孙鲁西路过客厅，看到电视里苗蔓的表演，停了一下，没说什么，转身回到自己房间。冯英妹悄悄跟过去，想知道儿子一人闷在屋子里在干什么。她从门缝往里瞅，也没发现有什么特殊的，儿子还是坐在那里读书，跟往常一样，一边读一边随手在笔记本上匆匆写字。其实这是冯英妹愿意看到的场景。她就希望儿子天天在家读书写字，跟他小时候一样，自己忙忙碌碌地为儿子准备吃的。儿子把吃进去的东西写出来，写饿了就找妈妈要吃的，妈妈给他补充食物，他再去写字。

孙鲁西又回到了阅读沉思的生活中。偶尔翻阅天台宗创始人智顗的《童蒙止观》，篇幅不大，通俗易懂，有些地方还深得己意。智顗法师说，修行和智慧是大乘之两轮，飞升之双翼，缺一不可。一味修行而没有智慧，就“愚”，只有智慧而不讲修行，就“狂”。说得多好！自己就经常在“愚”和“狂”之间来回摇摆。在学校的时候更多的是“狂”，在三八制药厂的时候更多的是“愚”。“定慧双修”才是出路啊！

接着往下读，孙鲁西就生起气来。在讨论修行条件时，第一条就是如何解决吃饭穿衣的问题。修行者要解决吃喝问题，按照智顗的说法，要么像麻雀那样，在田野里吃点野果花草昆虫，要么你就自己出门去乞食，像《金刚经》开头那样，佛陀亲自入舍卫城乞食，要么呢，就纯粹靠在家居士的供养。智顗反对自食其力，斥之为“邪命自活者”，包括种地行医、占星看风水、算命打卦、曲媚权贵四类。怀海禅师则主张，僧人应该通过劳动换取衣食，所谓“禅农并重，自食其力”“一日不作，一日不食”。为什么劳动就成了“邪命自活”呢？有人说，那是害怕在劳作过程中误伤了生命。那我们就都别活了，一呼一吸之间，不知道伤及多少微观的“有情众生”啊！

拒绝劳动，其实是一种傲慢，认为自己活在世上，无须自己动手养活自己，而应该由别人养着。古代印度人就持这种观点，婆罗门阶层靠首陀罗阶层养着。人们认可的美学，也是一种贵族美学：不晒太阳而皮肤白皙，不干粗活而双手纤细，时间宽裕而款款行走。佛教反对这种观点，主张众生平等，但是依然不主张自己去劳动，而是托钵乞讨。佛陀将自己的乞讨视为对所有人的施舍，他挨家挨户不分贫富贵贱地乞食，以示平等。这是乔达摩·悉达多王子身上更加隐秘的大傲慢。普通人经常以自傲掩盖自卑，为自己的劳动找各种借口，安上名目繁多的高雅称谓，比如将出版图书商品说成是启蒙、文化传承。孙鲁西并不拒绝劳动，但他害怕社会劳动，害怕自己不能自控。他心目中的劳动，更接近古谣谚《击壤歌》里的那种。

至于苗蔓的劳动，让孙鲁西感到匪夷所思，完全超出了他的理解和阐释范畴。苗蔓接受过高等教育，在医院门诊看病，收入却很少，在家乡医院工作的时候更少。加盟电视台《每日一汤》节目，面对观众说些卫生常识，收入就增加。到娱乐节目里去胡说八道，收入就更高。要是躺在电视屏幕上什么也不做，那会怎么样呢？这才叫“邪命自活”啊！资本市场最喜欢的就是“邪命自活”。真正的劳动者要活命并不容易，所以每个人都在想不劳而获的法子。怪不得《童蒙止观》那么决然地拒绝“邪命自活”呢。想到这里，孙鲁西一阵晕眩，脑仁疼痛起来，不敢深思。

苗蔓跟孔周南走得太近，孙鲁西心里不舒服。但他也知道，苗蔓的确迫切需要孔周南的帮助，而自己完全没有能力提供孔周南所能给予她的。孙鲁西在生苗蔓气的同时，也在生自己的气。于是他故意玩失踪，不搭理苗蔓，同时也避开孔周南那个讨厌的磁场。孙鲁西认为，无论从科学角度，还是从哲学角度，还是从宗教学角度，孔周南的磁场及其诱惑力都不可能是永恒不变的。孙鲁西仗着自己年轻，采取以退为进的战术，故意避开一段时间，等待孔周南的磁场减弱或消失。

苗蔓忙得身不由己，连自己都顾不过来，偶尔跟孙鲁西见面，也很快就把他丢到脑后去了。只有孔周南，像一根绳子一样，捆绑在她身边，用经验和智慧指导她行走“江湖”。苗蔓已经领教过，娱乐圈是一个肮脏的名利场，到处充斥着欢笑、赞美和奉承，但成本极高，只有永不断裂的利益链条才能滋养它，否则它就是昙花一现。在那里，不可能有友谊，更不可能有爱。你必须关闭所有的情感神经，像行尸走肉一样，倘若另有奢望，那么等着你的注定是孤独无援以及绝望。其实，苗蔓跟孔周南又何尝不是如此？孔周南一直在用“成功”滋养着他们的关系，用关爱博取她的好感，但两人的关系像无根浮萍。苗蔓心里涌出空虚无依的感觉。她一想起孙鲁西，她的初恋，就感到愧疚。可她心里特别纠结是真的，她希望孙鲁西能给她一些时间。最好孙鲁西去睡一觉，睡一个很长很长的觉，睡到孔周南原形毕露，睡到苗蔓自己成为自己的主宰。

这天上午，孙鲁西刚刚起床，突然接到一个陌生女人的电话，自称是省人民医院的护士，受苗蔓委托打电话，让孙鲁西赶紧去医院一趟，地点是A区一栋1803室。孙鲁西急忙赶到。只见苗蔓斜靠在病床上，头部、右臂和右腿都缠着绷带。

孙鲁西抓住苗蔓的左手，急切地问，怎么了？发生了什么事情？

苗蔓扭头，朝着墙壁哭了，她说她跟孔周南一起去隔壁的Z市电视台录制节目，那天半夜，回来的路上出了车祸。孔周南死了！

什么？车祸！老孔死了！

苗蔓点了点头，说，是我害死了他。我就是一个丧门星、扫帚星、灾星！……老天爷都在嫉妒孔周南，他死而无憾了！说着，眼泪哗啦啦地往下流。

孙鲁西抽纸巾帮苗蔓擦眼泪，一时也找不出合适的话来安慰苗蔓，便紧紧抓住她的手。他说，你留下了，是命运在眷顾你，你要好好地活着，不要辜负命运！

苗蔓除了哭还是哭，说都怪自己贪心。本来一个地区电视台的节目，孔周南根本就看不上，但为了苗蔓他还是接了。完工的那天晚上，大家高兴，喝了一点酒。孔周南坐在前排司机边上，没有系安全带，直接撞破了挡风玻璃被甩出车外。……东市区中医院的董院长他们过来，帮孔周南处理后事，开了一个小型告别会。……孔周南就这样突然走了，我对不起他，我还没报答他的恩情。说着，苗蔓号啕大哭起来。东市区中医院办公室曹主任代表医院来看望苗蔓，转告了董院长的意思，住院、用药和护工，一切费用医院全报销，让苗蔓安心养伤，尽快康复，孔周南老师负责的医院公关工作，以后就靠苗蔓医生了。

孙鲁西天天到医院里陪苗蔓，直到她痊愈，再把她送回住处。她的住处不再是原来的出租屋，而是医院前不久刚分的宿舍，两居室，离孙鲁西家只有两三站地。里面布置得很温馨。桌上花瓶里的一束蓝白双色玫瑰已经枯萎，耷拉下高昂的头，苗蔓对着它啜泣了一阵，把它丢进垃圾桶。门口有男人的拖鞋，屋里还残留着进口烟草的柠檬味儿，客厅餐桌上摆着老孔经常端在手上的那只“登喜路”烟斗，床头柜上有半包扁盒装“三五”牌香烟，阳台上晾着男人的衣服。总之，到处都是男人的痕迹。孙鲁西在这个充斥着男人痕迹的屋子里陪苗蔓聊了一会儿，就告辞回家了。

孙鲁西每天吃过午饭就来陪苗蔓聊天，苗蔓会下厨做晚餐。晚餐之后，孙鲁西还会待到很晚才告辞。但苗蔓的心，一直跟孙鲁西若即若离。那是苗蔓内心深处矛盾和撕裂的呈现。爱情、背叛、允诺、拒绝、惩罚、报应，一切就在眼前，像烈火炙烤着她……

苗蔓突然消失了！孙鲁西急得天天去她宿舍门前打探，有时候晚上还要再去一次，看看窗户有没有灯光。几天之后，他收到了苗蔓旅行途中的来信，说是受孙鲁西的启发，也要去漫游一阵。苗蔓说她先回老家北岭镇，探望可怜的父母，还有苗桃和苗杏，然后再去北方旅行，具体地点不确定，先去北京？再去更北边的戈壁滩或者大草原？总之，是心和脚都没有方向的漫游。孙鲁西第一次体验到了被抛弃的感觉，他茶饭不思，心神不宁，只能被动地等待，煎熬。孙鲁西心里暗暗发誓，等苗蔓回来，再也不让她离开自己。

在孙鲁西急切的盼望中，苗蔓提前结束旅行返回 G 市。因为她发现自己怀孕了。孩子到底是谁的？她不能绝对准确地判定。她想起搬进新居第一天的那个午后，阳光照射在床上，照射在自己和孔周南的身体上，他们沐浴着金色的光。

当时，她脑子里曾经闪过一个念头，她觉得那温暖的阳光，就是播种的阳光。于是她执拗地断定，孩子是孔周南的。她要把孩子生下来。

详细了解了相关政策之后，苗蔓彻底绝望了，她不可能把这样一个孩子生下来，唯一可做的，就是躺到手术床上，让别人用冰冷的器具，把她的孩子做掉。还有另一条路，那就是跟她的孩子一起去死。两条道路的共同之处，就是孩子不保。两条路另一个共同之处，就是苗蔓也跟着死了。孩子没了，寄托没了，活着不也跟死了差不多？苗蔓当然也可以偷偷地把孩子生下来，带着孩子回老家北岭镇生活。她苗蔓，就将像霍桑小说《红字》里的白兰一样，终生将耻辱烙在自己脸上，用耻辱喂养自己的爱子。

苗蔓在人生的岔道上痛苦地徘徊。孙鲁西还是每天都来陪她。有一天，苗蔓实在忍不住了，就把事情原原本本告诉了孙鲁西，目的是让孙鲁西尽快离开自己。苗蔓不想让孙鲁西卷进来，她希望一个人独自承担。情感那么复杂，人性那么复杂，多一个人就多一分复杂，因此人越少越好，最好是独自一人！

孙鲁西惊呆了，大脑一片空白，半天说不出话来。在他心里，苗蔓一直是跟他联系在一起的，只有紧密程度的差别。

孙鲁西做梦也没想到，事情竟然会是这样！

苗蔓说，其实也没什么，事情说简单也简单，大不了带着孩子一起去找孔周南，大家都干净。她说着眼泪哗啦啦地往下流。

孙鲁西沉默良久，痛苦在撕扯着他的心。眼前的苗蔓，变成几个重叠的身影：北岭镇小溪旁的苗蔓，在G市大街上流浪的苗蔓，在医院工作的苗蔓，在电视里侃侃而谈的苗蔓……几个苗蔓又合拢为一个孤苦无援的苗蔓。突然，孙鲁西脸上肌肉抽搐了几下，对苗蔓大声说：嫁给我，孩子就保住了！这句话像雷霆在苗蔓的耳边轰鸣。她不敢相信自己的耳朵。她不愿接受孙鲁西的恩赐。她不要那个在山间小溪里蹚水走向她的青年跟她一起背负这个十字架。苗蔓毅然拒绝，说不需要，她自己一个人能够处理。

孙鲁西说，这是最好的选择，最人道的选择，最善的选择。

苗蔓再也扛不住了，扑倒在沙发上大放悲声。孙鲁西犹豫了一下，走近苗蔓，轻轻抚摸她的肩膀以示安慰。那一刻，苗蔓觉得，孔周南仿佛变成了孙鲁西……

冯英妹突然开始张罗孙鲁西的婚事。孙长戈说，怎么回事？突然要结婚？你们这是把生活当儿戏！冯英妹笑着说，谁说是儿戏了？这是真的。本来等一阵也是可以的，但是，等不及了，我要做奶奶了，你要做爷爷了，人家苗蔓姑娘有了。孙长戈说，胡闹！有这么欺负人的吗，人家父母不在这边，我们就这样草率行事？冯英妹说，人家父亲瘫痪在床，母亲要照顾他，千里迢迢也来不了，她的姐姐和妹妹会代表全家来参加婚礼，明媒正娶，怎么就草率了？

孙鲁西坚决反对大张旗鼓办婚礼，只同意自己家里人一起吃个饭。冯英妹拗不过，只能尊重儿子的选择。冯英妹在豪华的“畔溪酒家”订了三桌酒席。孙党花一家三口、孙钢花一家三口、孙梁山和大嫂秦妹，苗桃和丈夫劳万明带着孩子，外加苗杏，还有张千颐沈歌旗夫妇、包海苏许纯艺夫妇，都是家人和至亲好友，济济一堂，大家喝喜酒，庆贺孙鲁西和苗蔓新婚。孙长戈以一位老侦查员特有的敏感，觉得事情有些蹊跷，他极力保持着微笑，但并不喜庆。好在家长常常是这样的表情，所以并不突兀。

冯英妹领着孙鲁西和苗蔓去东市区民政局领结婚证，接着又去街道交了一万元罚款（原本要四万元，经多方通融减为一万元，包含“未婚先孕”五千元，“无指标怀胎”五千元），领到了一张“准生证”。孙鲁西因罚款而不高兴。冯英妹说，我偷偷地让你爸的战友出面，才给了这个优惠价呢，不要吝惜钱财嘛。孙鲁西说，不是钱的问题，是道理上说不通啊！

冯英妹说，儿啊，这事不要较真，破财消灾，大家都好。

冯英妹把孙鲁西和苗蔓的婚房装扮得花团锦簇，像个童话世界。苗蔓很喜欢，也很感激，但又有些心虚，觉得自己不配。等到苗桃夫妇带着孩子回老家，苗蔓就搬回了自己的住处。生活发生了这么大的变故，眼看着要平息下来，却又面临生孩子的大事，苗蔓心里有些慌乱。身边应该有个至亲的人才好，苗蔓就想把妹妹苗杏留在自己身边。苗蔓征求苗桃的意见，苗桃说可以，家里有她和劳万明。苗杏开始有些矛盾。跟姐姐一起生活在大都市里多好啊！但离开熟悉的家乡，心里不踏实，难免还有些牵挂。苗桃说，你那个实验小学的张老师，我看还是拉倒吧。苗蔓说，也不要拉倒，可以通信啊，可以打电话啊，慢慢来吧。

按照冯英妹的想法，苗蔓就不要去上班了，让姐夫薛章秉去打个招呼，请假在家休息待产。苗蔓说还早得很，待产用不着那么长时间。她回到医院上班，跟快要中断联系的媒体又接上了头。冯英妹经常过来看望苗蔓。她一边教苗杏做菜，一边笑苗蔓在电视上教别人煲汤，自己却不会煲汤。苗杏还没找事做，孙鲁西整天在家读书，老家和小家的开销都靠苗蔓。好在苗蔓一旦忙碌起来，能量不可小觑。

孙鲁西和苗蔓的婚姻没有“蜜月”。苗蔓刚到 G 市那一阵，她就跟孙鲁西一起，将“蜜月”提前消费掉了。如今“婚姻”变成了“日子”，缺少激情，但不缺平静和安宁。激情是短暂的燃烧，安宁是长久的福分。孙鲁西也想安下心来，体味这份平静和安宁。然而，他却发现自己难以消受。平静下面涌动着波澜，安宁的背面是烦躁。

孙鲁西的眼睛、耳朵、鼻子，以及各种感官，每时每刻都在做出自己的直觉反应。他闻到来自孔周南的各种烟味：辛辣刺鼻的烤烟卷味，英国进口烟丝香精的柠檬味、奶油味、薄荷味……他的耳边经常传来孔周南的声音，不动声色的却又是无法抗拒的声音，还有孔周南在电视上从容解说的语调。他甚至听到从苗蔓腹中的孩子那里，传来孔周南的声音。每当此时，孙鲁西就感到万念俱灰。

其实，孙鲁西也希望自己能将那些私心杂念剔除，用情感建构起一个帷幕，将他和苗蔓的小天地包裹严实，保护起来。但他留心观察，发现苗蔓并不这么想。苗蔓处处保留着孔周南的痕迹，桌上长期摆着孔周南喜欢的蓝白双色玫瑰，那只“登喜路”烟斗一直摆在茶几的醒目位置，喝的茶总是一种类型，就是孔周南喜欢的“鸭屎香”单枞，还必须是潮州凤凰岭的。周末苗蔓偶尔下厨，做出来的菜也是孔周南老家客家菜的味道。

这一切都在时时刺激着孙鲁西。难道苗蔓故意这样？孙鲁西随即否定了这个想法。那么就是自己神经过敏？对，正是孙鲁西自己的神经，对遗留在时间、空气、意念中的痕迹过敏。那些痕迹，好像是“有”，其实不过是“空”，或者说是“假有”。孙鲁西却一直执着于“空”和“假有”，把自己折磨得不行。孙鲁西这才领悟到，为什么“眼耳鼻舌身意”“色声香味触法”都是痛苦的根源！

孙鲁西曾经承诺要帮助苗蔓，收留那个无辜的孩子，因此才有了他们的婚姻家庭，而不是相反，先有他们的婚姻家庭，然后才有那个孩子。那个无辜的孩子，在年龄上要大于孙鲁西和苗蔓的婚姻家庭，孩子的合法性，要高于孙鲁西的合法性。每每想到这些，孙鲁西就头疼脑裂。为了让自己平静下来，孙鲁西也经常回自己家里去小住一阵，顺便陪陪母亲。

好在还有苗杏在陪伴着苗蔓，度过漫漫长夜。你不得不佩服苗蔓的先见之明，这是在困苦中长大的人特有的警觉，是缺少安全感的人应对变故的天然优势。苗蔓早就给自己留了后路，如果孙鲁西不能自控，突然翻脸，或者出现什么意想不到的特殊情况，她也能够应付，妹妹苗杏在身边，就有一个依靠。目前孩子还没生下来，一旦生下来，长得像孔周南怎么办？孙鲁西能理性对待吗？

苗蔓的内心深处又隐约抱着一丝期望，她希望看到孙鲁西因吃醋而痛苦的样子，那说明孙鲁西还爱着自己，而不是一般意义上的善良或者爱心。所以，每当孙鲁西表现出痛苦不堪的样子时，苗蔓总会忙里抽闲来安抚他。但越是这样，孙鲁西越是痛苦。事情就这样断骨连筋地牵扯着，双方都在痛苦的激情中煎熬。而苗蔓最害怕的，其实是孙鲁西的无所谓，是有一天孙鲁西解脱出来，那样的话，他们之间的故事也就该结束了。

苗蔓既怀着对未来故事的美好期待，同时又在为故事的结束做准备。她盼望自己的孩子来到这个世界上，同时又惧怕自己的孩子来到这个世界上。这些隐秘的苦衷，无法对旁人说，只能独自承受，因而她经常以泪洗面。

事情的确有“结束”的趋势。孙鲁西一直在寻找解脱之道。他发现，这件事的症结既不在苗蔓，也不在去世的孔周南，当然更不在他自己，而是在于人们的各种陋见、谬见、偏见，在于人的各种执念，在于人性痼疾，也就是人固有的“病”。谁能治疗人类的疾病？

孙鲁西觉得，必须练就一种特殊的本领，让自己的“眼耳鼻舌身意”“色声香味触法”都坏死，至少是变得麻木起来。

这样的话，他就不会被虚幻的意念、想象、幻觉以及“假有”和“空”所纠缠，所折磨。孙鲁西开始研习佛教典籍，重新练习打坐调息，还吃花斋（每周一次），并且拒绝穿皮鞋，只穿那种“老头乐”式的布鞋，从“戒”“定”“慧”三个角度，全方位地向佛教致敬，臣服在佛陀面前。面对伟大的佛陀，低下个人高傲的头颅丝毫也不丢人。在人面前低头，那才丢人。

秋天，苗蔓生下一名男婴。冯英妹整天咧嘴笑，她让孙长戈给孙子取名字。孙长戈说，那就叫“孙海”吧，他父亲和大伯的名字都是纪念爷爷老家的，“孙海”就是纪念奶奶老家的。冯英妹说，我们老家那边，名字里有“海”的人特别多，叫“孙海”的估计也不少，容易重名。孙长戈想了想说，那就叫“孙右海”吧，面对太阳升起的方向，右手边的那个大海。冯英妹抱着宝贝孙子，连声呼喊着“右海啊，我的小右海啊”，抚摸着他的每一寸柔弱的肌肤，好像在寻找孙鲁西的蛛丝马迹。冯英妹喃喃地说，男孩长得真是像妈妈啊，不像爸爸啊！说得苗蔓和孙鲁西心惊肉跳。

苗蔓在想，自己的孩子原本不应该叫“孙右海”啊，应该叫“孔左岭”，自己的老家，黔西的北岭镇，就坐落在面对太阳升起方向的左手边那座山岭下面。想到自己的心肝宝贝一生下来就没有父亲，苗蔓泣不成声。看到苗蔓哭，心软的冯英妹也跟着哭起来。两个女人，两种眼泪，各不相通。冯英妹在想，党花和钢花生的都是女儿，眼前这个小宝贝，是孙家的长孙，是上天赐给孙家的一份厚礼。还有孙梁山，也应该给孙家生儿子。想到这里她破涕为笑。

冯英妹和苗杏忙得团团转，一边照顾着苗蔓的饮食，一边帮忙看右海。孙鲁西凝视右海，他小巧精致的嘴唇真像苗蔓。有时候孙鲁西也会抱一下右海。但他不敢多看右海的眼睛，那眼睛，对于孙鲁西而言，是那么新奇而又陌生，熟悉而又神秘。那眼睛澄澈见底，宛如明镜，也如深渊。它纯洁无瑕，多情无辜，透露出弱小无助的可怜，无知无识的单纯，仿佛勾魂摄魄的终极追问。孙鲁西赶紧转过脸，但没过一会儿又忍不住去看。

右海在一天天地长大。苗蔓一直密切注视着右海的动静，她担心儿子身上会出现明显的孔周南的印记。而右海依然越长越像苗蔓，并无其他异常征兆，这让苗蔓悲喜交集。

孙鲁西也有过类似于苗蔓的担忧。他主要是怕父亲质疑，更怕伤了母亲的心。母亲会觉得自己的爱心和热情化为泡影。这种担忧，前些日子比较强烈，现在孙鲁西已经开始强迫自己放下，进而渐渐淡忘，不再为这件事情烦恼。右海天使般的笑脸抚慰着他，让他沐浴在婴儿、童心、赤子的光辉中。每天目睹着右海纯洁无瑕的面容，孙鲁西和苗蔓的内心，被一种神圣的喜悦充满。有时候，喜悦眼看就要溢出来，却又被压抑下去。那喜悦和爱怜，似乎只能独自隐秘地领受，而无法敞开或者施与，更难交流和分享。这种情绪在内心中酝酿，又变成了苗蔓的眼泪和孙鲁西的郁结。

苗蔓尽管很忙碌，但只要一回家，她就全身心扑在儿子身上。她要把自己的爱，连同孔周南那一份，全部给予她的右海。

孙鲁西则沉浸在佛经里。读到维摩诘“说病”处，读到须菩提被经典奥义感动得“涕泪悲泣”之处，孙鲁西眼睛都湿润了。他被一种叫“慈悲”的力量所感动。按照佛陀的教导，要将“爱欲”转化为“慈悲”。“爱欲”是痴迷情感，“慈悲”是智慧觉悟。“爱欲”之爱瞬息万变，“慈悲”之爱永恒长久，有如金刚不坏之身。“爱欲”是千万烦恼，“慈悲”是无边菩提。

玄鸟录

（孙鲁西）

*

第三章　众生病则我病

一、文殊问疾与维摩说病

世界是污秽不堪的吗？大地上充斥着丑恶吗？日月星辰是明净的吗？江河湖海是澄澈的吗？如来的土地是庄严清净的吗？开放在污泥中的莲花是圣洁的吧？慈悲喜舍之心还在吧？你是健康的吧？你生病了吗？居住在秽土之中的伟大居士，用吃喝玩乐嫖赌逍遥作掩护的维摩诘，你为什么也会生病呢？是生理上的病，还是心理上的病？智慧第一的文殊师利菩萨佯装无知，连连发问。

维摩诘大居士说，我哪里有什么病啊，老兄，我为芸芸众生在生病呢！“以其有病，是故我病。”因为众生有病，所以我才有病，我生的是一种只有菩萨才会染上的疾病，也只有菩萨才能治疗这种疾病。我跟菩萨一样，为解救众生脱离苦海而入了“生死道”。因为入了“生死道”，所以才会生病啊！众生病，我也病，众生病愈，我也病愈。众生如果没有病，我也就不会生病。芸芸众生的病，自有他们自己的病因，而菩萨之病“因大悲起”。这就好比慈爱的父母，因儿女生病，他们也生病，儿女病愈，他们自愈。这个道理是相通的。父母之病的根源在于，他们常怀慈悲心肠。仁慈常在，悲心未央！众生之病的根源，在于颠倒妄想，在于执念。破执扫相，远离颠倒妄想，消除分别，解除缠缚，此乃治疗之根本啊。身不离病，病不离身，身即是病，病即是身，此乃菩萨的大智大慧。有狮子一吼百兽脑裂的怒目金刚，有慈悲为怀众病我悲的大贤大德。这就是大乘佛教人生哲学的伟大精髓。菩萨在发出“一人不度，誓不为佛”救世宏愿的同时，就已给出了慈悲永在的伟大承诺。如果没有这一点，任何“戒”“定”“慧”都只能堕入小道，乃至魔道！

二、佛教典籍中的善女子

跟中国传统文化相比，佛教似乎并不轻视女子。有跟“比丘”并列的“比丘尼”为证。中国古代典籍中，正史为女子立传的，有《后妃传》和《列女传》。前者是为帝王殉葬者的传记，后者是为男人殉葬者的传记。佛教典籍中有《比丘尼传》，则纯粹是给那些为信仰殉葬的女子立传。《比丘尼传》成书于南朝刘宋时代，吴郡（苏州）释宝唱所著，记述了六十五位比丘尼的生平事迹。她们出家的理由，归结起来有这么几种：家变、婚变、战乱、还愿、宿缘。其中四十五位与佛有宿缘，占百分之七十五。她们大多天性聪敏，言行清奇，不喜人间俗事，尤其是厌恶自身这个臭皮囊。她们好像一来到这个世界，就自带了“不净观”成就，无须特别去修行。其中，因厌恶粗俗的食物而绝食身亡的，也不在少数。有一个叫安令首的尼姑，祖籍山东临沂，俗姓徐，父亲徐忡，是后赵石勒手下的将军。安令首从小厌恶人间恶俗，以读佛经为乐事，发誓不嫁人，说自己一个人就很自足，用不着跟别人生活在一起，要讲究那么多礼节，三从四德、三纲五常，自找麻烦。父亲一听急了，说女儿啊，你是独善其身了，但你怎么兼济你的父母啊？安令首说，我所决心要超脱的一切，其中也包括了双亲啊。徐忡就去找著名的神僧佛图澄求教。佛图澄显了神通，在徐忡的右手掌心涂了一层神油，徐忡透过明镜般的神油看到有一僧人正在聚众说法，那僧人的长相酷似自己的女儿。佛图澄说，那就是你女儿的前身啊，往事如此，请从其志。徐忡知道这是宿缘，只能顺其自然。安令首削发为尼，成了神僧佛图澄和第一尼姑净捡的徒弟。

三、佛教的中国化

南朝梁武帝在位年间，扬州沙门僧祐编辑的《弘明集》，是一部护法弘教的佛教文献汇编。开篇收录《牟子理惑论》，据说，此篇作者究竟是何身份，现已很难考证。有一种说法认为他是汉代交州苍梧（今广西梧州）人，名叫牟融，或叫牟子博，总之是位姓牟的书生。牟子熟习诸子百家，肯定儒家和道家为代表的“中国大乘”，不赞赏道教方士那种“中国小乘”。他效仿孟子批评杨朱，经常批评道教方士的神仙辟谷法术。牟子尽管赞同儒家的社会理想，却又视出仕为畏途，喜欢道家的避世隐居和散淡无为。后来干脆改修佛道。有人就批评他“背五经而向异道”。牟子针对世人对自己的批评以及对佛教的误解，写了这篇应对文章。提问者一连发出了三十七个诘难，牟子逐条作答，以儒家的圣贤理想解释佛家学说，以道家的玄学术语诠释佛家理论，文字明白晓畅，思维严谨清晰，后人阅读时感觉像在读剧本，又像古希腊哲人之间的辩难，你来我往，针锋相对，现场感很强。

问：孔子和五经学说，既可以诵读，又可以指导实践。而你所说的那个佛教理论，既没有确定的含义，又没有具体的实事，虚无恍惚，玄之又玄，有什么意义呢？牟子回答说：不要只重自己熟悉的东西，而看轻你感到陌生的东西。那样只能让你在世界中迷失方向。老子的“道”也是恍兮惚兮、玄之又玄，你不会认为没有意义吧？

问：尧、舜、禹，还有周公、孔子、孟子，这些圣贤都没读过佛经，那我们为什么要读呢？圣人的经书中都没有记载的东西，能可靠吗？牟子回答说：书不必孔丘之言，药不必扁鹊之方，合义者从，愈病者良。君子博取众善，以辅其身。周公就学于姜子牙，孔子求教于老聃，经书上也没记载啊。

问：沙门弃妻子，捐钱货，终身不娶，这不是违背了孝道吗？用折磨自己肉身的方式获得拯救，有什么意义呢？牟子回答说：许由栖居巢木，伯夷、叔齐饿毙首阳，孔子都称他们是贤者呢，从来都没有人嘲笑他们没有后代没有钱财。儒家所追求的，不过是一种中等修为，并不是什么高级的精神追求。要抵达更高级的精神境界，就要付出更大的代价。

问：中国圣贤的著作要言不烦，而佛经卷帙浩繁，言以亿数，卷以万计，岂不是珠玉少而贵，瓦砾多而贱？牟子回答说：数量多并不可怕，可怕的是意识的枯萎和心灵枯竭。江海不是沟壑，五岳不是丘陵，麒麟不在林苑，巨鲸不入溪流。亿载之事，万世之要，广大之外，窈妙之内，佛经无所不记，因此，佛教经文的数量就像恒河沙数。普通人尽管难以完全把握，但临河饮水，饱而自足，那就够了。

……

佛教传入中国初期，国人，尤其是知识界，很不习惯，特别抵制。经过有识之士用儒家和道家术语来解释，接受程度渐渐得以提高。这特别要感谢西域神僧鸠摩罗什、大唐高僧玄奘等人的译介。佛教的中国化，还与鸠摩罗什的两个弟子僧肇和道生有着十分密切的关系。僧肇号称中国“解空第一人”，他用道家的“无”，去解说佛家的“空”和“涅槃”，形成具有中国色彩的“般若”学说，这是禅宗的一个重要理论源头。而道生的“佛无净土”说特别强调，佛的世界不在别处，就在俗世之中，跟“天国就在身边”的意思差不多。作为禅宗的又一个理论源头，道生的“顿悟成佛”和“众生皆佛”说，强调人心与佛性合而为一。神秀偏向道生的“即心即佛”。慧能偏向僧肇的“非心非佛”。神秀执着地守护传统“如来禅”。慧能开创了中国特色的“祖师禅”。

第八章

•

世界总试图发生惊天动地的变化，家里的日子却像流水一样缓慢，平静得连小旋涡都没有。右海断奶之后，苗蔓更加忙碌起来，总是早出晚归。孙鲁西沉迷在书中，有时候也百无聊赖。孙鲁西对苗蔓说，反正有母亲和苗杏在照料家里的琐事，自己可能要出一趟远门。苗蔓知道孙鲁西又要去漫游，她不置可否，两人分离一段时间也许更好。苗蔓正打算为苗杏找一份工作，以免因为自己耽误她的前程，于是雇了个阿姨来帮忙带孩子，将苗杏替换出来。阿姨姓廖，叫廖秋约，江西大余籍的客家人，还不到四十岁，沉默寡言，行事利索，让人放心。孙鲁西跟廖秋约闲聊，向她打听她老家那边的情况，特别是大庾岭一带的旅游和交通情况。廖秋约说，以前，男子汉一个人都不敢过岭，有老虎和豺狼吃人，现在热闹起来了，还通了班车。廖秋约觉得孙鲁西平易近人，对乡下的事情那么关心，说有空要请孙鲁西去她老家做客。

这是一个异常的夏天，沮丧绝望的夏天。天气也异常炎热。孙鲁西在为出行做准备。他突然接到包海苏的电话，说老同学很久都没见面，打算聚一聚，还是约在“葵花酒吧”。孙鲁西犹豫了一下，答应了。三位老同学，三个男人，又凑到了一起。这一次，他们都没有带恋人爱人情人，而是带着各自的心思。男人事业一帆风顺的时候都是六亲不认的，不会把老友挂在心上，只有遇到人生大事或变故，才又想起来。离开学校走向社会的最初几年，一般都比较顺利，因为年轻，见谁都叫老师，干活积极，又没有奢望，纯粹在为他人做贡献。但三五年之后就会遇到瓶颈。同龄人分出了高低，晋升问题摆上了议事日程，人多指标少，工作能力仅仅是其中一项指标，还有人际关系和领导评价呢。更何况张千颐和包海苏这类知识精英，表面上很顺从，骨子里的傲慢却怎么也改不了，关键时候就露马脚，让领导发现你是逗他们玩儿的，就像他们逗上面玩儿。

张千颐一直是个主任科员，原地踏步了多年，这次又有提副处长的机会，但还是没有提他，公开的理由是他不够谦虚谨慎，态度傲慢。至于背后的原因，大家心知肚明。最后提了个没有丝毫“傲慢”的废物，只知道溜须拍马的庸人。

张千颐说，我到底哪里傲慢了？我对领导和同事都很尊敬，

“谦谦君子，卑以自牧”的古训常记心间，怎么就“傲慢”了？

包海苏笑着说，你看你，用圣贤的要求来规范自己，别人怎么能没有压力？傲慢并不一定写在你的脸上，甚至也不在你的心里，有可能在领导的心里。领导认为你水平高、品德好，各方面都要优于他，便悄悄地自卑起来。领导不开心，问题就大了，说“傲慢”都是轻的。在领导面前，水平低一点、品德稍差一些的人，往往占便宜，只有他们才能够反衬出领导存在的价值。于是，溜须拍马就成了“谦卑”，做事不利索就成了“稳重”，油腻就成了“识事体顾大局”。

张千颐说，的确是这样，我们那种单位，干得多和干得好，不如跟在领导屁股后面跑。有什么办法呢？但我不可能为了一个处长职务，降低自己的业务水平和做人准则啊。有时候我想，还是凭本事混日子吧，拿个职称，做个专业人士，倒也清净。

包海苏说，那怎么行啊？你们那种单位，只认职务，不认职称，工资待遇、住房福利等各种待遇，都是根据职务来的。所以你必须晋升职务，不过不要着急，等他们拖得不好意思了，自然就会给你的。

张千颐苦笑，说，海苏真是世事洞明啊。说说你自己吧。

包海苏说，张千颐啊，你知足了吧，沈歌旗死心塌地跟着你，给你生了儿子，她天天在家里围着儿子转，自己发胖也在所不惜。

张千颐说，咳，别提了，别提了，成家庭妇女了，除了儿子，什么事都不关心，我也不在她眼里。你呢？许纯艺还在澳洲？不打算回来啊？

包海苏说，目前看来，她是不想回来了。原计划在莫纳什大学读一两年，拿个新闻硕士学位回来，没想到她又有了新的想法，要读博士学位，那得读到什么时候啊？比较文学专业啊！少则六年，多则八年，甚至更长时间。她那个导师，就是咱们A大学英语系的，硕士毕业后留校，又去国外读了博士，留在了那边。是他拼命地撺掇许纯艺读博。许纯艺又来撺掇我也出国去。都中年人了，还要归零重来，我嫌累。

张千颐说，可不出去也不是办法啊，总是这样劳燕分飞。

包海苏说，算了，不谈这些，喝酒，喝酒。

三人一起举起酒瓶对着吹，干掉了两箱啤酒。包海苏不过瘾，又要了一瓶“马爹利”，跟张千颐一起，喝得舌头打卷，愁绪满腔。两位老大哥只要一沾酒，知青点上的风格就冒出来了，胡喝海聊，甚至泪眼婆娑。包海苏搂住孙鲁西的肩膀，凑过来说，鲁西啊，兄弟啊，还是你好，反正就那样，没有什么可烦心的，倒也清净。

张千颐打断包海苏的话，说，什么叫“反正就那样”啊？人家鲁西志存高远，我们是燕雀安知鸿鹄之志，整天忙于俗务，疏于思想，执迷不悟。鲁西，快跟我们讲讲你在思考什么重大的问题，又求得了什么人生义谛？

孙鲁西说自己的确像海苏所说的，“反正就那样”了。这些年，在社会泥淖和人生秽土中摸爬滚打，对俗世、对自己，有了更多的了解，但对千颐所说的“人生义谛”，却感到越来越玄远，不敢像当年那样随意张嘴夸夸其谈。孙鲁西说，最近，我对“自我”越来越怀疑起来，“自我”的“自足性”是个大疑问。出路在哪里？能不能自救？这一百多斤的臭皮囊，其实是无能为力的。我总觉得有一种更高的力量在主宰着人类。我感到困惑。大都市已经穷尽了人类的想象，所以，我想出去走走。不是漫游，更不是去旅行，怎么说呢，姑且说是去“朝圣”吧。目前还没有具体的想法，大方向定了，就是朝北方去。

张千颐说，太好了，鲁西，“朝圣”这个词有意思，朝着古代圣贤的行踪追寻，哪怕有些虚幻，哪怕有些不确定，也比我天天面对那些确定无疑的俗人要强得多。所以才羡慕你啊。我们这些尘世牛马，久在樊笼，心为形役，哪得返自然啊！

包海苏说，去北方好，尧舜禹汤、孔孟老庄，全都在北方啊。北方空旷辽阔，面对永恒的世界，想一些亘古不变的大问题，容易成圣人。不像南方，肉身诱惑太多，只能做个吃喝玩乐的俗人。不过，往北方去也只能是“朝圣”，想吃点好的都难。去吧去吧，嘴馋了就回来。遇到好处，不要忘了我们，也替我们上几支香，叩几个头。要不我们先预支几个香火钱吧。说着，两人都要摸钱包。孙鲁西谢绝了兄长们的资助，说真遇到困难会向他们求助的。

孙鲁西原以为只有自己憋屈，只有自己不顺，只有自己失败，只有自己被某种秩序所拒绝。其实，面对俗世那无形的力量，大家都差不多，哪有什么赢家！像张千颐和包海苏这样能干且经验丰富的人，也有那么多的烦心事，也有那么多的苦楚。看来真像伟大的佛陀所教导的那样，人世间所有的苦，都是执着无明之苦，都是“五蕴炽盛”之苦，都是“受想行识”带来的苦。归根结底，还是感受太多，想得太多的缘故。

回想起大学生活，那个当初被当作地狱的地方，其实是天堂！孙鲁西说，他怀念每天晚上宿舍熄灯之后，听两位学长海阔天空地谈人生和爱情，谈前途和理想。如今堕入红尘俗网，各有各的苦恼、苦衷、苦楚，总之都是苦！千颐是求不得苦，海苏是爱别离苦，自己则是怨憎会苦。孙鲁西脑海里出现了苗蔓和右海的样子，他停顿了一下，接着说，每天都遇到很多不想面对的人和事。我父亲就不想见到我，但天天都要跟我打照面。我原来的单位，我就不愿意再想起它，它却经常骚扰我。电视剧制作中心最近不断地打电话找我，说催了多次让我缴纳买工龄的钱，我都不予理睬，最后他们决定，以自动离职论处。我觉得很可笑，我早就自动离职了啊。

张千颐说，那可不一样，鲁西，这个“自动离职”，表面上看好像是你发出的一个动作，其实恰恰相反，发出动作的主体是他们，而不是你，也就是说他们给了你一个处分。从此你就跟这个体制彻底脱钩了，身份和编制都没有了，说白了就是一个无业游民。

孙鲁西说，我早就是一个无业游民了。我将自由自在地在这个地球上游荡，领略生命赐予我的喜怒哀乐，悲喜交加。

包海苏突然大喝一声，这他妈的都是什么事儿！他冲服务员喊，来一瓶红星二锅头，56 度的。服务员说，先生抱歉，没有二锅头，除了“马爹利”，还有“白兰地”和“人头马”。包海苏说，红星二锅头都没有，你们开什么酒吧！酒吧老板连忙过来赔笑说，先生，您是老顾客，我认识您，不知道您喜欢二锅头，下次来，我为您预备好，第一瓶免费喝。张千颐对老板说了声谢谢，拍了拍包海苏的肩膀说，回吧，回吧，兄弟，你醉了。大家都好自为之！三个人约定，要经常见面聊一聊，喝点酒，发泄一下心中的怨气。

孙鲁西做着最后的行前准备。这一次，用他自己的话说，是脚和心朝着同一个方向的那种有计划地行走，也就是“朝圣”。孙鲁西不打算过黄河，将朝圣的目标锁定在长江流域，最后决定去黄梅五祖寺。他买来好几种地图：地形图、交通图、旅游图，设计出自己的行走路线：自韶关到南雄，再翻越大庾岭（梅岭古道），经大余县，或许可以沿赣江顺流而下，经赣州南康府和吉安青原山，过南昌（古洪州）入鄱阳湖，再经湖口石钟山入长江，逆流而上抵达九江（古浔阳），长江的对岸就是鄂东黄梅县，往北一二十里，就是著名的五祖寺。

这是古代沟通中原和岭南、长江流域和珠江流域以及内陆和海滨的重要驿道之一，简称“赣江道”。还有一条驿道叫“湘江道”，从岳阳的长江口进入洞庭湖，沿湘江逆流而上，通过著名的古运河灵渠，进入珠江上游的西江水系（漓江）。跟“赣江道”相比，“湘江道”更加曲折险峻，行之不易。因此“赣江道”就成了中原通往岭南的繁华大道。当年，韩愈、苏东坡、汤显祖等流放岭南的著名士人，走的都是这条路，佛教高僧和基督教传教士进入中原，走的也是这条路。六祖慧能，走的就是这条路。六祖漏夜逃离黄梅，到九江驿乘船进入鄱阳湖，再沿赣江逆流而上，耗时两个月抵达章水源头，经梅岭古驿道翻越大庾岭，过南雄便是韶关南华寺。孙鲁西的计划，就是沿着六祖慧能当年逃离黄梅南行的线路，逆向而行，自曹溪南华寺往黄梅五祖寺而去。

孙鲁西一副英雄即将远行的样子。妈妈帮孙鲁西收拾行装，心里满是担忧。临行前，她为孙鲁西做了满满一桌菜，清蒸红烧，冷盘热汤，叮嘱儿子多吃点，说出门在外吃不好，尤其是去北方。孙鲁西却只吃蔬菜。他不停地跟妈妈道歉，因为他已经决定即日开始吃斋，要等回来之后再开斋。妈妈白忙活了半天，有些失落，她还是让孙鲁西不要只吃叶子菜，多吃些香菇和酿豆腐也好啊，说着，自己又转身去帮阿姨喂右海。

儿子的任何决定仿佛都在给人添堵，孙长戈感到恼火，但又不便多说什么，毕竟三十岁的人了，加上冯英妹护犊子，孙长戈不想自找没趣。他自斟自酌喝着白酒，看着满满一桌菜，觉得自己在沾儿子的光，喝得不痛快。养着这个儿子当然没问题，就怕他自己不接受自己，变得性格扭曲。你看他那别扭的样子，犹豫不决，性情阴郁，既不闹革命也不搞建设，既不种庄稼也不造机器，既不像当儿子的也不像做老子的，既不大块吃肉也不举杯痛饮，整天满脑子奇怪的想法。孙长戈撂下酒杯，坐到沙发上读报纸去了。

第二天，孙鲁西背着行囊出发。冯英妹又是往儿子口袋里塞钱，又是叮咛嘱咐，让他路上注意安全，开心就玩，不开心就回家。孙鲁西拥着妈妈的双肩，说假如在外面待得时间长，那就说明自己过得很开心，让妈妈不必牵挂。冯英妹摸出手绢擦眼泪，男人就是在家里待不住，没有定性，心是散的，当年孙长戈就是这样，整天不着家，四个儿女都是自己一手拉扯大的，儿女们的笑和哭，都不能将他们冷硬的心拴住。

现代交通发达，帆船和马车被汽车火车取代，无须按照古人的方式徒步或驭马。孙鲁西登上一辆北上的绿皮火车，几个小时之后就到了曹溪南华寺。他在小镇逗留了一宿，拜谒了曹溪大师六祖真身坐像。第二天清早，又乘车西行，到乳源云门寺，即禅宗五大宗派之一的云门宗圣地，拜谒云门文偃禅师修行处。然后乘班车到南雄，换乘南雄到大余的客车。路过梅岭古驿道的时候，客车停下来休息。孙鲁西沿着青石板铺就的小街溜达，想象着自己像唐宋时代被放逐的人一样。他用千年前的目光打量着街边的人，小酒馆里坐着的朝廷钦犯，可能是四品高官、翰林学士、京都教头，每人身边紧跟着两名负责押解的公差，周边或许还暗藏着不少大内密探。

孙鲁西经过梅岭古驿道，翻越大庾岭，到达南安古镇——一个山区小县城，外表有些破败，街道两边的砖墙上隐约可见红漆书写的旧标语，“抓革命促生产”“反击右倾翻案风”之类的。从汽车站往南信步而去，十几分钟就穿城到了河边，那是赣江源头两大支流之一的章水河。东流的河水在这里拐了一个大弯，向北奔去。河面不宽，对岸的人和物清晰可见。山坡上的寺庙在树林中露出红墙和飞檐。古渡头站着几个等候船只的人，朝着正在河中央的艄公招手。

河面零星漂着几艘小火轮。江边停满了木排和竹排。一个巨大的木排上坐着放排汉，四五十岁的样子，正端着长长的旱烟管低头吸烟。木排的另一头，还有两个年轻些的人，正摆弄着长长的竹篙，看样子要放排出发。孙鲁西决定不再坐班车，想跟着木排沿江而下，经赣江过鄱阳湖再进入长江，这符合事先的想象。孙鲁西朝放排汉挥手打招呼。汉子似笑非笑，算是回应。

孙鲁西问，木排要走了？

放排汉抿嘴含住旱烟管用力一吹，燃烧的烟灰带着青烟，在空气中划出一道弧线，落在河水里呲的一声。他抬头朝孙鲁西打量了一阵，说，嗯哪。

孙鲁西问，你们去哪里？

放排汉想了一下说，下面。

孙鲁西说，下面？哪个下面啊？

烟从放排汉的牙缝和鼻孔里冒出来，他龇着牙说，樟树啊。

孙鲁西看了看地图说，能带上我吗？

放排汉愣了一下，用方言跟那边两个同伴高声聊了几句。他转过脸来对孙鲁西说，可以，十块钱，自己带油和米。

孙鲁西说，我没有米，给钱行吗？

放排汉又跟两个同伴商量了一阵。他说，可以，搭伙一天两块钱。

孙鲁西说，你没问我去哪里。

放排汉说，都一样。

孙鲁西登上木排。放排汉把孙鲁西领到木排中央用塑料布遮盖起来的小棚里，说可以睡在里面。那是放排汉的卧室，一长溜木板床上面铺着厚厚的稻草。孙鲁西放下背包又走出小棚。放排汉解开绳索，木排缓缓地向下游漂去，两个撑竹篙的一前一后调控着方向。孙鲁西继续跟不喜欢说话的放排汉闲扯。

孙鲁西问，到赣州和吉安要多长时间？

放排汉说，不一定。

孙鲁西问，这个木排一天能走多远？

放排汉说，难说。

放排汉不但话少，而且很谨慎，不肯多说一个字，除非涉及钱，一般都不超过三个字。其实他说的也是真话。木排的速度是依江水的流速而变化的，不同地段江水的流速不同，晴天和下雨天江水的流速也不一样。可见放排汉是一个严谨的人。但木排漂到某个码头，总有大概的时间，比如三天还是五天，他也不说，可见他的严谨又很刻板。

放排汉坐在那里无所事事，见孙鲁西打量他，有些拘谨，就从小棚里的床铺下抽出一大把稻草，坐下来搓草绳，搓了几下又放下，拿起旱烟管打算抽烟。孙鲁西拿出一包香烟递过去，说抽这个，可以一边抽烟一边搓草绳。放排汉接过香烟，拿出一根点上，又将整包烟还回来。孙鲁西说，拿着抽吧，我还有。放排汉微笑着点了点头，嘴巴抿紧使劲吸了几口，品味着香烟的味道。

放排汉说，香是香，劲小。你是干什么的？

孙鲁西说，你看我像干什么的。

放排汉说，像老板。出来躲债吧？

孙鲁西大笑，我不是老板，我出来随便玩玩。

放排汉说，到赣州就上岸，我们去买菜，你随便玩玩。

孙鲁西说，赣州有什么好玩的？

放排汉说，有钱就好玩，没钱就不好玩。

孙鲁西说，有什么名胜古迹吗？

放排汉说，郁孤台、八镜台、古浮桥。

孙鲁西说，我想去马祖岩看看。

放排汉说，你信佛的？马祖岩太远，我们等不了你。

孙鲁西犹豫了一下，那我还是跟着木排走吧。

孙鲁西其实不确定是不是要去马祖岩朝拜。因为有好几个马祖岩，不知道哪个才是马祖道一修行的地方。另外，马祖曾经修行的“南康”地点也不确定，江西有两个南康，一个是宋代江南东路的南康军，在赣北庐山南麓的星子县，另一个是现代赣州市的南康（东晋属南康郡，隋唐时曾改置虔州，后复为南康郡，宋代改属南安军）。既然有疑问，时间又不允许，那只能放弃。孙鲁西决定，到了赣州就在八镜台、郁孤台一带随便看看，接着跟木排下吉安，主要去青原山静居寺，拜谒六祖的大弟子青原行思禅师弘法之地。

晚上，几个人都睡了，只留下放排汉坐在木排前头值班。他身边竖着一根木棍，木棍上挂着一盏马灯，木排尾巴上也有一盏马灯，昏暗的光在风中闪烁，跟江面其他漂浮物上幽暗的灯光相呼应，仿佛在交流着隐秘的信息。孙鲁西睡不着，爬起来走出小棚，坐着看漆黑的江面，听江水撞击木排的哗哗声。放排汉也端坐在那里，静悄悄不说话，旱烟吸个不停。过了一阵，他开始哼小曲儿，声音渐渐大起来：起根发苗桃花冲，老虎抬头口朝风，开口吸尽章江水，吐在赣州浮桥东。过了一摊又一摊，遇了一险又一险，黄泉路边走一遭，鬼门关上歇一脚。有女莫嫁放排汉，放排汉子命不长，吃了多少泥浆水，睡了多少硬板床……歌词的内容好像很悲苦，发出的声音却很喜乐，伴随着两岸丛林中的野鸟鸣叫，像多声部，颇有趣味。

第三天清晨，木排到了赣州，停在古浮桥遗址边的西津门码头。放排汉让两个年轻的同伴和孙鲁西上岸去采购游玩，自己在木排上守候。城市颇具古风，街道两边的广式骑楼下摆满了小摊档。一连几天在木排上吃干菜咸菜，人都吃得干枯了。孙鲁西走进一家客家菜馆，要了一份斋汤，一份豆腐煲，一碗素面。城里人说西南官话，好懂，进城卖货的小贩口音跟放排汉一样，是赣南客家话，不好懂。登上郁孤台，只见东西两座城门人流如潮，远远就能看到章水和贡水从两边汇流成赣江，向北奔流而去。宋代的古城墙，紧贴着赣江三角洲的边缘，像一个楔子插进江流汇合的最前沿。东西两边郊外的山脉和树林扑面而来，将小城拥入怀抱。“郁孤台下清江水”，如此美景，为何还要“西北望长安”啊，稼轩兄？这就是古人跟今人的区别吧？

孙鲁西刚回到木排上，另两个年轻人也扛着米袋、拎着货物，陪着一位挑担的女子走过来。女子戴着斗笠，脚蹬草鞋，满满一担瓜果蔬菜在肩上晃悠。她颤颤巍巍地上了木排。放排汉还要跟妇人讨价还价。妇人说，在岸上讲好了的，不要再压价啊。说着，她摘下斗笠，拿起搭在肩上的毛巾擦汗。放排汉盯着她的胸脯，看得两眼发直。妇人赶紧催要了菜钱，转身上岸去，放排汉又盯着妇人的屁股不放，愣在那里好半天才回过神来。见孙鲁西在观察他，放排汉羞赧地说，这下有菜吃了。

木排在江上随波逐流，路过“惶恐十八滩”的时候，孙鲁西正在睡觉。醒来时突然下起了暴雨。放排汉对孙鲁西说，你命大，在十八滩的时候没赶上暴雨，过了才下。暴雨和山洪导致江水湍急，放排汉要躲雨，只能将木排靠岸。就这样走走停停，五天五夜才抵达吉安。午后，木排停靠在赣江东岸青原山下的一个野河滩边。孙鲁西感谢放排汉和两位同伴一路的照顾，给他们结了账，挥手作别。

木排渐渐远去。放排汉站在木排上，一高两矮，戴着斗笠，光着膀子，阳光照在他们褐色的背脊上。他们朝孙鲁西这边挥手，接着转身回到了原来的生活中。他们睡觉、醒着、吃饭、拉撒、喜悦、忧伤、歌唱、闲谈、放排、撑篙、发愣、沉默，一切都自然而然。他们仿佛亘古以来就跟漂流的木排一起，荡漾在这条河上，是上帝造就的自然之中的一部分，是古老风景中的一道小风景，跟远山近水浑然一体。而孙鲁西自己，就像其中的异物。

孙鲁西沿山路直奔青原山。当年青原行思离开曹溪北上，走的大概正是这条路。孙鲁西有一种跟古人并肩的感觉。青原行思禅师弘法圣地静居寺，坐落在一条东西走向的山脊的南麓，隐约能见到寺庙的红墙碧瓦和彩色飞檐。两条山谷中的泉水，在寺前汇流成一个小水泊，景色优雅灵秀。青原行思跟南岳怀让一样，算不上非常著名，但两个人的大弟子都声名远播。南岳怀让在湖南衡山传道，大弟子马祖道一却到江西弘法。青原行思在江西青原山传道，大弟子石头希迁却到湖南弘法。石头希迁，原本应该是六祖慧能的嫡传弟子，因六祖圆寂之时他还没有受戒，所以转到青原行思名下，师弟变成了徒弟，两人一见面就抬杠，此后石头和尚对青原行思也未见得有多么心服口服。但石头和尚的确是“青原系”唯一的衣钵传承者，由他衍生出禅宗五大宗派中的三宗：曹洞、云门、法眼。其实青原行思本人的大家风范也是有口皆碑。僧问：“如何是佛法大意？”师曰：“庐陵米作么价？”是禅宗著名公案之一。老将不论兵，无言大自在。

第二天中午，孙鲁西从吉安搭乘私营中巴去往南昌，颠簸了几个小时，黄昏时分，落脚在市中心八一公园附近的一家宾馆。孙鲁西在街上溜达，打量着这座千年古城——魏晋的“豫章郡”，唐代的“洪州府”，南唐的“南昌府”，李璟交泰三年的帝都“南都”。孙鲁西希望能够嗅到那些隐藏在历史褶皱深处，悠远古老的文化信息。然而，除了下水道里散发出来的臭味，还有路边炒米粉摊档散发出来的油烟味，他什么也没嗅到。地图上标示附近有一处叫“佑民寺”的寺庙。孙鲁西向西拐弯，见到一个不起眼的庙门，飞檐下的匾额上书“佑民寺”三个烫金行楷大字，在昏暗的路灯映照下闪着低沉的光芒。寺庙的门面素朴简陋，才一人多高的大理石柱子颇有年代感，上面刻着一副对联：“法雨来南岳，宗风起洪州”，字迹朴拙，有如古佛之容。寺庙已经关门谢客，只能明天再来朝拜。

第二天上午，孙鲁西来到佑民寺。寺庙规模不算大，部分殿堂还在修葺中。或许与位居城市中心有关，小寺庙香火很旺，远盛于青原静居寺。今天的佑民寺，也就是唐代的开元寺，是马祖道一大师弘法圣地，六祖慧能两大嫡系宗派之一的“洪州禅”发祥地（另一派为“石头禅”），又是唐代江南佛教中心之一，还是东亚诸国僧人的留学中心。按《景德传灯录》记载，马祖道一的主要活动区域的确在以南昌（古洪州）为中心的临川、进贤、永修（古建昌）一带，似乎并没有到赣南传道。洪州开元寺，是马祖大师最后的坐化之地，遗体遵嘱火化于建昌石门山，赐建大庄严塔。马祖道一弟子百丈怀海也在南昌附近大雄山修行。怀海是“禅农并举”的倡导者，主张“一日不作，一日不食”，进一步将修行与日常生活乃至农耕劳动相结合。本应前往朝拜，遗憾的是被毁的寺庙还没复原。

孙鲁西走进一家电信局，分别给妈妈和苗蔓打了电话报平安，然后告别古城洪州，当天晚上就坐上绿皮火车，沿着南浔线继续北上。南浔铁路，动工于清末，建成于民初。它的开通，终结了那条千年来连接着中原和岭南的水上古驿道，那条慧能大师、韩昌黎、苏东坡、汤显祖曾经走过的著名水路。从赣江边的南昌，到长江边的九江，火车两三个小时就到了。

孙鲁西背着行囊，穿过一座古老的铁桥，踏着夜色，沿甘棠湖边信步而行。在环湖的路灯映照下，可以看到伸向湖心的曲廊尽头的“烟水亭”，据说那是当年东吴名将周瑜的水上点将台，如今成了市中心。孙鲁西往北拐上紧挨着长江的沿江路。江面灯火通明，远处有星星点点的渔火。一位守候在路灯下的中年女子远远迎上来，缠住孙鲁西，把他领进了一家飘着劣质香水味的小旅馆，上去才知道，是一艘废弃的趸船改造而成的旅馆，打开窗户就能见到江面。从重庆、汉口开往南京、上海的货轮和客船，时不时就有一趟，远远地拉响汽笛，呜——呜——呜——孙鲁西刚要入睡，就被长鸣的汽笛唤醒。

横竖睡不着，孙鲁西干脆起身，在昏暗的灯光下写旅行日记，记录十几天来的沿途见闻，以及朝圣心得，还顺便胡诌了一首诗：浔阳江畔夜吟客，挑灯凝神管弦绝。梦里琵琶哭青衫，汽笛长啸游子咽。

早起赶到长江渡口，江面雾气散尽。客轮货船，大船小舟，机船帆船，渔舟渡轮，百舸争流。巨大的渡轮，将人们从此岸送到彼岸。睡眼惺忪的孙鲁西被人流拥上渡轮，到江北小池口，换乘公共汽车前往黄梅县城。跟想象中的相比，小县城显得简陋杂乱。车站前卖炒面的人冲孙鲁西大声发出命令：该吃午饭了！孙鲁西蹲在路边吃了一盘炒面，辣得满头大汗。站在路边北望，烟雾笼罩远山。有位叫冯文炳的作家，笔名叫“废名”，就是黄梅人，他写文章说，小时候，每逢天气晴朗，站在黄梅城头，可以看到远处东山上五祖寺的房子，红墙碧瓦，镶嵌在绿树丛中，像图画一样美。此刻，孙鲁西也站在城头，往北一看，什么都看不见。文人说话喜欢夸张，其实还隔着二三十里呢，怎么可能看到？

吃完午饭，卖炒面的又向孙鲁西发出命令：坐那辆面包车！那是一辆不讲规矩没有约束的私营中巴。司机开着面包车，围着车站兜圈子拉客，兜了近一个小时，出发之后也是随叫随停。开到一个叫冯家瓦屋的村旁，司机突然下了车，说回家拿点东西。车上的人一点也不着急，男人们抽烟、闲扯、咳痰、开着猥琐的玩笑，女人们抱着孩子喂奶，有人钻进路边庄稼地里撒尿。司机半天才返回车上，磨蹭到五祖镇，已是黄昏时分。孙鲁西摊开地图一看，离大别山南麓东山上的五祖寺还有三公里。

小镇汽车站边的烟酒小卖部门前，一位头发烫得卷曲的男子在向孙鲁西招手。他二十多岁的样子，皱巴巴的印有变形金刚的 T 恤下摆塞进牛仔短裤里，银灰色丝光袜，皮凉鞋沾满灰土，蓬松打结的卷发乱糟糟的。卷发男子貌似跟孙鲁西一见如故，伸手来接孙鲁西的背包。孙鲁西说谢谢，抓住背包不放。

卷发男子说，来啦？

孙鲁西点头，嗯。你是？

卷发男子说，修行来了？

孙鲁西点头，嗯。你是？

卷发男子说，我是来接你的，跟我走吧。

卷发男子迈着高频率的小碎步在前面引路，领着孙鲁西朝镇外走。卷发男子说，五祖寺已经关门了，明天再去，今晚就住在陈家冲，免费吃住。大方向倒是没错，孙鲁西跟着朝北疾行。穿过小街巷和几道田埂，走了二十多分钟，他们来到东山脚下的一个小村庄。卷发男子说，陈家冲是离五祖寺最近的村庄，走小路上山，只要二十分钟就能到。卷发男子领着孙鲁西进了村北一个有些破旧的农家小院。里面一二十个人，正围坐在厅堂中央长桌边吃晚饭。一位五十来岁的男子，像是这里主事的人，走过来紧紧握住孙鲁西的手说，来了？好的，好的！男子也跟孙鲁西像老熟人似的。孙鲁西却怎么也想不起来在哪儿见过他们，他忍不住问道，我们认识吗？男子说，认识的不认识，不认识的认识，都一样，师兄不必执着。我俗姓陈，叫陈喜智。

陈喜智朝人堆那边喊，四乐，把这位师兄安顿在你旁边的铺位。

一位十七八岁的少年应声走过来，拎起孙鲁西的背包，送到隔壁的卧室去了。

陈喜智请孙鲁西坐下来吃饭。餐桌上都是豆腐青菜一类的素食，很合正在吃斋的孙鲁西的口味。晚饭后，陈喜智领着孙鲁西来到卧室，一间大屋子，瓷砖地面上左右两排地铺，约有二十个铺位。孙鲁西在西面窗户边的铺位，跟那个叫四乐的少年比邻而居。陈喜智对孙鲁西说，路途辛苦，早点休息，明天让四乐陪你到寺里去转转。他说完就回自己的房间去了。

四乐长得白净，留着小平头，眼神清澈明亮。他打量着孙鲁西，好像准备跟这位新朋友说点什么，但又有些拘谨局促，嘴唇似动非动，没有发出声音。孙鲁西觉得自己一路上都很被动，从被渡到江北开始，就好像有一只看不见的手在操控他，不由分说地把他引到了这里。他对这个哑谜一样的行程感到困惑。好在遇到了少年四乐。孙鲁西主动开口说话了。

孙鲁西说，你领我去洗漱吧？

四乐说，嗯。

孙鲁西说，你在这里干什么？

四乐说，修行。

孙鲁西说，你是本地人吧？

四乐说，嗯。

孙鲁西说，他们是干什么的？

四乐说，修行。

孙鲁西说，修行？怎么修行？

四乐用学来的口吻说，该吃就吃，该做就做，吃喝拉撒，即心即佛。

四乐说着，就把孙鲁西领到了院子对过的卫生间，示意他进去洗漱。

陈喜智过来小便，打着饱嗝，叼着烟卷，乜斜着一只被烟熏着的眼睛对孙鲁西说，条件有限，请多包涵。说完，抖了抖裤裆就走了。

孙鲁西问四乐，他是谁？

四乐说，我爹，辞了村长来干这个。

孙鲁西说，干“这个”是干什么？

四乐说，修行，管人，派工。

孙鲁西说，就是领导我们修行的吧？

四乐没有回答。

第二天上午，四乐陪孙鲁西来到五祖寺。寺门前的对联，是苍劲有力的魏碑书法：“上接达摩一脉，下传能秀两家”。左边墙上写着神秀偈语“身是菩提树”那四句，右边墙上写着慧能偈语“菩提本无树”那四句。四乐轻车熟路，领着孙鲁西依次参观，边走边吩咐孙鲁西，在这里上香，到那里跪拜，接着又领孙鲁西往后山去，穿过祖师殿和般若亭，登上更高处的观景台，瞭望远处起伏的崇山峻岭和天蓝色的湖水。山岚从脚下升起，鸟儿在高空盘旋。孙鲁西沉浸在大自然超凡脱俗的意境中。当年，每日在寺中洒扫舂米的慧能大师，应该也曾登高远望，参红尘净土，悟明镜菩提。

休息了一天，孙鲁西就正式开始“修行”了。出工前，众人先走后山小路到达寺里的僧堂，听僧人念经，再由喜智师傅分配工作。喜智师傅派孙鲁西跟四乐一起，去寺庙东边水库下面的稻田里割稻子。孙鲁西没干过农活，觉得很新鲜，他拿起镰刀就往外走。四乐说，日头很大，会晒破头皮的，要戴草帽呢，胳膊还得套上袖套，否则稻草叶会把手臂划破，会发炎、化脓。四乐是干农活的老把式，他边干边指导孙鲁西。烈日酷暑，汗水浸透外套，风干后在背脊上留下一圈白色盐渍。收工的时候，众人也是先到寺里的法堂集合，听和尚念经。孙鲁西听不懂，四乐解释说，这个是《百丈清规》，关于衣食住行的规矩。

接连几天，孙鲁西跟着四乐在稻田里重复做着同样的动作：弯腰立直，立直弯腰。稻子倒下了，孙鲁西的腰也倒下了。他腰酸背痛，腿肚子抽筋，胳膊也抬不起来，回到住处就仰躺在床上，吃不下饭。四乐端着一大碗冬瓜汤过来，让孙鲁西喝下去。四乐说，冬瓜汤清凉消暑，而且你身体里的盐已经跟着汗水一起流失了，要补充盐，否则明天路都走不动。孙鲁西说，我现在已经走不动了。四乐说，你软它就硬，你硬它就软，要多吃饭，多喝咸汤，坚持两天就好了，现在就歇，过两天还会酸痛的。四乐经验丰富，孙鲁西只能听从。

孙鲁西浑身无力地跟着四乐去卫生间洗澡，走路的时候双腿发软，洗澡时胳膊也不好使，四乐帮助孙鲁西涂肥皂、搓背，又用毛巾帮他擦干水。在他们旁边水龙头下站着的中年汉子，长着一张下宽上窄的“由”字脸，他的背上有一道道疤痕，像是被鞭子抽过。他突然拿起一根荆棘条，递给四乐，请求四乐抽他。四乐说，下次吧，今天没有工夫，今天要给这位师兄擦背。汉子只好自己抽自己，他举起荆棘条，朝自己的背脊上使劲地抽打，发出不知是痛苦还是享受的大叫声。

回到住处，四乐让孙鲁西趴在床上，拿热毛巾敷在孙鲁西的腿肚子上，还帮孙鲁西按摩。孙鲁西不好意思，说随便按几下就行了。四乐用拳头捶着孙鲁西的腰说，不要客气，我也没有其他什么本领帮助你。孙鲁西感动得连声道谢。四乐说，城里来修行的人，都遇到这个难关，年纪大的要过关就更费事，不像我们乡下人，七八岁就习惯了。

孙鲁西想起自己像四乐这么大的时候，什么事也不做，整天躺在海边胡思乱想，想自由，想飞翔。四乐年纪还小，本应上学读书，却整天匍匐在土地上，做起事来跟壮年农民一样，令人怜惜。

孙鲁西问，四乐，你为什么不读书呢？

四乐说，考大学没考上。

孙鲁西说，也没有进城打工？

四乐回答，我爹说不用去打工，让我陪你们一起修行。

听四乐又说到“修行”，孙鲁西好像才突然意识到了什么。自己原本是打算来“朝圣”，谁说是来修行啊？孙鲁西想起来了，就是小镇汽车站边上那个卷发男子，一见面就自作主张地说“修行来了，修行来了”，那时候，天色已经昏暗，自己人生地疏，有些紧张，没有来得及仔细琢磨就随口答应，顺脚跟随，加入了修行队伍。

孙鲁西说，一个卷发男子，见到我就说修行的事。

四乐说，那是我大哥。

孙鲁西说，你们全家都在这里啊？

四乐说，我爹承包了寺里的田产。

孙鲁西说，那我们都在给你爹打工啊？

四乐说，打工赚钱，你们不赚钱，你把干活当修行就好了。

四乐跟孙鲁西成了朋友，两人越来越相投。四乐时时处处管着孙鲁西。孙鲁西吃饭的时候，四乐提醒他不要剩饭菜。孙鲁西喝水的时候，四乐提醒他不要出声音。孙鲁西在田埂上撒尿，四乐提醒他要背对着寺庙方向。孙鲁西仰面躺下休息，四乐说姿势不对，要朝右侧睡，说着还给孙鲁西做示范，蜷缩在那里像一只煮熟的大虾。孙鲁西看看其他人，都四仰八叉躺在地铺上，呼噜声此起彼伏，由字脸汉子还发出一连串古怪的梦呓。四乐说，五祖寺里的师父说，无救之人还要救，那是我佛慈悲。我们不要看他们的样子，我们要看自己的样子。孙鲁西觉得四乐是对的，修行就在自己起居饮食、衣食住行的细节上。

孙鲁西发现，这些跟自己一起修行的人，也不能说没有诚意和真心。他们对吃住条件的好坏不感兴趣，对干活儿的轻重也不在意。他们不但干农活特别卖力，回到住处还会抢着干各种杂务，有的人还把自己的积蓄拿出来，交给陈喜智，说有钱大家用。他们在乎的是，自己堕落的灵魂还有没有救，良心的亏欠能不能弥补。陈喜智也是看中了这一点，才辞职承包了寺庙的田产，为堕落的灵魂提供一个得到救赎的机会。但从生活细节上看，这些人举止马虎，灵魂粗糙，让孙鲁西感到救赎无望，想来可悲。

第二天上午，众人听完和尚念经，陈喜智又开始派活儿。由字脸汉子突然大叫起来，说不行，不行啊，喜智师傅，你不能这样，为什么每次都安排那么轻的活儿给我干啊？请你给我派一些重活儿吧，不要怜惜我这贱骨头。说着，他脱下汗衫，露出印有一道道疤痕的背脊说，让我干些重活儿吧，来教训教训我这臭皮囊吧！说着，他又举起荆棘条，使劲地抽打自己。和尚听到动静便过来劝阻，说他已经多次在法堂上喧哗，如若再犯，就不允许踏进寺门。

四乐对孙鲁西说，在这里修行的人，有钱的、有权的、有病的、有债的，什么人都有。那个由字脸叫乔龙标，精神有点问题，时好时坏，不大稳定。他原本是一家工厂的厂长，据说嫖赌逍遥样样齐全。他不但把厂子整垮了，还把老婆气死了。他自己精神也受了刺激，到这里来赎罪，抽打自己，心里会舒服一点。

就这样孙鲁西每天跟着四乐下地劳动，活儿不轻：割稻，脱粒，挑谷，扬场，装仓，把田里的水稻变成谷仓里的粮食。孙鲁西听从四乐的劝告，“把干活当修行就好了”。这么一想，孙鲁西觉得在这里生活很有意义，身体任其自然，也就不累了。把意志和身体都交出去，陈喜智让干什么就干什么，反而轻松自如。如果身体和意志都在抗拒，那就叫拧巴。生活在拧巴之中，只能身心俱疲。就这样，孙鲁西顺其自然地“修行”了一个多月，“禅农并举”，身心都很适应，以至于都忘了回家。

四乐提醒他，你不想回家啊？

孙鲁西说，嗯，是该回家了。

四乐说，你的家在哪里？

孙鲁西说，南边的 G 市。

四乐说，听说是个好地方。

孙鲁西说，你想去看看吗？

四乐说，我爹不会答应。

孙鲁西说，走了再说呗，先斩后奏。

四乐低下头，我爹会发疯的。

孙鲁西说，你赚了钱给他寄过来，他就不会发疯。

四乐眼睛一亮，这是个好主意。

孙鲁西又说，但你娘或许真的会想你想得发疯呢。他想起了自己的母亲冯英妹，也不知道自己不在家的这段日子里，母亲过得怎么样。

四乐说，我娘过世好几年了……

陈喜智单独住一间屋子，第二天早晨醒来，他发现桌上有四乐留下的一封信：

爹：

我跟孙鲁西去城里赚钱。要是赚到了钱，你也好把家里的房子修一下。鸡崽都是跟着母鸡转，没有跟着公鸡转的。长这么大，我还没出过远门，想出去看看。孙鲁西是个好人，我留心观察了一个多月，所以你不用担心。这是孙鲁西家里的电话号码，没有急事不要打电话。叫大哥不要见人就往你那儿拉，有的人不是来修行的，只是来看看。

爹多保重。

菩萨保佑。阿弥陀佛。

四乐

陈喜智丢下信就往外面冲，他找邻居借了一辆摩托车，一路追赶，追到小池口码头的时候渡轮已经发动了，朝着彼岸驶去。陈喜智大声喊，四乐，你去哪里啊？你身无分文，出去怎么活命啊……四乐背过身去，不想看到爹的样子。孙鲁西朝陈喜智摆摆手，又挥挥手，意思是让他回去，不必担心。过了一会儿，四乐才又转过身，远远看到爹正抬起胳膊，大概是用衣袖擦眼泪。爹这样温柔多情的时刻，让四乐想起了自己过世的母亲。渡船上人挨着人，四乐顾不了那么多了，伤心地啜泣起来。

玄鸟录

（孙鲁西）

*

第四章　禅是一枝花

一、六祖慧能及其语录

禅宗六祖慧能语录《坛经》，是佛教典籍中唯一称“经”的汉族僧人撰述，足见六祖慧能之根器非凡！慧能跟神秀的主要区别，在于“顿悟”和“渐悟”。“顿悟”靠的是智慧和机敏。“渐悟”靠的是勤奋和恒心。“顿悟”多少有些神通，如大乘佛教之释迦牟尼，唯上等根器所能达成。“渐悟”须下功夫，如原始佛教时期的净饭王子，中下之学亦可求得。“渐悟”费时费事，时间成本很高，甚至穷尽终生。“顿悟”直指人心，见性成佛，没有什么时间成本，聪明就可以。但聪明的标准因人而异，要看你遇到什么机缘。遇到初祖达摩就很惨，二祖慧可丢了一条胳膊。遇见五祖弘忍就幸运，六祖慧能舂了九个月的米就成了。所以，大家都想去碰碰运气。这也是禅宗北派比不过南派的一个重要原因。六祖语录中，还有很多未能圆融之处。比如屡屡言及有被追杀和被夺衣钵的危险。当陈姓将军在赣江源头大庾岭追上慧能的时候，丢弃在石头上的衣钵显了神通，陈将军根本提不动。那你还跑什么呢？最有可能夺慧能衣钵的是神秀，但神秀并没有这样做，反而在唐中宗面前推荐他，说南方受五祖密授衣钵之高僧慧能，才是国师最合适的人选。又如，著名的“风幡之辩”，旌旗在风中飞舞，一僧说风在动，一僧说幡在动，慧能说，既不是风动也不是幡动，是心动。语出惊人，大众骇然。慧能其实也就张嘴一说而已，类似于脑筋急转弯。两个僧人当时所见，其实就是幡动，而不是别的什么在动。幡为什么会动？因为风动。风为什么动？因为不同地方的空气有冷热差异，导致地面附近单位面积内分子密度不同，由此产生对流现象，带动了幡的飘动。唐代人的科学认知水平当然不能跟现代人相比，这可以理解，但也不要那么真理在握似的张口就说。王阳明的“格物致知”，那是真“格”，他面对着一根竹子，“格”了整整七天七夜，人都“格”病了，无奈之下才从“物”转向“心”。慧能不是这样，慧能讲究顿悟，一秒钟就给出结论：心动。在脑筋急转弯上，慧能的确比神秀更有天分。但慧能拒绝精英主义所提倡的渐进的修炼，以及“格物致知”的圣训，而推崇建立在“人人皆有佛性”基础之上的瞬间感悟力，倒是有着浓郁的民间色彩。因此，慧能一直拒绝朝廷的邀请，保持自己独立的民间身份。主张与平民相杂而居，不与统治者合作，是他与神秀的另一个重要区别。

二、慧能法嗣“一花五叶”

达摩祖师从印度带到中土的衣钵，先传慧可，再传僧粲，接着是道信、弘忍。六祖慧能自己说，五祖弘忍半夜三更偷偷将衣钵传给了他。那衣钵后来落到了谁手中呢？据说衣钵一度被宫廷供养，几年后又被送还。还有人说，衣钵被武则天再度请进皇宫，不知所终，留下一个千古谜题。“衣钵”是否真的存在，其实也是疑问。假设它根本就不存在，那就只能在半夜三更谁也见不着的时候偷偷地传，还要说成是怕人来抢夺。其实不如换一种方式，将“衣钵”传给所有应该得到它的人，也就是悟道得道之人。因此，废除衣钵单传惯例，传心不传衣，传法不传钵，改单线传法为多线弘道，也就顺理成章。六祖慧能得道法嗣遍天下，其中正嗣四十三，旁出不计其数。声名卓著的五大弟子有南岳怀让、青原行思、菏泽神会、南阳慧忠、永嘉玄觉。菏泽神会的主要功劳，是在祖师圆寂后只身北上，四处辩论传法，让慧能和南禅的名声朝野皆知。南岳怀让和青原行思则“一花五叶”，衍生为五大宗派：南岳怀让的“沩仰宗”和“临济宗”，青原行思的“曹洞宗”、“法眼宗”和“云门宗”。其中的“临济”“云门”两宗，法脉绵长，尤其是“云门宗”，一直延续到南宋，才逐渐式微。五大门派本质上没有什么差别，道同人不同，也就是传道的方式或风格不同而已：沩仰宗严谨，曹洞宗细密，临济宗痛快，法眼宗简明，云门宗高古。在各宗内部，演化过程中，宗风也有变化。如德山宣鉴禅师，呵祖骂佛，举棒便打，其弟子的弟子云门文偃却温文尔雅，性情高古。禅宗，是佛教大乘空宗般若学在中国演化的重要成果，其“以心传心，不立文字，直指人心，见性成佛”的方便法门，是一条敬畏和执着求索最高义谛的特殊道路。

第九章

•

孙鲁西带着四乐乘火车前往G市，先走南浔线到南昌，接着换浙赣线到株洲，再转京广线南下，一路上颠簸劳顿了三天三夜。四乐是第一次出远门，感觉很新鲜，他兴奋不已，话变得异常多，还随便跟陌生人搭讪。他认识了一个从衡阳上车的年轻人，两人聊得火热。年轻人叫蒲寅生，跟四乐同龄，两人认了“同年老庚”，提议交换家庭地址，要保持通信联络。四乐从背包里摸出一个小本儿，撕了一页纸，却犯了难，他要到G市生活一段时间，但具体是什么情况、住在哪里，他自己也还不清楚。蒲寅生已经爽快地留了地址：湖南省邵阳市隆回县麻塘山乡鸡公岭村委会二组（蒲塘下）。四乐跟他约定，等自己一安顿下来就给他写信，再把详细地址告知他。

车过郴州的时候，四乐和孙鲁西都在打瞌睡，鸡公岭村村民蒲寅生下了车，连招呼都没有打。四乐醒来，不见结拜的同年老庚，茫然四顾。经邻座提醒，四乐发现自己的钱包在座位上，里面只剩下一张身份证，他的全部家当三百块钱都没了。四乐说，这下好了，赤膊光棍，无牵无挂。孙鲁西开始还羡慕两个年轻人一见如故转眼成兄弟，多么难得。现在他只好笑着说，就算是交学费吧。面对一贫如洗的四乐，孙鲁西越发感到重任在肩。孙鲁西打算让四乐先歇几天，带他四处转转，熟悉一下环境，然后再想办法帮他找事做。

儿子回家了，冯英妹喜笑颜开，她和孙长戈还对四乐的到来表示热烈欢迎。儿子离开家差不多两个月，变得又黑又瘦，是累的还是饿的？看看四乐，人家乡下孩子怎么那么白净呢？冯英妹把四乐安顿在孙梁山房间里，孙梁山成家之后就很少回来。当天晚上，冯英妹做了一大桌菜，给孙鲁西洗尘，同时也为远道而来的客人四乐接风。苗蔓、苗杏、廖秋约带着右海都来了。右海坐在苗蔓和孙鲁西中间，高兴得哇哇喊叫。孙鲁西吃素很久，闻着肉香也开始嘴馋，便开斋大吃起来。

孙长戈一看，人多菜也多，想喝几杯。他不敢奢望有谁来陪他喝，只是礼节性地跟四乐客气，让四乐也喝一杯。没想到四乐并不拒绝，愿意陪老伯喝。孙长戈很高兴，叮嘱四乐，能喝就喝，不要勉强。四乐微微一笑，不动声色地陪着孙长戈，接二连三几杯下肚，面不改色心不跳。这让孙长戈意外且感动。饭后，孙鲁西抱着右海陪苗蔓她们回自己家去了。孙长戈又叫四乐陪他喝茶聊天。

孙长戈还在超龄服役，一再坚持说自己身体还行，乐意为革命多做点贡献。他没想到，身后还有很多人在排着队，等着为革命做贡献。经组织反复劝说，他终于把厅长的位置让了出来。组织上安排他到顾问委员会去发挥余热，还挂了个省政协副主席的头衔，不用每天坐班，隔三岔五坐主席台上开个会就行。军人出身的孙长戈好动，在家里没事做，过得憋闷，每天把《人民日报》和《参考消息》颠来倒去看好几遍。他觉得咱们总是跟美国人眉来眼去也不是办法。苏联老大哥又不争气。看着看着，唉声叹气，心里憋屈就想喝酒，而且还想放开来喝一场，想一醉方休。无奈冯英妹盯得紧，不准他放肆。冯英妹要在这边和苗蔓那边来回跑，整天匆匆忙忙。孙长戈又想去单位，去了几次感觉不对，大家都在忙，没有人搭理他。

四乐的突然出现，给了孙长戈一个大大的惊喜。孙长戈对冯英妹说，四乐平时在乡下喝的酒质量次一些，我们的酒好一些，所以他想多喝几杯。冯英妹不置可否。孙长戈打着四乐的名义，每天晚上都让四乐陪他喝两杯。茶余饭后又让四乐陪他聊天。孙长戈让四乐给家里打电话报平安。电话打到村委会，有人跑去叫陈喜智来接电话。长途电话，时间就是金钱，陈喜智却磨蹭了半天。四乐听到爹在话筒里喂喂喂，第一次跟爹在电话里相遇，他喊了一声爹，就不知说什么好了。孙长戈抢过电话，他让陈喜智安心农耕生产，说孩子在这里很好的，不用牵挂。

孙长戈侦察清楚了四乐家里的基本情况，又向四乐仔细了解了农村改革开放的进程，打听农耕劳动的情况，分析粮食生产的形势。听四乐说，年轻人现在不热爱农耕劳动，孙长戈很担忧。他认为，年轻人不应该躺在改革开放的成果上睡大觉，那样容易滋生资产阶级思想，应该发扬热爱劳动的优良传统。孙长戈还提醒四乐，城市的情况比乡下复杂，满大街的人挤在一起，又不认识，转眼就找不着了，所以要提高警惕。

四乐点头赞同，还把火车上的遭遇告诉老伯。但四乐认为，外面再复杂，再危险，也要出来闯一闯。孙长戈说，对！不要做温室里的花朵，要经风雨见世面。四乐说，主要是种地当不得依靠，粮食价格太低，种植成本太高，化肥和农药都买不起，越种越穷，年轻人都出门在外打工，就是想赚点现钱。

孙长戈边听边点头，抽着烟若有所思，深感新形势下革命的复杂性。

四乐说，现在城里人反而想去种地，但他们都是种着玩的，是去修行的，去赎罪的。

孙长戈说，这就不对了，劳动光荣嘛，怎么是受罪呢！

孙长戈问四乐接下来有什么打算。四乐说想先赚点钱贴补家用，等赚到了钱，还是要回乡下去。

孙长戈说，这就对了，要扎根农村，不要像我这样，无根浮萍。

孙长戈对冯英妹说，这个孩子不错，身在城市，心系乡土。

冯英妹说，你不要光顾着夸四乐，要记着帮四乐，看看怎么给他找个事做。

孙长戈说，嗯，应该的，应该的。

孙长戈私下里悄悄地问冯英妹和孙鲁西，能不能就把四乐留在家里，陪自己聊聊天、散散步、跑跑腿？冯英妹说，那怎么行啊！人家年纪轻轻，出来见世面，要学些本领回去，不是来做保姆的。孙鲁西也这么认为。

孙长戈说，他想学什么本领？我随时随地都可以教他啊。比如刑侦学、痕迹学、测谎术，管理学我也可以教啊。

孙鲁西说，人家要面向社会，跟人民群众打成一片，在生活斗争实践中去学习。

这么说孙长戈就明白了。他只好放弃把四乐留下来的念头。孙长戈给老战友、老同事、老部下打了一通电话，接着告诉四乐，先安排他到农业厅办公室总务科去打杂，做个帮手，看哪里缺人手就让他顶上去，按天开工资，每天十块钱，边干边等更好的机会。孙长戈还说，本来可以给四乐在单位安排一个床位，但那里条件太差，所以四乐下班后还是回家来住，他们俩可以一起散步聊天，探讨农村改革的出路和前景。

孙鲁西见父亲抓住四乐不放，就让四乐先放宽心，该上班上班，下班后没事就陪老伯散步聊天，偶尔还可以陪他喝点小酒。孙鲁西说，自己的小家就在附近，他晚上不住父母这边，不过会经常过来。这样，四乐算是暂时安顿下来了。

苗蔓还是那样，忙得不着家，每天很晚才回来。苗杏在姐姐的帮助下，承包了省电视台广告公司下属的复印店，兼营打字和印相业务，晚上关门后就住在店里，也就很少回家。右海晚上跟保姆廖秋约住。孙鲁西回到了以往的生活状态，主要是读书，偶尔也陪右海玩，或者陪廖秋约聊天。

孙鲁西对廖秋约说，他刚去过她老家南安镇。廖秋约很吃惊，说怪不得很久不见，原来你去我老家出差了。她责备孙鲁西也不跟她打个招呼，否则她就会安排老公款待孙鲁西的。孙鲁西说，没有在那里停留，下了汽车就到江边，搭了个顺水木排。廖秋约说木排好危险哟，碰上下雨就更危险。她说她老公就放过木排，放到樟树镇来回要个把月，放到九江、南京那边要两三个月甚至半年，她的心整天悬在半空中，她出来打工，老公就不再放排了。

南方冬季也温暖如春，花红叶绿的，没有四季更替的感觉。苗蔓到下面的市电视台去录播一档健康节目，一周后才能回来。这一天，廖秋约突然生病，腹部疼得在地上打滚，去医院一查，是胆结石，要做个小手术。冯英妹陪廖秋约去医院。带右海的事就落到孙鲁西身上。突然将一个无依无靠的小家伙扔给孙鲁西，让孙鲁西措手不及。冯英妹说，也应该让你知道怎么做父亲，不要整天做甩手掌柜。冯英妹又看看右海，轻声嘀咕说，越长越像鲁西小时候了，连手指头的动作都像。

对冯英妹的话，孙鲁西将信将疑。但紧要关头还是得挺身而出啊，他下决心全力以赴照顾右海。孙鲁西将妈妈的要求记在一张纸上，挂在餐桌旁显眼的地方。他按钟点给右海准备吃的，冲奶粉、添主食、加点心，将燕麦片用开水煮熟，往里面添加肉糜和鸡蛋，再加进剁碎的青菜叶，吹凉后喂给右海吃。吃完就是拉屎撒尿，换纸尿裤，擦屁股。拉完了又要带他去玩。玩累了睡觉，还要讲睡前故事。每一次讲同样的故事，不能出错，更不得随意改编。

右海平时也哭闹，尤其是跟苗蔓在一起的时候。跟孙鲁西在家的时候，他却显得特别乖，既不哭也不闹，吃喝拉撒还知道配合。右海睁大眼睛打量着孙鲁西，仿佛要看穿这位经常缺席的父亲的心。右海的表情瞬息万变，但也不是随意变，是根据对方的表情而变化，哪怕极其细微的表情也逃不脱他的眼睛。

孙鲁西盯着右海的眼睛仔细看，纯净无瑕的眼神，没有丝毫防备，完全敞开身心，面对这个世界，他显得那么无辜，那么无助，令人心生怜爱，体味到保护他的责任感。同时，孙鲁西内心的困扰和矛盾情绪又交织在一起，难以排解。好像感觉到了孙鲁西的困惑似的，右海突然仰面朝天，对着孙鲁西咯咯咯地大笑起来，露出一排细小的白牙。孙鲁西被右海的笑容感染，也跟着笑。父子俩笑得倒在沙发上。

孙鲁西牵着右海出门，到附近那个快要拆掉的老公园去溜达。前不久才学会走路的右海，步履蹒跚朝前奔，眼看就要跌倒，又迅速调整重心站稳，惊险不已。遇到障碍的时候，右海会停下来等候，紧紧抓住孙鲁西的手指不放。孙鲁西想试一试右海的胆量，等右海走远了一些，他就躲在廊柱后面，绕着廊柱兜圈，跟右海捉迷藏。右海转了两圈，不见孙鲁西，停下来四顾茫然，突然号啕大哭起来，高声喊着“爸爸”。孙鲁西赶紧跑过去，抱起右海，一边安慰，一边亲吻他。纯粹的爱，天真的笑，无条件的信任和依赖，令孙鲁西感动不已。

接连几天，父子俩吃喝拉撒厮混在一起。孙鲁西手忙脚乱地照顾右海，从早到晚整个一套程序下来，累得气喘吁吁。没想到自己竟然能处理这么复杂的事情，孙鲁西感到吃惊。等右海睡着了，孙鲁西才有时间安静下来。他刚坐下想看几页书，就听到右海在翻身，赶紧又跑过去给右海把毯子盖严。等睡到半夜，还要起床把尿、喂水。孙鲁西渐渐地被这套程序控制了，不做完心里就不踏实，也从中领略到不少乐趣。孙鲁西现在不希望任何人出现在他和右海面前，只愿他们俩，充分享受这忙碌、单纯而又珍贵的时刻。

苗蔓出差回来，想悄悄地出现在右海面前，看看右海突然见到妈妈的反应。苗蔓放轻脚步，拿钥匙打开门，见到的竟是父子俩抱在一起哈哈大笑的场景。苗蔓惊呆了。右海一见苗蔓，立刻像变了一个人似的，转身扑到苗蔓怀里大哭，一边哭泣一边抽噎。苗蔓也哭起来。苗蔓就像磁场强大的吸铁石，将右海这枚小铁钉牢牢地吸附在身上。被母子俩撂在一旁的孙鲁西，像个罪人似的。他有些尴尬，转身到卧室去了。

廖秋约出院了。冯英妹还是每天上午过来帮忙照顾右海。苗蔓也知道婆婆很辛苦，但她潜意识里并不希望婆婆到自己家里来。只要婆婆一出现，孙鲁西就有一种“小儿化”的倾向，自由散漫，不负责任，没有担当。苗蔓甚至在构思怎么对婆婆下逐客令。但她也就是想想而已，并没有表现出来，毕竟婆婆是来照顾右海。

最近，每到周日，苗蔓就带右海出门，直到傍晚才回来。孙鲁西问她去哪里了，她说去逛街。苗蔓出门之前，会给廖秋约放假，让她休息休息，去见见老乡。廖秋约的小弟弟廖秋令也在 G 市打工，孙鲁西见过他一次。苗杏最近更少回来了，她正在谈恋爱，男朋友是在 G 市打工的老乡，叫农小兵，应苗蔓之邀来家里吃过一次饭。

苗蔓和右海一离开，家也就仅仅相当于宿舍和书房而已。孙鲁西一人在家，觉得无聊，叫四乐出来陪他散步。两个人朝江滨绿地公园信步走去。四乐说他已经给爹寄过两次钱，爹现在很放心了。只是在总务科打杂，今天干这个，明天干那个，没有一样精通的，回去还是个废物。孙鲁西说不着急，会有更好的办法。他们走近滨江路的万字码头，突然听到身后有人喊“四乐”，回头一看，竟然是蒲寅生，他穿着一双拖鞋在街上溜达。

寅生说，四乐，终于等到你了。

四乐说，你还好意思来见我？

寅生说，我好意思，我天天在街上转，总有碰见你的时候，这不，真碰上了。

四乐说，寅生，你走吧，我不想理你。

寅生说，我们结拜了同年老庚呢。

四乐说，你下车连招呼都不打，像鬼一样不见了，还老庚！

寅生说，你在打瞌睡，我不想吵醒你啊。

四乐说，我的三百块钱呢？

寅生说，我到处找你，就是要还钱给你。现在我赚到了一些钱。

四乐说，我存了好几年才有那点钱，全被你偷走了。

寅生说，偷？莫说那么难听嘛，家里地址都给了你，我能跑到哪里去？

四乐说，你不用掏钱给我。现在我不要，我也赚到了钱。

寅生说，我们都能赚到钱，那太好了。老庚，你住在哪里？

四乐说，我住在孙鲁西家。

寅生说，老庚啊，不要捡别人下巴底下的饭吃嘛，跟我一起租房住吧。

孙鲁西忍不住插话，喂，我跟四乐也是好朋友，什么叫“捡别人下巴底下的饭吃”啊？

寅生说，像你这种年纪的人，老婆孩子父亲母亲爷爷奶奶一大堆，四乐想干点什么还要看眼色，不是捡别人的饭吃是什么？

孙鲁西说，我家里现在只有四乐和我父母三个人。

寅生说，陪你老爹老娘？那还不如在家呢，出来打工干什么？

四乐低着头想了想。孙鲁西还要争辩，四乐突然对寅生说，好，我原谅你，我跟你一起去租房子住。

孙鲁西的好朋友四乐，就这样被蒲寅生半道劫走了。

客居孙鲁西家的这些日子，四乐确实得到了不少关爱，但孙长戈一有空就拉着他天南地北地闲扯，又是国际国内，又是政治经济，还得陪老伯喝酒，也就四乐有耐心，换别人早就走了。孙鲁西决定不阻拦四乐，还教他在跟老伯告别的时候，怎么说话更省事。他们一起来到孙家。四乐行装简单，一会儿就收拾好了，他去跟孙长戈和冯英妹道别，千恩万谢说了很多感激的话，说有空会回来看望两位老人，说现在他要跟自己的老庚一起，同甘苦共患难，到火热的社会实践中去接受考验。孙长戈一听，觉得四乐说得在理，年轻人就应该到火热的社会实践中去锻炼，不要做温室里的花朵。孙长戈没有理由阻拦，只能叫四乐周末没事就到家里来，改善改善生活，一起喝两杯。

母亲竟然也没有挽留四乐，这出乎孙鲁西的预料。冯英妹把孙鲁西拉到一旁说，我们一直都很欢迎四乐，也愿意他在我们家继续住下去，但现在情况有些变化，钢花要带着女儿住到家里来。钢花正在跟薛章秉闹离婚啊！

听到这个消息，孙鲁西并不吃惊。他从来就没喜欢过薛章秉，感觉他的气息不正，极端傲慢的背后掩饰着极端自卑，所以说话和做事都用力过猛，其实底气不足。薛章秉跟部下说话的口气，不是交流，而是吼喝，颐指气使。因为他的权力是通过低声下气得来的，他也要部下对他低声下气，仿佛这样就维系了收支平衡。婚前，薛章秉对钢花百依百顺，觉得钢花大学毕业有文化，又是干部家庭，自己高攀了，相当于占便宜了。婚后他慢慢就变了，直到把钢花也当成自己的部下。钢花的变化则正好相反，态度越来越好，最后是忍气吞声。

冯英妹说，狼心狗肺的薛章秉，当初怎么追钢花的？死皮赖脸，要死要活。后来混了一个屁大的官，他就开始变脸。

这些钢花都忍了。没想到他越来越腐化堕落，每到周末就到下面的区县去视察，假公济私，乌七八糟。前一阵，你外甥女在校车上看到他揽着一个年轻女人的腰。钢花一查才发现，薛章秉竟然在外面买了房，包养着一个野鸡女人！钢花提出离婚，薛章秉不答应，利用职权耍赖。钢花咨询了律师，据说分居一段时间对钢花更有利。这些天我都在骂你爸，当初我不同意钢花嫁给薛章秉，你爸爸却说，工农出身，很好很好。我说，谈恋爱结婚，直接看他本人就行了，你管他爹妈和祖先的出身干什么？我问你爸，当初觍着脸追我的时候，我是什么出身？你外公往小里说是个小业主，往大里说就是资本家啊。你爸一辈子被他那些自以为是的大道理控制了。害苦了我的钢花啊！还有党花，也不让我省心……冯英妹说着就抹眼泪。

哥哥孙梁山和大嫂秦姝很久没回家了，公司越开越大，招的员工也越来越多，忙得见不着人。想起大儿子孙梁山，冯英妹更伤心，小两口也不生孩子，一天到晚钱钱钱，要那么多钱干什么？钱跟你亲啊？谁有权，谁刁钻，钱就跟谁亲呢！孙鲁西觉得妈妈有时候很深刻，见解跟自己的接近。

孙鲁西安慰了妈妈几句，接着把四乐送到那个G市著名的城中村。寅生的住处在一间两居室里，每个房间摆四张上下铺铁架床，十六个铺位已经租出去大半，每铺每月租金五十元。寅生让四乐租住他上面的铺位。屋里散发着组合型的臭味，桌上满是方便面的纸桶和快餐盒，塑料袋、脏鞋袜、啤酒瓶丢了一地。这跟人们想象中城中村的样子吻合。听到有动静，四周的蚊帐里钻出好几个脑袋，冲着孙鲁西和四乐似笑非笑，算是打招呼。孙鲁西让四乐先住下，体验一下真正的打工生活，还说自己没准也会搬到这里来住。

离开出租屋，孙鲁西顺便侦察了一下城中村的情况，尽管脏乱差，但很热闹。现代化的大超市连着农贸市场，地摊连着跳蚤市场，消费档次拉得很大。整条小街吵吵嚷嚷嘈杂异常，到处飘着欲望的气息，充满生机和诱惑。来自四面八方的年轻打工族，说着稀奇古怪的普通话。满大街的人，有的土得掉渣，像刚从泥巴里刨出来的，有的洋得吓人，头发染成彩色。他们穿着短裤T恤，趿拉着鞋子，大声唱着港台流行歌。兜售蔬菜瓜果的小贩在高声喊叫，价格跌宕起伏，幅度大得惊人：十块，五块，三块一堆！理发店特别多，走几步就有一家，每家门前都坐着一位袒胸露背的女孩，露出半个乳房。她们冲孙鲁西抛媚眼，性子急的还跑过来贴在孙鲁西身上，扯着他的胳膊说，老板啊，不要小气嘛，几块钱就能买个享受，钱在人没了，人生不划算。孙鲁西吓得低着头匆匆走过。但他觉得总体来说这里的氛围不错。报纸上总说，城中村是打工族的“天堂”，看来不假。孙鲁西被这个“天堂”所吸引，琢磨着要不要住进来。

右海生日那天晚上，孙鲁西、苗蔓还有阿姨廖秋约领着右海去奶奶家吃晚饭。返回的时候，见到一对中年男女守候在自己家门前，看样子像夫妇，女的矮胖，长着一张充满喜感的弥勒佛脸，男的是瘦高个儿，戴一副黑边玳瑁眼镜。右海从廖秋约怀里挣脱下来，扑向那位中年女子。中年女子抱着右海，亲吻了一下，拿出生日礼物，一台电动遥控轿车模型，送给右海，并祝他生日快乐。中年夫妇转身朝孙鲁西微笑，点点头，就匆忙离开了。苗蔓说是她的朋友，男的叫关竟崇，女的叫褚幼珺。孙鲁西不知道苗蔓什么时候交了这样两个朋友。对于苗蔓的朋友，孙鲁西一向不闻不问，以前苗蔓跟孔周南交往，孙鲁西就是这样的态度，结果不可收拾，这回他留了个心眼。

周日午后，苗蔓又带右海出门了，右海坐在苗蔓的背带腰凳上摇晃着。孙鲁西偷偷尾随其后，往东穿过仁爱路，走了约莫二十分钟，到了市中心的东区大教堂。那是 G 市最古老的基督教堂，建于清末光绪年间。孙鲁西来过这里，因为 G 市“基督教三自爱国委员会”也在这里办公，孙鲁西的一位大学同学是这里的工作人员。不一会儿，那天晚上见过的中年男女，关竟崇和褚幼珺，就向苗蔓迎过来。男的从苗蔓手中接过右海抱着，女的凑过来在右海的脸上亲吻了一下。四个人进了教堂。

原来苗蔓是去做礼拜的。孙鲁西不打算跟进去。他估摸着礼拜仪式差不多该结束的时候，才又回到教堂门前。里面传来悠扬的管风琴《圣咏曲》。孙鲁西推开门，坐在后排等候。牧师布道刚刚结束，穿礼服的唱诗班走上台。关竟崇和褚幼珺站到唱诗班的中间，应该是领唱，他们唱着《这一生最美的祝福》：这一生最美的祝福，就是能认识主耶稣，这一生最美的祝福，就是能信靠主耶稣……

苗蔓抱着右海坐在礼堂前排。大家都跟着唱诗班一起唱。孙鲁西身旁的一位老太太也端着歌本，见孙鲁西在看她，赶紧将歌本侧过来，以便让他能看到歌词。孙鲁西朝她微笑致意，但孙鲁西不会唱这些歌。歌唱环节结束，接着是领圣餐。看到葡萄汁和薄面饼，老太太咂摸了一下嘴。她郑重地提醒孙鲁西，受洗的人才可以领圣餐，没有受洗的不要领。孙鲁西点点头。

散场了。关竟崇和褚幼珺从台上下来，领着苗蔓母子到隔壁会议室参加见证会。孙鲁西悄悄地跟了进去。一位年轻女子第一个站起来，跟大家分享自己成为神的女儿的喜悦，她噙着眼泪，讲述自己从无依无靠中摆脱出来的过程。一位中年妇女说自己查出了乳腺癌，她遵照神的旨意，拒绝了医生化疗和放疗的方案，正在企盼着神的奇迹降临。一位长发男子说，自己在海外漂泊多年，经历了各种风雨，现在只想给自己的灵魂找一个家，庆幸终于找到了。一位穿花衬衫的中年男子说，禽流感差一点摧毁了他的鸡肉档，他每天都在祷告，现在，他的鸡肉档又开始赚钱了……

待到见证会的主持人开始做总结陈词的时候，孙鲁西便退到教堂门外。过了一会儿，关竞崇和褚幼珺把苗蔓母子送到教堂门口，挥手道别。他们高声对右海说，约翰，拜拜，下周见。苗蔓抓住右海的手举起来说，教父拜拜，教母拜拜！苗蔓抱起右海刚要往家走，迎面见到孙鲁西走过来。右海指着孙鲁西对苗蔓说，咦，爸爸。孙鲁西从苗蔓手里接过右海，背着他往回走。

苗蔓说，你怎么在这里？

孙鲁西说，随便走走。你来做礼拜？

苗蔓点头，嗯。

孙鲁西说，右海怎么叫约翰？

苗蔓说，约翰是他的教名。

孙鲁西说，右海受洗了？

苗蔓点头，嗯。

孙鲁西说，那对夫妇也在这里。

苗蔓说，他们是右海的教父和教母。

孙鲁西说，你也受洗了吗？

苗蔓说，我还没，要再过一阵。

孙鲁西说，你想清楚了吗？

苗蔓说，当然。我要追随我的右海，我的约翰。右海不光有母亲，有教父和教母，还有天父赐予的福佑。我的右海，从此自足而充盈。

孙鲁西说，你是追随耶稣基督，还是追随儿子右海？

苗蔓不喜欢孙鲁西的口吻，像质问似的。但孙鲁西提的问题，确实是苗蔓曾经想过并且还没有想清楚的。苗蔓无法直接回答孙鲁西。她自言自语说，我愿意真心忏悔，但不是向任何俗世中的人，而是向主忏悔。我再也用不着仰视他人，祈求他人，我只仰视那个唯一者，我只向那个唯一者祈求。苗蔓说着，在路边蹲下来，微笑着抱紧右海，眼泪像断了线的珠子一样往下掉。那眼泪不是委屈，而是获得眷顾的感激。苗蔓有了更大的依靠，她把自己高傲的头颅低下来，低向了更高的权威，而不再祈求任何人间的宽恕和原谅。孙鲁西觉得，苗蔓跟自己之间的距离一直飘忽不定，忽近忽远，这一次，看似近在咫尺的苗蔓，真的离自己很远很远了，简直遥不可及！

一家三口在路边的快餐店吃晚饭。回到家没一会儿，右海就困了，要苗蔓陪他上床。苗蔓给右海讲故事，把他哄进梦乡，接着自己拿起书来读，没读几页，便和衣睡去。孙鲁西走进来，看着母子俩，一种怜悯之情从心底涌出。他盯着右海仔细打量，母亲的话又在耳边响起："越长越像鲁西小时候，连手指头的动作都像"。但孙鲁西怎么也没发现，右海到底哪里像自己。同样是做母亲的苗蔓，曾经亲口对孙鲁西说的话，难道也是错的？她对孩子的直觉难道也出现了偏差？右海究竟是谁的儿子？因为这个疑问，孙鲁西充当了拯救者，苗蔓则成了被拯救者。苗蔓心里承受着折磨。大家都在为此付出代价，无辜的右海也被裹挟其中。只有冯英妹一个人整天乐呵呵的。其实冯英妹也看出了一些蹊跷，主要是孙鲁西跟苗蔓之间，感情似乎比较淡。谁知道呢？也许他们读书人的感情就是比较收敛呢？冯英妹弄不明白，也懒得细想，每天只顾带孙子。

苗蔓翻了个身，揽住右海。她刚才正在读的《圣经》，正翻到《哥林多前书》的第十三章《爱是无可比的》，上面有苗蔓用铅笔标示的痕迹。孙鲁西轻轻拿过《圣经》，回到自己的卧室，坐下来仔细阅读：

1）我若能说万人的方言，并天使的话语，却没有爱，我就成了鸣的锣，响的钹一般。

2）我若有先知讲道之能，也明白各样的奥秘，各样的知识，而且有全备的信，叫我能够移山，却没有爱，我就算不得什么。

3）我若将所有的周济穷人，又舍己身叫人焚烧，却没有爱，仍然于我无益。

……

仅仅是读了前三条，孙鲁西就已经浑身冒汗，如芒在背，好像其中的每一句，都指向自己。没有爱，你的一切才能都要归零，你的全部智慧都无效，你的所有“善举”都没有意义。此前通过显示个人才能所得到的，都必须舍弃，特别是那些让你盲目骄傲的知识。对于《圣经》和基督教，孙鲁西并不陌生，在学校读《西方宗教史》时就接触过，但只是当知识接受。没想到短短的文字如此令人震撼，如颂歌，如真谛。它通篇都在讲爱的意义、爱的方法、爱的路径，爱是最好的道路，爱是“道”本身。

孙鲁西又翻到《路加福音》第六章《论爱仇敌》：“你们愿意人怎样待你们，你们也要怎样待人。……你们倒要爱仇敌，……恩待那忘恩的和作恶的。”如果只爱那爱你的人，只爱那善待你的人，而不能爱仇敌，就不会得到来自“至高者”的酬谢，就不配做“至高者”的儿子。在《罗马书》的第十二章第十九节里，还有补充说明。“主说：申冤在我，我必报应”，意思是说，你们只要做好你自己应该做的事情就可以了，其他的交给我。在后面一节里又说：“你的仇敌若饿了，就给他吃；若渴了，就给他喝。因为你这样行，就是把炭火堆在他头上。”主也必奖赏你这样做。

这些话语振聋发聩。对那种没有爱的“智慧”和“才华”的否定，对于“仇敌”的态度和爱的律令，如铁锤一般击打着孙鲁西的灵魂。个人的直接感受和理性思考，在这里反而成了得道的障碍！

九点多，廖秋约结束了一天的假期，回来简单收拾了一下屋子，喊苗蔓回自己卧室去休息。孙鲁西还在那里阅读思考。他对苗蔓说，想跟她聊聊。最近几个月，苗蔓好像都在为脱离孙鲁西做准备。她眼神里充满了大无畏的精神。她知道孙鲁西为什么要跟她聊聊。苗蔓换上睡衣，坐在沙发边的梳妆椅上，一副不置可否的表情。孙鲁西坐在沙发上，盯着苗蔓，他的眼神让苗蔓感觉既陌生又熟悉。在北岭镇小街边第一次见到孙鲁西的时候，他就是这种眼神。两个路人，突然变成了恋人，后来又变成爱人，这不是奇迹是什么？如今他们好像已经蜕化为友人，还有可能重新变回路人。这是不是另一种奇迹？

苗蔓说，你想聊什么？是不是心里不安了？

孙鲁西说，嗯，是不安，却不知道为什么。

苗蔓说，我知道，因为你害怕主，害怕更高的灵魂。

孙鲁西给自己壮胆似的说，怕？我怕什么？什么伟大的灵魂我没遇见过？在学校我就读了古希腊先贤、黑格尔康德、马恩列斯毛、老庄孔孟、程子朱子，毕业后一度迷上过太上老君、陈抟老祖、王重阳、丘处机。再后来又遇见了佛陀、文殊师利、维摩诘、禅宗大师。我跟他们对话、辩难，他们给我安抚、启迪。在灵魂或者说智慧这个层面，我自认为练就了金刚不坏之身，我是大无畏的。

苗蔓说，对，你唯独不敢面对十字架，不敢面对耶稣基督。因为他要求你的，不是智慧和才能，而是爱，是把自己完全交付给对方的那种爱，是绝对的爱，爱他们的一切，包括爱他们的缺点。对于一个没有爱的能力的人来说，这就像面临深渊，因此你会恐惧。

孙鲁西低声说，爱，其实并不难……

苗蔓打断他说，不，很难！因为真正的爱，不是面对让你感到舒适的对象，而是面对让你感到伤心和苦楚的对象。爱往往和受难联系在一起。仁慈的人总是很悲伤。丧失爱的能力的人、冷漠的人，比那些真正能爱的人，更容易获得安宁感。

孙鲁西说，菩萨也讲慈悲，那是一种斩断了爱欲和情感的永恒长久之爱，是一种更广阔无边的爱，遍及宇宙，而不是只爱一个对象，一个“人神”。其实你所说的难，难在放弃自我，舍弃跟自我相关的一切，只爱那一个高高在上者。因此必须舍弃，舍弃你已有的一切——个人的感受和理性思考。

苗蔓说，你的傲慢就是你的深渊。不舍弃，你就只能沉没在黑暗之中。

苗蔓这话与其说是给孙鲁西听的，不如说是给自己听的。苗蔓跟孙鲁西，一个在乡村长大的农民的女儿，整天为生计操心，一个在城里长大的干部子女，成天养尊处优，表面上他们的差别很大，但其实也有共同之处，就是他们骨子里的傲慢。苗蔓的傲慢隐藏得更深一些，不触及她的底线，一般都不会表露出来。她总是显得很随和似的，向各种势力低头，向环境，向金钱，向生活。这跟她的家境有关。孙鲁西则相反，他的傲慢丝毫也不隐藏，处处表现出来，仿佛要跟世界决一死战，甚至同归于尽。一个人长期高昂着头颅，其实很辛苦。孙鲁西的确也感到疲乏，有时候他也想低下头来，找个依靠歇一歇。于是，孙鲁西向一种抽象的人类最高智慧低下了他的头颅。那是一个看不见摸不着的绝对权威，它邈远得更像是由自己的头脑虚构出来的一个目标，其实也就是让一个自己向另一个自己低头。苗蔓也类似，其实她心里从来都没有真正低过头。她也是直到最近才开始考虑是否要放弃傲慢。她口头上说要谦卑，心里却还在徘徊犹豫。

孙鲁西的徘徊犹豫在于沉思默想还是积极行动。欧洲人五百年前就开始思考这个问题，他们一致选择了告别中世纪的沉思默想而开始现代的积极行动。他们忙着航海，发现新大陆，四处移民，制造机器，建设城市，开拓全球市场。还有少数“沉思默想”的知识分子，他们也没闲着，一边为世俗生活中的积极行动寻找理论依据，一边摇旗呐喊、加油鼓劲，仿佛一切都确定无疑。

孙鲁西身处其中的这个时代也是如此，大家都在“积极行动”，手忙脚乱，满大街乱窜，像疯了一样。回想这些年，他一直都在苦苦思索，寻求拯救之途，以至于总处在寻路而不可得的苦恼之中。二十世纪八十年代成长起来的孙鲁西，其实也很早就开始了积极行动，那就是他的身体实践。不过，他的实践比较特别，不是指向世俗生活，而是指向死亡、不朽等终极问题，因而带有拯救色彩。不敢说救世，只能说自救，“小乘自了汉”所为，并领略过失败者的悲壮。

既然是直面生死存亡的终极问题，就不能不涉及宗教。任何宗教都抱有救人或救世的宏愿。“宗”是终极真理，“教”是不同人群对真理的不同理解和表达。理解和表达上的差别，概括起来，其实就是不同宗教对待“出世”和“入世”的不同态度。有的宗教过于“出世”，比如佛教，但佛教的出世，又没有道教的修仙实践那么绝对，道教的修炼甚至打算拒绝五谷，要餐风饮露，摆脱死亡而得道成仙。有的宗教过于“入世”，比如基督教，试图抓住街上的每个人拥抱，跟他们一起哭泣欢笑，但基督教的入世，又比不过“儒教”的政教合一，直接掺和到国事家事的俗务管理中去。在“世间法”和“出世间法”之间处理得比较平衡的宗教，应该说就是比较好的宗教。然而，孙鲁西目力所及，似乎还没有发现。孙鲁西想到禅宗，“出世入世”“即心即佛”“直指人心”“见性成佛”，这个中国思想与印度思想杂交的产物，一直在处理入世与出世、生活与修行、秽土与净土、世人心与宇宙心之间的关系。

他们是不是做得更好呢？孙鲁西不敢确定。

孙鲁西要积极处理出世与入世的关系。他首先说服自己，要全身心接受右海，也要接受苗蔓，而且要像爱自己一样去爱他们。孙鲁西把圣训记在心中，经常念念有词，生怕忘记："爱是恒久忍耐"，"爱是不嫉妒"。但他还是达不到无知无识的境界，达不到古今中外圣贤所标榜的"婴孩""赤子"境界。他尤其做不到把自我全部交出去，交给那个高高在上的"唯一者"。因此，内心的苦楚总是如影相随，时时在折磨着他。缺少喜乐的日子，就这样缓慢地在矛盾中流淌。

为了自我安抚，孙鲁西把哲学和宗教书籍暂时放下，转而大量阅读文学著作，并尝试文学创作。有一次，他带着一摞自己的诗歌、小说、散文去省作家协会的文学杂志社，想听听专业编辑的意见。一位A大学中文系毕业的校友接待了他。这位长着蒜头鼻子的副主编名叫柳放。柳副主编草草地翻阅了一下孙鲁西的手稿，操着柳州腔的普通话鄙夷地说，你这哪是搞文学创作啊？你这是在用诗歌转述哲学，借小说讲道理，你犯的是路线性和方向性的错误，你跟文学背道而驰，文学是人学，你要跟着"人"走，不要跟着你那点道理和思想走。托尔斯泰牛吧？早年的作品石破天惊。晚年呢？他突然膨胀起来，想玩思想，想当圣人，结果把自己玩成了一个“托尔斯泰主义”。这都是教训啊！不放下你那哲学和思想的架子，你永远也别想进入文学！

中文系的人就是这德行，自以为是，说话极端，不留余地。孙鲁西听后有点泄气。但他转念一想，能犯和托尔斯泰一样的高级错误也很了不起啊。这个柳放，好像瞧不起晚年托尔斯泰似的。晚年托尔斯泰也牛气冲天啊，抛弃西方中心论，迷上东方文化，臣服在中国先贤、圣雄甘地、伊斯兰哲学面前，还有大作品问世。中篇小说《哈吉·穆拉特》就是以一当十、思想性和文学性水乳交融的伟大史诗。文学中有哲理和思想难道不好吗？文史哲从来就是一家啊！大家都变成了讲故事的老爷爷老奶奶，既没有思想也没有文化，有什么意思？孙鲁西没有跟柳放辩论，收起手稿离开，心里对柳放的审美能力嗤之以鼻。

孙鲁西讪讪地回到家里，继续狂热地阅读文学作品。以前在学校里的时候，他也读过一些文学作品，主要是比较小众的，比如波德莱尔、兰波、索洛古勃、艾略特、贝克特、萨特、金斯堡等。现在孙鲁西想补读一些古典文学或者写实风格的作品，像古希腊悲剧、歌德、屠格涅夫、狄更斯、易卜生之类。其实孙鲁西原本是喜欢古典文学的，对现代文学感到隔膜。当时，文学系的许纯艺嘲笑他们说，你们哲学系的人只懂古典文学，不懂现代文学，因为读古典文学是读内容，现代文学则要求对形式有敏感性，哲学系的人不懂形式。包海苏、张千颐和孙鲁西不服气，开始拼命读现代主义作品，用现代哲学观点去解释，弄得云山雾罩般的。现在回头去重读古典文学作品，有一种朴实且脚踏实地的感觉，而且重新唤起了内心里某种确定的信念。

古典作家心中有确定的世界和完整的理想，比如托尔斯泰。现代作家只发出一些私密的感叹和梦呓，比如卡夫卡。英国作家萧伯纳就是二十世纪的“古典作家”，他心目中有一个完整的世界，就是“费边社会主义”，他心系底层贫民，有着解放人类的理想。他的剧本《鳏夫的房产》对资产阶级的讽刺入木三分。代表作《匹克梅梁》中寄寓的社会改造的理想也别出心裁：通过纠正语音和生活方式，把底层的卖花女改造成上流社会高雅的人。但孙鲁西不喜欢剧中的主角“救世者”希金斯。仅从他说话的内容上看，似乎没有问题，但从他跟底层卖花女伊莉莎说话的口气和姿态来看，那种上流社会居高临下的优越感令人反感。这大概就是许纯艺当年的告诫起了作用，不要只看内容，还要看它的形式，不要只看他说了什么，还要看他怎么说。

玄鸟录

（孙鲁西）

*

第五章　第一沉思录：爱是难的

人生在世不易。佛教之“四谛说”，第一便是“苦谛”：生、老、病、死、爱别离、求不得、怨憎会、五蕴炽盛。身临无边苦海，如果没有爱，人类将如何度过永劫？伤心的人怎么熬过漫漫长夜？古往今来的圣贤先哲，几乎不约而同地给予我们关于“爱”的教诲。孔子说“仁者爱人”，能爱人的人就是仁者。核是果子的心，仁是世界的心。怎么才能做到爱别人呢？孔子说，你自己不喜欢的，就不要给予别人（“己所不欲，勿施于人”）。那是不是你自己喜欢的，就可以给予别人呢？孔子还真说了类似的话：“己欲立而立人，己欲达而达人”，也就是“己之所欲，亦施于人”的意思。那么问题就来了，你怎么能保证别人一定会喜欢你所喜欢的东西呢？比如张千颐吧，他最喜欢的就是当处长，如果他为了爱我，就把他最喜欢的东西给予我，那他不是在恶心我吗？孔子最喜欢的是治国平天下，他是不是就可以把这个礼物送给老子呢？怪不得老子总是躲着他。这都是“爱”的难题。怎么爱他人？至今依然是个大难题。

释迦牟尼讲“慈悲”，他把“慈悲”提高到与耶稣基督之“爱”同等的至高地位，所谓的“爱怜名慈，恻怆曰悲”，爱怜之心，悲怆之情，心里苦兮兮的。所谓“慈能与乐，悲能拔苦”，爱怜的心态和悲悯的情感，具有去除痛苦使人快乐的功能。我觉得这些好像都属于心理学的范畴。尽管爱怜和悲悯可以通过表情传递出来，影响到对方，给对方以快乐，那也仅仅属于“微观社会学”范畴，或者“身姿学”的范畴，它是否真的具有救赎的功用呢？

耶稣基督也大讲特讲“爱”。其实耶稣基督所说的“爱”更难做到。基督教主张“爱人如己”“爱你的敌人”。人要去爱别人是很难的，爱敌人就更难。人有自私的本性，中国民间就有谚语“人不为己，天诛地灭”，意思是说，自私自利是人的天性，人不可能去除自己的天性，也没有必要故意去违逆自己的天性。但是，如果人一味顺着自己的天性行动，那么不要说爱人了，不害人都很难。也就是说，如果任由自私的天性发展，人类社会就可能堕落成一个可怕的、弱肉强食的“丛林社会”。所以，“爱”就成了维持或重建社会秩序的心灵保证。

到底怎么才能去爱呢？耶稣基督说，要像爱自己一样去爱别人。佛教徒回话：我不爱自己，我恨我自己，我每天在修炼的就是“坐忘”，忘掉我自己。爱敌人这一点也有问题。我没有敌人，如果非说有什么敌人的话，那就是我自己，我这一百斤的臭皮囊，我恨这个敌人，我不可能爱这个敌人。基督教的解决方案是，既然我们难以靠自己的力量去爱别人，那就要把自己交出去，交给一个绝对的主宰。上帝无条件地爱人，这是一个伟大的恩典，我们唯一可以做的，就是爱上帝，或者说向上帝学习，像上帝爱人一样去爱自己，爱他人，爱世界，爱一切。这样是不是有点冒充造物主的意思呢？这背后包藏着的，其实是另一种形式的傲慢，强行去除人的本质里的利己、欲望属性，就是对人性本身的傲慢，也是一种僭越和冒险。

爱是难的！但在这个世界上，每天都在上演着诸多爱的戏剧。我不打算讨论那种有血缘关系的爱，撇开熟人之间的爱——母子之爱、兄弟之爱、朋友之爱，剩下的还有陌生男女之间的爱。这种类型的爱，产生了一个新的人物系统：恋人（灵）、情人（肉）、爱人（灵肉）。陌生人与陌生人突然邂逅，结合在一起，这不是上帝留给人间的奇迹是什么？假如没有这个奇迹，人生的意义就要大打折扣。两个既没有血缘关系，也没有利益关系的人，在街道转角偶遇，突然四目相对，激情地拥抱在一起。他（她）是你前世丢失的魂魄吗？她（他）是你寻觅多年的伴侣吗？他（她）是你分离了几辈子的另一半吗？

古希腊戏剧家阿里斯托芬在跟苏格拉底等人会饮的时候，讲过一个故事，说从前的人有三种类型：太阳生的男人（阳）、大地生的女人（阴）、月亮生的阴阳人（雌雄同体）。这三种类型的人跟今天的人不一样，他们长着两颗心、两套四肢、两副面孔和两套身体器官。他们身强力壮，精力旺盛，四条腿飞奔起来速度惊人，他们还包藏着向天神造反的祸心。宙斯不能接受，下令惩罚他们，要把他们劈成两半。于是，双体男劈成两个男人，双体女劈成两个女人，双体阴阳人劈成一男一女。人类从此就只剩下男女两种基本形态。那些被劈开的男女，终生都在寻找自己原来的那另外一半，只要见到另一半，他们就死死抱住不放，试图再度结为一体，永不分离。这都是对曾经有过的圆满状态的追求。

但是，由于分离时间太久，记忆中的印象就会日渐模糊，找错对象的事情也经常发生。找对了的就是夙缘，找错了的就是孽缘。在现实生活中，找对的不多，找错的很多。许多人的结合都属于将错就错，得过且过。

第十章

•

苗蔓内心挣扎了一段时间，最终还是决定追随儿子右海，跟他一起把自己交给上帝。受洗的日子定在九月的最后一个周日。苗蔓想让孙鲁西陪她一起去教堂，孙鲁西也只能答应。头天晚上，苗蔓跟孙鲁西商量穿什么衣服参加仪式。苗蔓希望孙鲁西穿正装。孙鲁西反感那种"道貌岸然"的样子，对所谓"正式场合"有天然的抵触情绪，说自己在任何场合都穿便装，不喜欢穿正装，特别是不习惯打领带，如果要打领带"不如把我勒死算了"。苗蔓让孙鲁西不要那么夸张，再委屈也就是这一次，以后肯定不再要求他。孙鲁西坚持说自己不是主角，穿什么无所谓。苗蔓也不含糊，说必须要穿正装，以示郑重。孙鲁西皱着眉头说好吧，心里更加抵触这件事。

第二天一大早，孙鲁西正在洗漱，妈妈的电话来了，是苗蔓接的。妈妈说，大哥孙梁山和大嫂秦姝上午回家来，如果没什么事，你们一家人都上这边来吃午饭。苗蔓说自己早就跟朋友约好了，要带右海出去做客，廖秋约休假，要出去找老乡，只有孙鲁西有空，让他去吧。苗蔓放下电话对孙鲁西说，你大哥大嫂回家了，你过去陪他们吧，我这边不用你陪。

孙鲁西如释重负。他正苦于找不到缺席苗蔓受洗仪式的合适借口。倒未必是穿不穿正装的问题，原因很复杂，他自己也说不太清楚。孙鲁西有一种被抛弃的感觉。作为一家之主，他成了多余人。看着苗蔓带领右海从他的“能量场”中抽身而去，一种挫败感油然而生。孙鲁西不想直面教堂里的那个场景，不想面对自己的失败。苗蔓其实并不在乎孙鲁西是否陪她一起去，她只是察觉到孙鲁西内心深处微妙的变化，想让他有一种在场感，免得他独自在家孤零零的，所以才叫他一起去。问题是，孙鲁西害怕的并不是孤单，而是臣服，臣服于一个更高的权威，因此他试图逃避。苗蔓却相反，正因为有了那个更高的权威，她才觉得有了更大的依靠，显得特别安静且有力。

苗蔓看了看挂钟，到了预定出门的时间。孙鲁西抱着右海，随苗蔓一起出门，远远就见到关竟崇和褚幼珺，一高一矮两位使者，等候在大路边。右海从孙鲁西手中挣脱，朝她的教父教母扑了过去。四个人打上出租车，直奔东区教堂。

孙鲁西目送苗蔓上了出租车，他独自沿街信步走着，既一身轻松，又若有所失。走到妈妈家的时候，大哥孙梁山和大嫂秦姝已经到了。很久没见，兄弟俩一见面就说个没完。孙梁山一直惦记着弟弟，经常通过妈妈转钱给孙鲁西，只是公司实在太忙，没有时间来陪弟弟聊天。孙鲁西也知道孙梁山俗务缠身，尤其是被资本裹挟，身不由己。孙梁山这次回家，主要是来告别的，说公司不断在扩大业务，而且马上要将总部搬到 S 市。

父亲孙长戈说，干得好好的，又搬家干什么？大动干戈的。

孙梁山说，这两年国家的改革开放形式发生了很大变化，国家政策主张加大改革开放的步伐，胆子和步子都越来越大。S 市作为改革开放的最前沿，真正在跟国际接轨，真正在领跑中国经济。外向型经济，才是未来发展的主流。

孙长戈说，我们 G 市的改革开放政策不好吗？我看 G 市的步子更加稳健，不像 S 市那样躁动不安。你看 S 市的人，哪里是在街上走路，都是跑步，急吼吼的，生怕前面的金子被别人捡走了。

孙鲁西突然对父亲刮目相看。这是他有生以来第一次对父亲的话产生共鸣。

孙梁山耐心地跟父亲解释，G 市一切都很好，只是国际化程度有待提高，现在凡是主打国际业务的公司，总部都搬到S市去了。我们公司董事会也是经过反复论证，决定把总部移过去，这边的国内业务还在继续，但只能是辅助，国际贸易业务将要成为公司下一步的主打业务。这也是改革开放的大势所趋。

冯英妹说，国际化也好，国内化也好，我不管那么多，你们听着，赶紧给我生个孙子来，中国人要传宗接代，外国人也要传宗接代。

秦姝假装没听见妈妈的话。孙梁山连忙扯开话题，说自己先去S市打前站，秦姝暂时还留在G市处理公司遗留问题，晚一些再过去。

冯英妹还沉浸在自己的话题里，她语重心长地对秦姝说，男主外，女主内，女人整天在外面打交道，时间一长，身上就有男人气。冯英妹建议秦姝在家休养一段时间，做做家务，做做女工，慢慢地女人气就会多起来，就会生孩子的。

秦姝还是微笑着不接话。她对自己的长相和气质很自信，不但不会像妈妈所担忧的那样有男人气，她还担心自己在谈判场合因为太女人气而吃亏呢。孙梁山说，妈妈不用着急，我们有计划，有安排。

冯英妹说，计划？计划了那么多年，还不是空的？你们俩年纪也不小了，又不缺钱，整天在外面跑来跑去干什么？党花出生的时候，你爸是三十大几，我才二十出头呢。苗蔓也有事业，人家事业家庭两不误。

婆婆夸小儿媳，大儿媳秦姝不爱听了，她冷冷地说，妈妈急什么，鲁西不是给你生了孙子吗？你先带着呗。秦姝说着，转身凑到孙鲁西这边，问，我侄子右海呢？怎么不带过来玩玩啊？孙鲁西说，右海跟苗蔓做客去了。孙鲁西想到儿子右海已经成了“主”的儿子，又想到苗蔓，此刻也正在把她自己交给“主”，他的心头刮起一阵凉风，掠过面庞和眉梢。秦姝说，鲁西今天没精神啊，要注意身体，不要总熬夜读书。

为了避开妈妈的唠叨，秦姝跟孙鲁西有一搭没一搭地聊着。孙梁山只好来应付妈妈，说事业和家庭都重要，会认真考虑妈妈的意见。

冯英妹说，一个家也要有个主次，男人该做主的时候就要做主。

孙长戈正在看报纸，他从老花镜上方瞥了冯英妹一眼。

冯英妹说，要不是你爸经常逃避责任，我哪里会去做主啊。

孙长戈抖了抖手里的报纸说，不要“搂草打兔子”，每一句话都捎上我嘛，不像话！

吃过午餐，秦姝帮妈妈收拾厨房。兄弟俩在孙鲁西屋里聊天。孙梁山问弟弟有什么计划，是不是需要帮助。孙鲁西说，正在酝酿一件事情，目前还没有具体的想法，等到需要的时候一定会向哥哥求助。孙鲁西还讲述了这次出门在外两个月的见闻和感想，觉得那些地方的生活节奏缓慢，氛围不错，没有大城市这么紧张和压抑，人与人之间都很和善友好，不会整天钩心斗角，不会时时刻刻算计，有关爱和互助精神。大城市里的人为什么不能这样？孙梁山说，大城市里的人来自五湖四海，杂乱无章，想法各异，所以很复杂。大家彼此都不熟悉，分工合作这种承诺并不可靠，也没有什么道德约束力，所以经常需要警察和法院。这是一个新话题，倒是可以好好研究一下。孙梁山让孙鲁西安心读书写作，有什么需要，只管跟哥哥说。兄弟俩当年就有过君子约定，一文一武，各司其职。孙梁山知道弟弟志在千里，心存高远，非一般俗人所能理解。他孙梁山，发誓要当弟弟永远的知己、知音、支持者。

冯英妹捧着茶壶进来，站在一旁看着两兄弟，心里的笑漫上了面庞。孙梁山起身给妈妈让座。妈妈说，你们聊，你们聊，我不打搅你们，说着转身离开。看着妈妈的背影，孙梁山感叹爸妈年纪大了，到了需要陪护照顾的年龄，所以，他特别感谢孙鲁西，在家里替大家陪伴父母。原以为钢花离婚后会在家里长住，结果还是搬回她自己家去了。虽说有姐弟四个，但都各忙各的，自己也忙得顾不上家里，心有愧疚，有牵挂，全仗弟弟替自己照顾父母。孙鲁西说自己也没做什么，在家啃老而已，惭愧惭愧。

聊着聊着，过了半下午。孙鲁西把大哥大嫂送到门外，目送着他们的轿车消失在街口。孙鲁西走出一段路，突然不知道自己要去向何处。一辆公共汽车驶来，吱呀一声停在他身旁的站牌边。孙鲁西顺脚上了车，任由车子把他带到随便什么地方。公共汽车出了城区，沿着与滨江路平行的一条大道一路朝东奔去。直到听见司机大喊“落车落车，全部落车”，孙鲁西才从沉思中回过神来。公共汽车的终点站，是G市东郊的一个农贸杂货烟酒茶叶批发市场。巨大的棚子，足足有几百米长。棚子里挤满商户和节前来购物的人，摩肩接踵，嘈杂的声音令人头晕目眩。没钱租用棚内摊位的流动小贩，在棚子外面路边排成了一字长蛇阵。

临近中秋节，最显眼的地方摆的全是月饼。推销月饼的小贩叫卖声此起彼伏。人群突然在孙鲁西的右前方聚集起来，他们吵吵嚷嚷，在围观两个年轻人打架。只见两个人紧抱着，在地上翻滚。黑壮男子突然翻身起来，把白瘦男子压在身下。黑壮男子气呼呼地说，大路朝天各走一边，你嘀嘀咕咕半天想烦死我，不揍你你就不知道厉害！白瘦男子在地上使劲挣扎，说等我起来有你好看！大路边人群围成的圆圈里尘土飞扬，打架的年轻人，身上和脸上沾满了灰土。他们一副殊死搏斗的架势。黑壮男子骑在白瘦男子身上，使劲地往下压。白瘦男子的身子贴在地上，高傲的头却一直使劲地仰着。两个人的力量暂时达到平衡，他们僵持了一会儿，竖在路边像一尊雕塑。旁边的年轻女子正在用力推搡着黑壮男子，同时愤怒地喊叫，放开他！放开他！黑壮男子不理睬，不停地挥手挡开女子的纠缠。被压在地上的白瘦男子大声说，明珍，你走开，明珍，不要管我，等我起来要他死！

孙鲁西走近一看，竟然是四乐的同年老庚蒲寅生。被蒲寅生压在屁股底下的，是廖秋约的弟弟廖秋令。孙鲁西连忙上去把他们分开，劝他们不要打，其实都是熟人朋友。孙鲁西认识他们俩，但他们并不相识。两个人一看是孙鲁西，都有些不好意思。原来，廖秋令和蒲寅生都是这里的流动小贩，平常做生意就挨在一起，廖秋令觉得蒲寅生叫卖声太响，盖住了自己的声音，影响了他的生意，蒲寅生觉得廖秋令故意多占地盘，挤得他没办法做生意，于是就发生了冲突。

这时候，人群突然呼啦一声散开，像刮起了一阵狂风似的，流动小贩端起装着货物的纸箱作鸟兽散，转眼间人去路空，地面一片狼藉。孙鲁西抬眼一看，几位穿黑色制服的城管队员正气势汹汹地朝这边奔来。廖秋令和蒲寅生还沉浸在搏斗的激情和偶遇孙鲁西的惊喜中，没有及时逃离。蒲寅生装月饼的纸箱被黑皮靴一脚踢飞，月饼飞到半空，再散落到地上。廖秋令见状连忙扑过去，抢救自己装月饼的纸箱。他刚弯下腰，被身后一脚踢在屁股上，摔了个嘴啃泥。

蒲寅生冲上去要跟城管队员拼命，廖秋令也从地上爬起来，要去理论理论。几个穿黑制服的壮汉扭住蒲寅生和廖秋令的胳膊，另几个抬脚就往他们的下身踹，只听见蒲寅生和廖秋令哇哇惨叫。

那位叫明珍的姑娘也扑了上去，试图拉开抓住廖秋令的城管队员，被城管队员用力推倒在地上。她爬起来，继续试图救廖秋令，她大声哭喊着，不要踢他，求求你们，不要打他，求求你们，我们这就走。

廖秋令双眼冒火，愤怒地喊道，明珍，走开，不要求这些狗东西！

孙鲁西忍无可忍，大声喝道，不许动粗，放开他们！

黑制服冲孙鲁西吼道，你是谁？多管闲事！

看他们的样子，就知道是城管部门招的临时工，没有正式的资质，却胆敢这么嚣张！他们怎么能对同是打工族的兄弟如此凶狠？孙鲁西不禁义愤填膺。他用鄙夷的目光盯着那些打工仔出身的黑制服，从牙缝里挤出一句话：都是同根生，相煎何急！

黑制服们突然哈哈大笑起来，说书呆子还想拉架。

孙鲁西愤怒地说，野蛮！无知！他走到路旁电话亭边，说要给包海苏打电话，给报社报料，东郊市场有城管队员打人，让他们派记者过来采访报道。城管队员中一位像是领头的人走过来，盯着孙鲁西看了一会儿，不知眼前这位白面书生什么来头，但又不想服软，还吓唬孙鲁西，让他不要妨碍公务，同时示意放开蒲寅生和廖秋令。他转身对人群大声喊叫，都给我散开，不要堵在路上，不准在路边摆摊，影响交通和市容！

这时候，在棚子另一头摆摊的四乐也赶了过来。他批评蒲寅生，说竟然好意思当众打架，有钱大家赚嘛，钱是赚不完的嘛。那位叫明珍的姑娘眼泪还没干，楚楚可怜的样子，突然抽泣了几下，羞涩地挨着廖秋令的肩，紧紧抓住他的手说，我父亲怎么跟你说的？好汉不吃眼前亏，退一步海阔天空，你就是不长记性！廖秋令捏了两下她的手，默不作声。

蒲寅生有些愧疚。他掏出香烟，自己先点燃一支，又向廖秋令这边扔过来一支，廖秋令弯腰从地上捡起烟，叼在嘴上。明珍一把夺过烟，说，你答应不抽烟的！蒲寅生转过身对四乐说，整天跟女人黏在一起就会变女人。四乐说，你男子汉，你厉害，整天惹是生非，再这样我就不理你了。蒲寅生傻呵呵地笑。

孙鲁西一看，快到吃晚饭的时候了，便把几个人拉到旁边一家点心店，坐下来喝茶，请大家吃个便饭。孙鲁西说，大家熟悉了就好，今后就是兄弟了，出门在外不容易，要互相帮助，团结协作，有福同享，有难同当。

饭后，孙鲁西又提议去四乐和蒲寅生的出租屋里聊天。四乐以主人自居，路过市场的时候买了一些零食水果，蒲寅生买了啤酒和白酒。

孙鲁西问他们，来G市打工这么长时间，有没有积蓄？明珍的头摇得像货郎鼓，长发在脸上扫来扫去。廖秋令犹豫了一下，说确实身无分文。四乐的情况孙鲁西知道，自从辞去父亲孙长戈介绍的那份工作，他就没怎么赚到钱。蒲寅生说，还积蓄呢，再这样下去就要饿肚子了，原本想自己出来干，赚点立马就能到手的现钱，没想到这么难，那些城管真是心狠手辣，想搞死我们。

孙鲁西说，你们生活在基本线以下，干的是最苦最累的活儿，拿的是最低的报酬，没有积蓄。你们现在年轻，一人吃饱全家不饿，不在乎有没有剩余，等到你们年纪大了，就会很惨。人在最年富力强的时候，应该赚钱最多，为什么你们没有呢？为什么那些整天坐在办公室打电话，坐在轿车里握着“大哥大”的人，他们的钱就多得用不完呢？

蒲寅生说，他们是老板，有钱就做老板，没钱只能做打工仔。

孙鲁西说，他们做老板之前的那些钱是从哪里来的？

蒲寅生说，那不知道，是他们父母留下的吧？我爸妈除了一把老骨头，什么也没有。

孙鲁西说，他爸妈的钱又是从哪里来的？

蒲寅生说，那不知道。总不能是偷来抢来的吧？偷钱抢钱都很危险啊，抓起来先揍一顿再说。

孙鲁西说，他们跟你们一样，只会拉屎，不会拉钱，那么他们的钱从哪里来的？只能说是“偷抢”来的！只不过他们的“偷抢”方式更加隐蔽，更加巧妙，更加冠冕堂皇而已。这就叫“资本原始积累”。有一位大思想家说过，“自从资本来到世间，从头到脚，每一个毛孔都滴着血和肮脏的东西”。

廖秋令说，这话说得好！那些老板的第一桶金，没准就是干坏事得到的。

孙鲁西说，走私，拍三级片，开血汗工厂，都是挖第一桶金的便捷门路。

蒲寅生说，哎哟，怪不得啊，看来只知道卖命干活，没有一点歪门邪道，就得不到金子。我要是有一桶金子，我还干个屁啊，累死人，还要受气。

四乐说，你们这种懒汉思想，命中注定得不到一桶金子。

廖秋令说，勤快人也没得到金子啊。我爷和我爹，一辈子老实做人，辛苦作田，从来没见过金子。所以老辈说，“人无横财不发，马无夜草不肥”。

孙鲁西说，你的祖辈和父辈都是好样儿的，他们的汗水渗进了泥土之中，泥土里又长出了禾苗、麦子、蔬果，大地转瞬就变成了翠绿，泥巴也变成了黄金。但有一些跟你祖辈和父辈的劳作背道而驰的贪心的人，他们不想让泥土长出麦子和稻谷，而是希望在泥土中挖到钻石和黄金。

四乐说，嗯。好好干活，金子才可能跟我们相关。歪门邪道，跟我们相关的就是警察了。

蒲寅生说，如果我们不给老板干活，老板的金子会不会慢慢地就花光了呢？电视里那个香港大老板，只要工人要求加工资，他就说“我不投资了，我不投资了”。那你就不要投嘛，等你的钱自己去生崽嘛，你抱着你的钱去死吧！

孙鲁西说，对，你们不给老板干活，老板的钱就慢慢消耗掉了，只有你们去干活，他们才有钱赚。他们的“剩余价值”，都是从你们的劳动里面榨取出来的。

四乐说，我们是可以不干，可是想干的人多的是啊，刚从我们老家那边过来的人，还不都得给老板白干几个月啊。

蒲寅生说，我遇到的第一个老板就是个恶人，他扣下了我的身份证，还收了三百块钱押金。我不能忍受他的残酷管制，加班加点还不算狠，最狠的是他连我们撒尿都要管，不到时间不准撒尿。有个女孩憋不住，尿撒在裤裆里，哇哇地哭，我说了两句公道话，他们就扣我的工资。我辞职，三百块也不要了。

四乐说，自己单干也很麻烦啊，没有钱啥事也干不了，只能在路边摆摊。刚才你们都看到了，摆摊的人随时都可能挨欺负，小本买卖血本无归。

孙鲁西说，没有资本积累，没有启动资金，就只能做打工仔，也就是出卖劳动力。这部分人必须用自己劳动创造的绝大部分财富，去供养那些不劳动的人，如果不想被剥削，就只能自己单干。可是一个人势单力薄，就可能遇到社会上的恶势力。因此，单干的人联合起来互帮互助就很有必要。

蒲寅生说，就是嘛，要互相帮助，不要互相拆台，互相打斗。

廖秋令说，你看着我说干吗？谁拆台，谁打斗？不是你吗？

孙鲁西当即宣布了自己的“劳工互助计划”，成立一个名叫“玄鸟”的互助小组，凡是加入互助小组的人，都要遵守基本规矩：一是互助互爱，分工协作；二是地位和财富均等，没有贫富分化；三是自愿加入，出入自由。陈四乐、蒲寅生、廖秋令、唐明珍当即宣布加入互助小组。互助小组提倡自愿把各自现有的积蓄交出来。以后赚了钱，就交给小组来统一平均分配。大家都象征性地交了一些，但也都留了一手，因为谁也不确定这种互助小组到底能不能维持下去。

孙鲁西动用了大哥许久以前资助给他的钱，在城中村租了两大两小四间房，男性一间大的，女性一间小的，另一间小的备用，既可以给新增加的成员用，也可以接待短暂来访的客人。还有一间大活动室，孙鲁西自己住在里面。活动室更重要的用途是教室，孙鲁西打算在这里给互助小组成员讲课。他想象中的听众，自然不只是互助小组的成员，居住在城中村的打工仔，都应该是潜在的教育对象。

孙鲁西的做法，得到了出租屋老板黎初洋的支持。黎初洋毕业于师范大学历史系，当年毕业分配的时候极不顺利，求职屡屡失败，一是因为个子矮，皮肤黑，长相不佳，二是说话舌头不利索，还带有浓重的家乡口音，别人听着特别费劲。黎初洋在G市流落街头半年多，求职无门，最后不得不放弃。他忍痛告别了在G市一家中学任教的女友，告别生活了四年的城市，回到乡下老家，托关系进了镇政府办公室，当了一名勤杂工，成了政府里的人。黎初洋原以为，靠自己努力奋斗能够出人头地，为父母争口气，但终因脾气倔强而屡遭打压。他一气之下，辞职回到了村里，子承父业，开始经营家里的砖瓦窑，做烧窑匠。正好赶上国家开始大搞基本建设，到处都在造楼修屋，砖瓦供不应求，黎初洋掘到了第一桶金。但黎初洋的志向不在故乡，他还是忘不了G市。六年后他重新回到G市，在母校师范大学附近的城中村买了一块宅基地，建了四栋楼房，廉价租给外地到G市打工的年轻人，让危难之中的年轻人有口饭吃，有个栖身之地。他发现孙鲁西的想法跟自己一样，便决定提供支持，房屋租金打了七折。

互助小组的初始目标是很明确的。先要让大家从偏远的郊区或者市区的地下室里出来，住到一起，结束分散、孤立无援和贫困无助的状态。互助小组的成员纷纷搬到城中村里新租的屋子来了。在孙鲁西的鼓动下，苗杏和男友农小兵也来投奔互助小组，还带来了两个刚失业的老乡。还有蒲寅生的族弟蒲用余，带着他的女友劳小花，也加入了互助小组。

刚开始，互助生活的确很迷人。七八个男子整天无所事事。孙鲁西瞅准机会，把他们召集到活动室来听自己讲课，讲为什么会有无产者，讲劳动哲学，讲利润和剩余价值，讲得大家呼呼大睡。只有劳小花和唐明珍两个人整天忙得团团转。唐明珍出门采购，劳小花下厨做饭。十几个年轻人要吃饭，靠加入互助小组时凑起来的一点钱，没多久就快撑不下去了。面对即将揭不开锅的危险，孙鲁西只能从妈妈和大哥给他的存折里取钱出来贴补。

孙鲁西把大家召集到活动室开会，说这些天，大家都过得很开心，都尝到了互助生活的甜头，心里也有了一个目标和奔头。以后我们就照着这个目标奔去。大家要随时留意，凡是初到G市来，找工作没有着落的人，都可以先加入我们的互助小组，免得他们在困境中落入坏人的圈套。现在最紧要的，就是挣钱，来保障我们的互助生活，所以大家必须要有工作，要创造财富，每个人都要有事可做，不劳者不得食。否则坐吃山空，结果就是大家作鸟兽散，这不是我们的目的和初衷。

至于大家究竟要做什么，能做什么，孙鲁西都没有清晰的想法。他提议大家群策群力，出谋划策，有什么好想法就提供出来。

廖秋令提议大家拉帮结伙去卖月饼，就没有人敢欺负我们。

蒲寅生说，还去卖月饼，跟以前一样，那要成立互助小组干什么！

廖秋令说，那你想干什么？想躺在床上等饭吃，吃了再睡？猪就是那样生活。

蒲寅生说，不要说那么难听嘛，谁是猪啊？你除了卖月饼还知道啥？

廖秋令说，我不知道啥，你知道，你有什么好点子说出来啊，不要藏着掖着啊。

四乐说，不要吵了。你们两个是冤家，到一起就吵。为什么要互助小组？有困难才要互助，没有困难互助干什么？大家一时也没有什么更好的主意，那我提议，大家先分头去自由行动，遇到困难再说。孙大哥为互助小组已经做了很多牺牲，他自己并不缺钱花，为了大家，他贴补了很多钱进来。所以我们不能再拖了，大家分头去做，赚了钱先交给孙大哥统一管理和分配，我愿意协助孙大哥记账。大家同意不同意？

四乐的建议得到了一致赞许，大家各自按照自己的长处和门路去找事做。蒲寅生神出鬼没的，好几天不见人影，晚上很晚才回来。

孙鲁西想起办出版公司时印出来的那批“新解放书系”，当时大部分都被没收了，但还有一部分积压在自己家里。孙鲁西让四乐跟自己拖着那些书，到附近大学区过街天桥上去摆地摊。孙鲁西坐在一张小折叠凳上，手里拿着一本吉拉斯的《新阶级》在读。四乐站在一旁高声吆喝。四五所大学集中在这个区域，来来往往的师生，都会蹲下来翻一翻，但很少有人买书。“新解放书系”的五本中，只有《东方智者的得道之途》，还有《内丹与外丹：肉身不朽的实践》那本跟气功有关的书，卖出了几本。整整一周，差不多天天空手而归，饭钱都没赚到，孙鲁西渐渐失去了耐心。

四乐提议挪个位置，江南岸的 A 大学那边，可能会好一些。孙鲁西说，这里也是读书人集中的地方啊，换个地方也差不多。读书人都急功近利了，没有耐心思考和阅读了，我们不会有希望。两人正要打退堂鼓，刚好一位戴眼镜的青年教师路过，他指着孙鲁西手上那本《新阶级》，问卖不卖。那是孙鲁西托张千颐从省委党校图书馆借出来的，不能出售。但这也给孙鲁西提了醒，这本书可以复印一些。又过来一个男孩，问有没有未删节版的《金瓶梅》，说自己有一套删节版的，看得不过瘾，想买全本的。

孙鲁西回了一趟家，苗蔓上班去了，廖秋约也送右海上幼儿园去了。他转身去了妈妈那边。冯英妹说，好久不见你，出去做什么事也不跟我打声招呼，也不跟苗蔓交代，突然就不见了，这样怎么行？这还像个家吗？孙鲁西说自己正在做一项实验，需要一段时间。孙长戈冷冷地说，你一个文科生做什么实验？物理化学都没学过。冯英妹说，你爸爸也着急，天天在给他那些公安政法系统的老战友打电话，让他们遇到一个叫孙鲁西的人，就第一时间通知他，说得我心惊肉跳的。孙长戈气呼呼地说，这也就是我现在，身上还有个头衔，过几年彻底退下来，谁还理我，到时候你出事了也不会有人管的。孙鲁西觉得二老的想法很离谱。他不搭理父亲，对母亲说了几句安慰的话，让她放心，别人不了解儿子，妈妈你还不了解儿子？儿子不偷不抢不犯法，做的都是堂堂正正的事情。冯英妹说，那就好，做完实验尽快回家。妈妈叮嘱他去看看苗蔓。

孙鲁西找来小梯子，爬上书架，找出大陆公开发行的删节本《金瓶梅》，还有托人从香港买回来的全本《金瓶梅》，两相对照，发现删节版删节了不到两万字。他将删节处标记出来，交给苗杏，让她复印下来，交给打字员，重新打印排版，并标示出原版的章节和页码，装订成册。装订好的《金瓶梅》删节版文字薄薄一本，单价十元，供不应求。孙鲁西把廖秋令和唐明珍也派到苗杏的复印店去帮忙，加班加点复制装订。苗杏还领着几个人进行了技术革新，每一处删节的文字，不管字数多少，都单独占一页，并且在文字的四周打上像邮票边缘那样的小孔，便于用户撕下来，贴到删节版的书上去，再加大字号，让小册子变厚，单价也提到了十五元。与此同时，附近几所大学书店里公开发行的删节本《金瓶梅》也被抢购一空，书店老板赶紧去进货。购买者花很少的钱，就能买到一册拼贴版的全本《金瓶梅》，尽管制作粗糙，但也聊胜于无。有位书店老板建议孙鲁西将全本的《金瓶梅》交给印刷厂复印，他负责销售。孙鲁西想了想，还是拒绝了。

孙鲁西也把《新阶级》交给了苗杏，让她先复制几十本。第一批很快就卖完了，接着赶制了第二批，但第二批就卖不动了。孙鲁西决定放弃利润不高的《新阶级》，把全部精力都集中到《金瓶梅》上来。不过，孙鲁西内心里隐约不安，这不仅是在钻法律的空子，也是钻道德的空子。而与此同时，他领略到了资本原始积累的刺激感。据说香港某大老板当年就是靠拍三级片起家的，有一位孙鲁西喜欢的淑女型影星，就是演三级片出道走红的。据蒲寅生说，那些 VCD 和盗版光碟之所以横行街市，屡禁不止，是因为生产线非常隐蔽，刻录机安装在那种几十个车轮的大型货车的拖厢里，在公路上跑，打运动战。可见第一桶金来之不易啊！既靠机遇，又靠胆识，还得靠智慧。

这天黄昏，孙鲁西和四乐拉着大拉杆箱回到出租屋。出租屋的老板黎初洋喊住孙鲁西，让他马上去一趟街道派出所。黎初洋拖着浓郁的乡音说，但凡你感觉很顺利、很爽快的时候，你就一定会有麻烦的，这是我多年来总结出的经验。

孙鲁西来到派出所，只见问询室里坐着五六个人，蒲寅生也在其中。一位高个儿圆脸民警说，这些人在倒卖盗版影碟，违法出售黄色录像带和 VCD，经我们教育，他们认识到了自己的错误，并写了检讨书，保证以后不会再犯。你帮蒲寅生交点罚款，就可以领他回去了。圆脸民警问孙鲁西跟蒲寅生是什么关系。孙鲁西说是工友。

圆脸民警检查了孙鲁西的身份证。他盯着孙鲁西的脸说，孙鲁西？我们正在找你，你倒自己送上门来了。你涉嫌违法出售自制出版物。

孙鲁西说，我怎么违法了？

圆脸民警说，你自己清楚你做了什么。

孙鲁西说，我不过是帮人恢复了文学名著中被删掉的小部分内容而已。

圆脸民警说，你涉嫌从中非法牟利。

孙鲁西说，我也有人力物力和时间成本啊。

圆脸民警说，你还涉嫌制黄贩黄。

孙鲁西说，这要分怎么看了。分开单看那些内容可能是有点“黄”，但放到作品的整体之中去看就不“黄”，而且还有劝世功能。是谁把它分开了呢？肯定不是我。我不过就是在恢复文学名著的整体性而已。

圆脸民警说，你这是强词夺理，你这是狡辩，我不跟你争，我们也有专业人员，你先留下来，有让你说话的时候。

孙鲁西说，你这是非法囚禁，我可以告你！

圆脸民警一时不知怎么应对，正打算动粗，这时从里面走出来一个干部模样的人。圆脸喊他所长。圆脸对所长说，这个孙鲁西在无理取闹，说着就要上来抓他。

所长说，等一等，叫什么名字？孙鲁西？所长看了孙鲁西的身份证，愣了一下，转身凑近圆脸耳语了一番，就进里屋去了。

圆脸对孙鲁西说，不要再到立交桥上去卖东西！接着就把孙鲁西和蒲寅生放了。

黎初洋见孙鲁西他们这么快就回来了，他对孙鲁西说，看来你有些本事嘛，我以为你们至少今天晚上回不来了，明天上午能回来就算快的，这是我多年总结出来的经验。

蒲寅生说，孙大哥当然有本事，他不是一般人，他有通天本领。

孙鲁西制止了蒲寅生，让他不要乱说。

黎初洋请孙鲁西到他办公室去喝茶，两个人随便聊着。

孙鲁西说，掘第一桶金为什么那么难？到底怎样才能赚到第一笔钱？

黎初洋说，我在大学学的是历史，读书的时候，我曾经迷上了英国历史学家卡莱尔，他的书凡是能找到的，我都读过。按照卡莱尔的观点，没有资源的人，两手空空的人，是很难挖到第一桶金的。谁能占有资源呢？强权者，权力集团。谁能夺取资源？黑社会，暴力集团。占有资源最基本的方法就是“抢”。当然还有其他获取资源的方法，就是“偷”和“骗”，这当然是君子所不为，也是英雄所不为。你会说，我们可以通过贸易去赚取差价。那我问你，你做贸易的第一笔启动资金从哪里来？有权力的人才能贷到大笔资金。你我都不是这种人，我们只有一条命。我们唯一能做主的，就是拿着自己这一百来斤去卖，卖命。

黎初洋吸着烟，冲孙鲁西笑了笑，继续说，不要以为受过高等教育就自然能挖到第一桶金。我也受过高等教育啊！我的第一桶金，就是靠卖命得来的。那时候我二十多岁，还有把子力气，每天冒着烈日，双脚在泥巴里使劲踩，像牛一样。然后还要把泥巴摔打成一块块沉重的砖坯，把砖坯摆放在一人高的木架子，经过一个月的晾晒，干燥之后挑到砖窑里去，然后再去山里砍柴来烧砖。一窑砖从黄泥巴变成青色的砖块，要花费至少两个月，出窑后也卖不了几个钱。那真的是卖命的血汗钱啊！不管怎么说，只要有人买，还是能赚到钱的。供不应求的时候，我还雇了几个孩子到我的砖窑里来搬砖。有了第一桶金，再赚钱的确要容易得多。我再也不用流血流汗卖命去赚血汗钱了，我现在就靠租金赚钱。我的资本不再是只长肌肉和筋骨的傻劳力，它变成了“钱婆”，她会怀孕，会生很多儿子。

说完，黎初洋哈哈哈地笑起来。

孙鲁西听得入神，他想了想说，你也不是完全一无所有，至少你还有土地，有几块泥巴田，有长满树木的山林，父亲又有砖窑和烧窑技术，至少可以算个中农。我呢？我才是真正的无产阶级，除了自己这一百多斤，除了大脑里的知识，除了灵魂，我一无所有。

黎初洋说，灵魂固然很重要，但当不了面包。你现在干的事，就是在没有任何资源的前提下去赚钱，但又不想流血流汗，也就是不想卖命，而想通过冒险和违规去改写现有的财富格局，那么，必定会有人来阻止你，让你付出代价。这个代价可以很小，也可以很大，看你的运气，这是我多年总结出来的经验。

黎初洋毕竟是从资本积累的战斗一线走过来的人，每句话都带着血汗气息，说得孙鲁西灰心丧气，背脊冒汗。看来自己跟“资本原始积累”没有缘分了。如果不是父亲和母亲在充当保护伞，自己跟四乐和蒲寅生也是一样的。孙鲁西的心被绝望所笼罩。

由于无法掘到第一桶金，孙鲁西没有资金维持“玄鸟”互助小组了。那些抱着看热闹心态的人都纷纷离开了。廖秋令和唐明珍还是跟原来一样去菜市场做小买卖。苗杏、农小兵继续打理他们的复印店。四乐、蒲寅生、廖秋令和唐明珍还是孙鲁西的铁杆跟班，孙鲁西不说散，他们是不会轻易离开的。然而孙鲁西再也没有底气和理由，让他们交出自己做小买卖千辛万苦赚来的那点钱。他退掉了一大一小两间房，让住在另外两间房子里的小组成员继续居住到年底。孙鲁西不忍心直接宣布解散互助小组，他想让这件事情不了了之，像烟雾一样悄悄地消散无踪。

那天晚上，孙鲁西张罗喝酒，陈四乐、蒲寅生、廖秋令、唐明珍、农小兵、苗杏、蒲用余和劳小花几个人凑在一起。平时假装老板派头的黎初洋，也被这边小屋里的热烈氛围所感染，主动要求加入进来，还吩咐手下人弄些酒菜过来。

喝着喝着，大家都有醉意。黎初洋说，你们不要担心，交不出房租没关系，我先给你们记账，等将来赚了钱再交不迟。大家十分感激，频频举杯向黎初洋敬酒。

蒲寅生大声叫道，男人喝酒就要放开喝，不要躲躲闪闪的！说这话的时候，他盯着廖秋令和农小兵。蒲寅生说，跟女人搞在一起就是麻烦，喝个酒都不自在。说着，他端起酒杯跟孙鲁西和四乐碰杯，还没等孙鲁西和四乐反应过来，蒲寅生就顾自仰起脖子一饮而尽。蒲寅生因为喝得太急，第一个倒下了。四乐喝酒一向不动声色，既不主动也不被动，就是怎么都喝不醉。孙鲁西舌头开始打卷，语无伦次，一会儿说要脚踏实地，一会儿说要鲲鹏展翅，随后进入了无须别人劝酒的境界，自斟自饮。想到自己一腔热情全部落空，徒有济世之心，没有济世本领，也没有济世的资本，孙鲁西感到自责和委屈，心里在流泪。

玄鸟录

（孙鲁西）

*

第六章　第二沉思录：我能做什么

我能做什么？当我知道自己可以或者应该做什么的时候，我没有时间思考这个问题。当我不知道自己应该或者能够做什么的时候，问题便浮现出来。犹豫不决的人，你打算怎么办？渺小无能的人，你能够做什么？

亲爱的母亲冯英妹将我带到了这个世界。我的父亲孙长戈，一个北方佬，背着一把飘着红绸带的盒子枪，千万里，千万里，赶到南方海滨，跟我母亲相会。尽管并没有征得我的同意，他们就把我抛到这个嘈杂而污秽的世界上，但我依然要感激我的母亲。因为我母亲一定是把这件事当成重大而又幸福的事来做的，她一定曾经发誓，要爱我，要让我幸福。尽管这个目标不一定完全实现了，但她肯定是尽力这么做的，对此我从不怀疑。因此，除了感激，我还能做什么呢？这就是我来到这个世界之前就命定的生命前史。

母亲为我做了那么多，十月怀胎，生产的阵痛，喂养我长大，为我操心操劳，而我能为她做什么呢？为了报答她，我在母亲怀里就开始学习，学习各种跟母亲交流的技能，目的就是想告诉她更多的信息，想说出那些我用眼神无法完全传递出来的意思，也就是充斥在我内心里的感激之情。我试图用母亲教给我的语言，去表达和传递我内心里的想法。有时候，我本来想表达我的感激之情，说出来的却是怨言，因世界嘈杂肮脏而产生的怨言，这是我的错，每当这时，歉意就塞满了我的心。为了弥补，我决定帮助母亲完成她的心愿。母亲因没有征得我的同意就生下我而感到愧疚，她发誓要让我幸福，并将自己的幸福跟我的幸福捆绑在一起，然而我并不幸福。我想让自己变得幸福起来，这样我就相当于帮助母亲完成了她的心愿。

如果世界仅仅是嘈杂污秽那还好办，环保志愿者和清洁工就可以解决。问题是这个世界让我感到不幸福的地方还有很多很多。比如我的生命如此脆弱，金木水火土，随便一样东西，就能置我于死地。如果我死了，被打死、淹死、烧死、闷死、干死、气死，那么母亲，就根本谈不上心愿能否实现的问题了，她会悲痛而死的。我怎么才能帮助我的母亲呢？我怎么能够在金木水火土的打击下，不坏不死呢？我自知无能，羞愧至极。好在大家都跟我一样无能，这让我稍感宽慰。我和世上多数母亲和儿子一样，在愧疚中活着。然而，我并不悲观绝望，我相信人类一定能够实现长生久视的梦想。到那时候，所有的儿子都无病无灾，所有的母亲都无忧无虑。

如果母亲问我，怎样才能使我幸福，我会对她说，首先是要靠我自己，我要练就金刚不坏之身，没有生老病死，母亲就可以无忧无虑，我也就会感到幸福。还有，不受地球引力的影响，能飞起来，像鸟一样飞起来。还有，不受固体、气体、液体的限制，能在不同的介质中自由地行动，就像穿山甲一样在泥土中穿行，像鱼儿一样在水中睡觉。最好能够不受物种的限制，可以自由地在动物、植物、矿物、人物之间来回变换。

这是什么？这是神仙、精怪、魔鬼，这是魑魅魍魉，这是妄想，这是发昏。不！我不这样看。你的判断是建立在对现状俯首听命的前提下，这就是你的错处。没有对飞行和腾云的幻想，怎能发明飞机？没有对千里眼和顺风耳的幻想，怎能发明望远镜和电话？没有对肉身局限性的超越性想象，肉身怎么升华和永生？

没有对现实的不满，怎么会有对未来的理想？

因此就有人把我将理想付诸实践的行为，看作是装神弄鬼。为了阻止我，他们恨不得把我囚禁起来。我不得不终止我的个人行为，参与到一种所谓的集体行为之中去，比如一起在地面上移动，靠右行走，同时停止，同时起步；凑在一起吃饭，凑在一起说笑；同时关灯，闭眼，睡觉，起床；合伙干一件能赚钱的事情。大家步调一致，还选出一个人来监督其他人，看看动作是否整齐划一。人类在这些时刻突然露出了祖先的尾巴和猴子的本性，把模仿与合群当优点加以鼓励和褒奖，对不合群者予以排斥和惩罚。

当我不想齐步走的时候，我只能离开。我离群索居，独自一人去漫游，去漂泊。一切美好的事物，因此而发生，比如审美，比如爱情，都是极端个人化的事情。群居动物没有审美，自然也没有爱情。对美无感，慢慢也就会变得冷酷无情，还要时不时地偷情。爱情跟偷情的差别，在于时间长短：爱情山盟海誓，偷情瞬间快感，爱情希望两人世界永恒，偷情只能慌忙返回群居。婚姻是爱情的冷冻室，也是偷情的遮羞布。

离群索居的漂泊者，偶尔相遇，相拥，相爱。两个素不相识的陌生人突然拥抱相爱，是这理性世界中绝无仅有的奇迹，是这冷漠无情世界里的火，也是你唯一可以付诸实践的幸福途径。母亲只能眼看着你从她的怀抱脱离，转而投向另一个怀抱。你觉得你给了母亲幸福的承诺和希望，你同时也给母亲送去了悲伤和无望。这就是母亲的命运和担当。

群居动物最害怕的，就是你在群居的巢穴之外，发现了另外的世界——由两人构成的自足世界。群居动物对这个自足的世界警惕且忌讳，一有机会就试图毁掉那个两人巢穴，同时给予各种类型乌托邦的允诺。将两人乌托邦向群体中转移，理论上是可能的。为什么在实践中却困难重重？原因不在乌托邦，而在人本身，在他们的怀疑和心不在焉，甚至心存恶意。对此我们能做什么？我因此要成为战士？或者探险家？我无法成为诗人？

我是一个无所适从无足轻重无所事事无可救药的人？

第十一章

•

转眼间，右海到了入学年龄。苗蔓和冯英妹都忙着为右海上学做准备，买了书包和铅笔盒，买了新鞋袜和运动服。附近有两所重点小学，离家都不远，往东的培新小学三站公交，往西的德正小学六站公交。孙鲁西说，那自然选培新小学。苗蔓却坚持要选德正小学。孙鲁西认为苗蔓舍近求远，好像在故意跟自己作对。苗蔓说，公共汽车多跑几站只需要几分钟，下车后步行的距离才是关键。苗蔓说她昨天傍晚去实地丈量过，培新小学到公交车站要步行十几分钟，德正小学只要五分钟。

廖秋约夸苗蔓心细，也跟着说不要选培新小学，免得右海走那么远，还没开始读书写字就累了。廖秋约又说，右海上学去了，她一个人在家没什么事，成了多余的人。苗蔓说，廖姐千万不要胡思乱想啊，早晨你要送右海去学校，下午放学又要去接，怎么是多余的？廖秋约说，那整整一白天呢，还不是在家闲着，心里不安。我在这里闲着，我老家的田地也在那里闲着。听话音，廖秋约好像有要回家的意思？苗蔓顿时慌了。苗蔓说，这些年来全靠廖姐帮助，我们才顺利度过了最忙乱的日子。廖姐要是走了，右海谁管啊？没有廖姐在家，我心里不踏实！

廖秋约说，右海是我抱大的，突然要离开，怎么舍得？但是出来这么多年了，自己的家也没顾上，现在看到右海要上学，就想起自己的儿子，小学毕业，马上要上初中，妈妈不在身边，小小年纪不像孩子，像大人。前天夜里还梦见儿子，扑在我怀里笑，笑着笑着，突然变成了一块石头。廖秋约说得眼泪汪汪，她说孩子爸爸也劝她回去陪陪孩子。廖秋约指着孙鲁西说，孙老师在这里你就可以踏实了，让孙老师去接送右海吧，免得他没事出门到处跑。说着又笑起来。

廖秋约好像主意已定，苗蔓和孙鲁西都面露难色。听到廖秋约谈儿子，冯英妹深有感触，她接过廖秋约的话说，是啊是啊，我特别理解秋约，儿子大了就不像儿子，像块硬邦邦的石头，想抱他一下都不容易。小学生还能抱一下，等上了中学，那就彻底错过了。秋约这些年，牺牲自己来帮助苗蔓他们，还不知道怎么感谢你呢。冯英妹转过头来对孙鲁西说，没事老在外面晃悠意思也不大，还不如在家里，帮帮苗蔓，读读书，你要是有事顾不过来，我会来帮忙的。

接送右海的任务就这样落到了孙鲁西身上，他是主要责任人，冯英妹辅助，晚上归苗蔓管。孙鲁西必须每天早睡早起，六点钟起床准备早餐，七点钟准时出门，下午三点到达学校，跟一群爷爷奶奶守候在大门口，等右海放学，回家还要陪右海做作业，等苗蔓回家。右海九点睡觉，孙鲁西也得跟着睡，因为第二天还要早起。

孙鲁西最不能忍受的就是像时钟一样生活。他讨厌学校上课的铃声和单位上班的钟声。他说，城市生活就是要将人变成钟表上的一个零件，自由自在的田园生活才是最有人性的。曾经在乡下劳动过近十年的张千颐和包海苏一致反对孙鲁西的观点，他们认为孙鲁西所说的田园生活，是他个人的梦想，而不是现实。农民劳动不但辛苦，还要分季节、赶时序，靠天吃饭，而且年年做同样的事，耕地播种收割收藏，世世代代重复，老子儿子孙子都一样。相比之下，城市生活更自由，更人性。就是当丐帮也要到城里去当。像巴黎那样的大城市，才能养活那么多乞丐。

孙鲁西碰到两位“现实主义”的兄长，只好闭嘴。但他还是讨厌地球引力作用下的原子运动，向往自由意志。像鸟一样飞翔，像鱼一样游泳，是他少年时代就有的梦想。孙鲁西当然也知道自己正在做的事情意味着什么，他必须承担责任，接受考验。他日复一日地做着重复动作：六点起床，七点出门，八点回家，三点出门，四点回家，九点睡觉。他感觉自己就像往山顶上推石头的西西弗斯。

右海同班同学康小宝的爷爷奶奶，退休后在家发挥余热，伺候孙子上学。每次见到孙鲁西，他们都热情地打招呼，在学校门前等候放学的时候，他们天南海北地聊着。康爷爷退休前是省政府办公厅的一位处长，康奶奶退休前是农业厅办公室的打字员，他们聊天的时候站位都很高，从政治谈到经济，从国内谈到国外，退休后还在为国家操心，口气很像孙长戈。孙鲁西似听非听，礼节性点头。康爷爷看着身边那些接送孙子的老人，挺了挺胸膛对孙鲁西说，带孙子也是革命工作的有机组成部分，是不是？革命者应该永葆青春，不要未老先衰的样子，要给孩子们做榜样嘛！他朝旁边的一位老人投去俯视的目光。

孙鲁西顺着康爷爷的目光看过去，旁边那位爷爷正佝偻着背在咳嗽，的确有点老态龙钟的样子。咳嗽老头似乎感觉到了这边的目光，匆忙止住咳嗽，转过脸来冲康爷爷微笑点头。康爷爷应付了一下，转身对孙鲁西说，他比我还小几岁呢，就那个样子，主要是理想信念不够坚定，所以才显老。康爷爷拍了一下孙鲁西的肩膀说，我喜欢你这个样子，显得年轻，不像是右海的爷爷，像父亲。

康爷爷的话让孙鲁西措手不及，窘迫万分，不知怎么应对。孙鲁西捋了捋开始变得稀疏的头发，朝康爷爷尴尬地笑了一下。这时候，学校的大铁门适时地开了，孙鲁西松了口气。远远见到右海和康小宝朝这边跑过来。康爷爷和康奶奶牵着康小宝，一个劲儿催促小宝跟孙鲁西说“爷爷再见”。

回到家，孙鲁西第一时间扑向穿衣镜，上下打量自己。这好像是孙鲁西第一次认真地面对自己的外表，冷不丁一看，的确很难看出年龄：瘦高个儿，放松的时候背部轻微弯曲，头顶中间开始变秃，胡须杂乱无章，近视眼镜的玻璃镜片偏厚，脸色因熬夜和吸烟而焦黄灰暗，精神状态疲惫松垮。但是，就算孙鲁西的目光有些迷离恍惚，只要仔细观察，还是能发现背后藏着年轻人的睿智和明晰。他的皮肤还很紧实，明眼人绝不会把他当老人，只有老眼昏花的人才会误判。孙鲁西提气挺胸，在穿衣镜面前来回地走着正步，被右海看到了，他说爸爸学解放军，学得不像，跟马爷爷一样。马爷爷是谁啊？马爷爷是我们学校拖地搞卫生的。这真是往孙鲁西心上捅刀子啊。

右海睡觉了，苗蔓和孙鲁西在看电视。孙鲁西突然站到苗蔓跟前说，你看我是不是显得很老？苗蔓说，在北岭镇医院门口第一次见面的时候，我就觉得你像个小老头儿，现在天天待在一起，反而没什么感觉了。孙鲁西说，有人把我当右海的爷爷。苗蔓哈哈大笑起来，这才认真打量了孙鲁西两眼，又看了看他挂在衣帽柜里的服装。苗蔓说，你的上衣太长了，耷拉在身上，皱巴巴的没有型，当然显得老气，男人的衣服，面料材质一定要特别讲究，长度稍短一些，会更显精神。苗蔓沉吟了一下，轻叹一声说，我忙得什么事情都顾不上，右海，还有你……明天你穿我给你买的那套牛仔服试试。

苗蔓起身，从衣橱里取出宝蓝色 dunhill 牌牛仔衣，在孙鲁西身上比画着。这套衣服是苗蔓刚到《每日一汤》栏目做嘉宾时给孙鲁西买的。当时孙鲁西觉得太奢侈，还有那么多闪光的铜纽扣，太引人注目，穿着不自在，所以一直藏在柜子里。后来因为生活变故，苗蔓顾不上再关心这件事，衣服也就被遗忘了。卧室里昏黄的灯光照在脸上，显得柔和轻淡。苗蔓让孙鲁西换上牛仔衣，自己往后退几步打量着，她说穿上这套衣服的确显年轻，而且还有点紧绷感，更能提神提气，身体不松垮，精神自然也不松垮，做人就是不能松垮。孙鲁西也站到穿衣镜前看自己，仿佛回到了大学时代，内心激荡着青春的元气。当然了，这之间还是有很大差别，曾经穿牛仔衣是为了偷懒，不用经常洗，现在是为了刻意显年轻啊！孙鲁西心头掠过一丝悲凉。人生这不还没开始吗，怎么就老了呢？

第二天早上去送右海，孙鲁西换上牛仔衣，还刮了胡子，挺胸抬头地走着，远远见到康小宝的爷爷奶奶。康爷爷也换了一件浅色上衣，显得精神抖擞。康奶奶高声说，哟，孙爷爷今天显得很年轻啊。孙鲁西脸腾地一下红了。康爷爷说，现在咱们都是老黄瓜刷绿漆喽，装嫩呗。康奶奶说，你别说人家，你敢不敢跟孙爷爷一样穿个牛仔给我瞧瞧？康爷爷说我哪敢啊！他们老两口聊得欢，全然不知是在往孙鲁西心上捅刀子。

离开学校，孙鲁西直接去了妈妈那边。他问妈妈，自己是不是很显老。冯英妹说，谁说你老啊？再老也是我的小儿子。孙鲁西说，右海的同学康小宝的爷爷奶奶，一直把我当右海的爷爷。冯英妹说，那是什么眼神儿？你这样子不是很年轻吗？就是脸色还不够好，是因为你经常抽烟熬夜，精神状态也不够振奋，那是因为你不开心。但再怎么也不至于把你看成爷爷啊。孙鲁西说，他们夸我的时候还说，你不像右海的爷爷，像右海的爸爸。冯英妹说，这是夸你吗？我看他们是老眼昏花了！不过年轻人喜欢装老成，老了以后就喜欢装嫩，你爸爸年轻时喜欢留胡子，现在每天都刮得干干净净，怕我说他老。

孙鲁西对妈妈说，他不想每天下午守候在学校大门口，跟那些老年人扎堆闲扯，东家长西家短，心态都变老了。冯英妹闻言一点也不吃惊，她好像早就有心理准备似的。冯英妹说，是啊，我也在想这事呢，你年纪轻轻，总是跟老东西混在一起，就会老得快。那你不要去接右海了，我让你爸爸去接吧。

对于右海，刚开始孙鲁西是接、送、陪三包，后来变成只接送不陪伴，接到右海后，直接送到奶奶身边，再后来就只送不接，下午改由奶奶接。现在更省事了，接、送、陪三样都免了。

用不着接送右海了，孙鲁西重获自由，优游自得地消磨时光，但很快又被一种无聊感所笼罩。孙鲁西觉得，自己跟外部世界格格不入，做什么都不成，还是跟书籍待在一起更合适，更踏实，更安宁，思想和心灵都像长了翅膀似的。好比自以为是的父亲孙长戈，只有跟枪支弹药待在一起才觉得舒坦、踏实、得心应手一样。让父亲跟书籍和思想待在一起，他就觉得别扭，哈欠连天，眼神空洞而滞涩。自从离开了公安政法系统，孙长戈总是一副怀才不遇的样子。尽管出身农民，但他并不喜欢农业管理岗位，他的心跟军人贴得更近。父子俩看上去完全不同，其实也蛮像的，都是一根筋。

孙鲁西重新制订了一个庞大的读书计划，列出的书单中包括古今中外各种文史哲典籍。他打算重新梳理和整合现有的知识体系。在阅读中，孙鲁西发现，现代人好像什么都知道，其实是一叶障目，充满盲视。古人，尤其是中国先秦和古希腊人、古印度和古波斯人，也就是那些“轴心时代”的先哲们，好像刚从自然状态中走出来，懵懂无知的样子，其实却能够鉴天察地，无所不知。孙鲁西被古书迷住了，一头扎进了故纸堆，把自己也变得像古书似的，脸色灰暗。冯英妹很着急，总是鼓动孙鲁西出门转转，不要整天躲在书斋里。孙鲁西有时出门去溜达，心思也依然沉浸在书和思想中。他试图把自己的想法记录下来，可是每当在桌前坐下来，就感到无从下笔，写出来的全是一些类似于古人的言辞，是对古人的拙劣模仿。他的心被古人的智慧锁住了，以至于大脑和语言都滞涩起来。越是写不了就越焦虑。为了排解焦虑，孙鲁西开始为自己找借口，说古人已经写得那么多那么好，我还来添什么乱啊？孙鲁西心里很苦闷，想找人聊聊，首先想到的自然是老同学。

包海苏一年前就去了澳洲，是追随许纯艺而去的。到了那边才知道，许纯艺已经跟另一个男子同居。包海苏扑了个空，但也不想回来，就滞留在墨尔本。据说，包海苏就租住在许纯艺的居所附近，为的是能经常见到许纯艺。这听上去很诗意、很浪漫，像十九世纪初期的故事，其实也很无聊，就是在将缩短的肉体距离假想成心理距离，自欺欺人。但一个年过半百客居异国的文人，除此之外还能干什么？每次跟张千颐通电话的时候包海苏都说要回来，但一直不见人影儿。张千颐终于熬成了杂志社理论处副处长。他对孙鲁西说，他跟沈歌旗的肉体距离和心理距离都为零，两人合而为一，在日常生活里水乳交融，自然而然，听上去很圆满吧？其实也就是平淡，互相都一点感觉、一点激情、一点精神性的东西也没有了。把想法都变成行动，落实到生活实践中去，这也是一种生存的智慧。只是我不再有读书的耐心和兴趣了，张千颐说，你却还在读书，而且还有这么庞大的读书计划，最幸福的就是你啊！

还是在江心岛上的“葵花酒吧”，孙鲁西和张千颐，两个头顶微秃、神情疲惫、老态初现的中年男子面面相觑，不再有前些年众人相聚时的热情和喧嚣。张千颐说，你为什么苦恼和犹豫不决呢？因为你目标不明。想当年，我们读书的热情那么高涨，举着理想主义的旗帜，其实背后有一个强大的东西做支撑，就是要拿学位，也就是说，有功名利禄在背后。孙鲁西当然不赞同这个说法，当年在学校读书的时候，他每天都在字里行间寻找意义。张千颐继续说，没有实实在在的东西做支撑，纯粹为读书而读书，很难持久。这个说法孙鲁西更不赞同，功利主义读书法，既亵渎了书的纯粹性，也亵渎了人的纯粹性。孙鲁西不想再跟张千颐讨论读书的目的，他们讨论起读什么书。

张千颐说，古人思接千载，立意高远，文章也能流传久远。比如读老庄孔孟吧，你会发现那里面无所不包，无所不知，无所不能。读古人著述，你会觉得自己也变得视野开阔，思维高深，智慧满满。但是，古人就像一个巨大迷人的能量场，像一个精神的“黑洞”，你会被他们吸进去，你会消失无踪，你的一切动作都会变得幼稚可笑。最后，你只能懒得想、懒得说、懒得写，直到懒得动，在古人制造的精神摇篮里昏昏欲睡。现代人就不一样了，现代人是从古人的精神摇篮里觉醒过来并突出重围的人。现代人的著述，与其说是在讲真理，不如说就像闹钟，把你从精神摇篮的昏睡中唤醒，让你起立、走动、长大，获得动作和实践的能力。比如读法国作家卢梭、狄德罗、伏尔泰、孟德斯鸠的书，读着读着，你就会蠢蠢欲动，人也活起来了。不读这些书籍，你就有可能不会行动，不会成长。

孙鲁西突然激愤起来，他说，在学校的时候，从古希腊先哲到启蒙哲学，再到辩证唯物主义和历史唯物主义，我着迷于那些西方先哲，我也一直在践行“实践哲学”的理念，结果怎么样呢？如今，我就像歌曲里唱的那样，我没有了豪情万丈，我只有满怀的疲惫和酸楚的泪。我只能避开那些西方哲学的思想，我想回到我们古代的哲学家那里去，回到所谓的“自然”之中去。我想在古人制造的精神摇篮里安歇，我想堕入“永恒”和“万劫”。我想过，我说过，我做过，然而，我全部都错了，我一无是处，我就是废物！我为什么要醒？我为什么要动？为什么不可以安眠？老庄就是我的安眠药。

张千颐本想安慰孙鲁西几句，像在学校的时候一样，像刚走上社会的时候一样。但转念一想，孙鲁西也都这么大年纪了，不应该总是把自己定位在被安抚的角色上，应该安抚别人才对。张千颐冷冷地说，吃安眠药倒是一个权宜之计。但你也不可能永远安眠，除非你去死。只要你活着，你就必须是一个“动物”。“动”也分很多类型，除了活动四肢的劳动实践之外，脑动、心动、思想动、梦里动、潜意识的动，都是动。写作就是属于后面这种。但无论多么细微的“动”，都需要动力，都需要刺激，而不是安眠。古人的书就是有安眠效果，现代人的书就是有刺激作用。读现代人的书，就想做事，想说话，想写作。你的确是想过、说过、做过，但你很少写！你曾经在报纸副刊发表过的那些文字，也是急就章，糊弄一下大众读者，根本算不上你自己的什么著述，也不能代表你的水平，何况还是昙花一现。我一直认为你是有能力的，但你的能力卡在“写”这个动作上。写，其实就是一个成型思想的语言化过程。不能写，你的思想就永远也无法成型，你就只能淹没在古代人或现代人的思想阴影中。

张千颐击中了孙鲁西的要害。写作的确也是一种“动”。为了逃避这个“动”，孙鲁西遁入沉思默想中，还打算用“不立文字”“不落言筌”作借口。古人的写作，是一种瞬间抵达的实践，试图即刻解决问题，是对神和圣的模仿。现代写作恰恰相反，它是一种渐进式的实践，逐步摸索着接近目标，是对日常世俗生活中的自我的呈现。没有对日常生活真谛的深入了解，没有对俗世生活的充分肯定，现代写作是无法展开的，语言也不能提供支撑。孙鲁西的日常生活是消极被动的，或者说主动权并不在他自己手里，他对俗世没有亲近感，对别人的日常生活也不感兴趣。其实即使是古人的写作，也是对古人日常生活的呈现和感悟，《诗经》、《楚辞》、陶渊明、李太白、杜子美、白居易，莫不如此。就这样，孙鲁西像一条笨重的鱼，搁浅在干涸的知识和思想沙滩上，渴望着，挣扎着，没有生活的潮水，将他卷回水中。

第二个学期开学后，冯英妹干脆让右海住到自己这边来，到了周末才让苗蔓接回去。平时，冯英妹主管右海的居家生活，接送的事情就派给了孙长戈。孙长戈刚开始有抵触情绪，说孙鲁西自己生了儿子不管，凭什么让退下来休息的老爹管？冯英妹说，你生了那么多儿女，你管过吗？孙长戈愣了一下，说，我干了一辈子革命，现在也是在执行组织上的命令，回家休养。你儿子呢？整天一副资产阶级老爷做派，遇到困难就当逃兵。冯英妹知道孙长戈又要开始打官腔，便用从孙长戈那里学来的腔调反击。冯英妹让孙长戈不要攀比，要对照检查自己，不要躺在革命功劳簿上睡大觉，不要吃老本，要立新功。冯英妹说，从前你也不是尽善尽美，希望你把握好这个将功补过的机会。孙长戈反驳说，谁睡大觉了？我还要继续学习进步呢，我打算报名参加老年大学的书画班。冯英妹严厉批评孙长戈，说他退休后革命意志衰退，事不关己，高高挂起，敷衍了事，得过且过，做一天和尚撞一天钟，还拈轻怕重，把重担子推给人家，自己挑轻的，对待家人和儿孙，不是满腔热忱，而是漠不关心，麻木不仁。孙长戈被冯英妹批评得哑口无言，只好领了这个艰巨的任务，每天接送右海。

第一次去学校接右海的时候，康爷爷猛地见到孙长戈，以为是孙鲁西，大吃一惊，说前些天夸你年轻，怎么突然之间就变相了，看来骄傲真的使人落后啊。孙长戈冷眼盯着康爷爷，不搭理他。康奶奶定睛一看，发现竟然是孙厅长。康奶奶说，哟，怎么是您呢？我的老领导啊！康爷爷说，什么？老领导？我们还以为是右海他爷爷呢。孙长戈用严厉的口吻说，本人正是孙右海的爷爷孙长戈！康爷爷这才知道，前些天接送右海的人，是孙厅长的儿子。康爷爷觉得很抱歉，说自己看走了眼。孙长戈嘴上说无妨，心里已经把康爷爷否定了。试想，如果当年自己担任侦察连长的时候也经常看走眼，那革命还要不要成功？试想，搞“四化”也经常看走眼，那现代化啥时候能实现？像康爷爷这类人，上班的时候都是在伪装，退休后昏庸本性才原形毕露！

现在只要孙鲁西一进父母家的门，孙长戈就要让孙鲁西自己去接右海，说一代人有一代人的职责。爷爷接孙子理所当然，父亲接儿子更理所当然。冯英妹挺身而出，为孙鲁西辩护。冯英妹用激烈的言辞阻止丈夫对儿子的批评，因此老两口难免发生争执，有时候还很激烈。孙鲁西既自责，又厌烦。为了避免刺激父亲，孙鲁西决定没事就尽量少出现在父母面前。冯英妹对孙鲁西说，一个人孤寂地躲在家里会影响身心健康，没事要出来走走，溜达几步就到家里，不要计较你父亲，他也就发几句牢骚而已，我会管着他的。冯英妹还说，如果需要的话，她可以带右海住到苗蔓这边来。孙鲁西连忙说不用，说他会经常过来陪妈妈的。看着妈妈不安的目光，孙鲁西觉得，自己就是一个累赘。

苗蔓还是每天在外面忙碌，把家当旅社，孙鲁西尽管有看法，但他既管不了，也没有兴趣管，两人过着例行的夫妻生活。每逢周末，苗蔓会全身心地陪儿子，逛街，吃美食，去教堂做礼拜，去见右海的教父教母，有时候还会带着右海跟关竟崇和褚幼珺一起吃晚餐，直到周日晚上九点，才把右海送回爷爷奶奶家。平时右海不在，苗蔓下班后见不到儿子，面对书斋里的孙鲁西，心里不痛快。苗蔓说，右海小小年纪就过上了寄宿生活，想着就心痛。如果孙鲁西负点责任，把右海照顾好，那就什么问题都解决了。但是苗蔓又有什么资格要求和责备孙鲁西呢？苗蔓只有怨自己，怨命运，有时候还默默地埋怨孔周南。

对苗蔓而言，苗杏和廖秋约在家陪右海的时光令人怀念。苗蔓越是怀念，越感到空虚，那些日子一去不返了。苗蔓有时扪心自问，自己整天在忙什么？在给谁打工？瘫痪在床的父亲去世之后，母亲就跟苗桃一起生活，自己的压力和牵挂少了，只需要给苗桃一些贴补。仔细一想，苗蔓才明白她其实是在为自己打工，用忙碌去填补自己心灵的空虚，同时为自己寻找安全感。

妹妹苗杏也有她自己的生活。苗杏跟老乡农小兵分手之后，突然嫁给了本市居民萨义山，一个三四十岁的单身男人。萨义山的前妻跟一个香港老板跑了，他孤身一人颓废地活着。萨义山原本是G市文化局的工作人员，怀着当诗人的梦想，用笔名“萨依山”写诗，平时自我介绍也喜欢用这个名字，仿佛故意要混淆文学和现实，沉浸在诗歌的世界里不出来了。但这个梦想一直没有变为现实。萨义山当年从A大学历史系毕业，分配到市文化局理论研究室。所谓“理论研究室”，跟理论一点关系都没有，主要的职责是给领导写讲话稿，为单位写向上级汇报的总结材料。萨依山提出过质疑，领导说，讲话稿和总结材料不是理论吗？理论性强着呢！萨依山一想也是，那些材料的确不容易写，没有点理论水平还真干不了，于是就安心踏实地写了几年，回头一看，两手空空，年华虚度。讲话稿上署的是领导的名字啊！我萨依山，堂堂一位诗人，整天替人做嫁衣，成何体统？萨依山趁着离婚时攒下的怨气和火气，跟领导吵了一架，愤然辞职。他一边写诗，一边跟人合伙做生意，两样都没有明显成效。萨依山家里没有兄弟，他只有一个嫁给市郊方兴镇神佑村小学教师、后来一直寡居的姐姐萨义梅。父母过世留下了一些积蓄和一套三居室的房子，萨依山文化局这边还有一套小两居的福利房，他自住一套，出租一套，就这样浑浑噩噩地活着，酗酒，去夜总会和洗浴城，写诗，接待各地来的流浪诗人。直到经济上难以维持，他才承租了一个小店面，出售鲜花礼品和居家装饰品。

萨依山经常到苗杏的打印店去打印诗稿，认识了比他小十几岁的苗杏，虽说不是一见钟情，但也算得上是一对有缘人。萨依山自称有贵族血统，一会儿说是铁木真和买买提的后裔，一会儿又说是马哈茂德和阿里巴巴的遗胤，自己把自己都弄糊涂了。苗杏在乡下长大，没有见过诗人，更没见过贵族。她被萨依山身上那种大城市人的古怪做派和风格所吸引：一点不修边幅、一点慵懒散漫、一点颓废虚无，外加一点浪漫多情。萨依山的贵族血统也不能说完全是假的，他皮肤白净，深深的眼窝，高高的鼻子，居住在老城区光塔路怀圣寺附近，一个满、蒙、回等少数民族聚集的地区。两个单身人相遇，一个离了婚，一个失恋中，苗杏很好奇，萨依山很兴奋，两人各取所需，一拍即合，立马闪婚。苗蔓以为妹妹只是一时兴起，在一块儿玩玩，没想到她突然要结婚，弄得苗蔓措手不及。

苗杏和萨依山的结婚仪式很简单，双方的亲人和朋友聚到一起，开了四桌酒席。主桌是苗蔓和孙鲁西、冯英妹和孙长戈带着右海、萨依山的姐姐萨义梅。苗蔓的同事和生意场上的朋友一桌，苗杏的朋友和老乡一桌，萨依山的诗人朋友一桌。趁着他们去敬酒的空当，冯英妹悄悄对孙长戈说，这个萨依山看上去一表人才，就是年纪大了一点。孙长戈说，身板儿是直的，精神状态有点疲，跟你儿子有得一比。冯英妹不高兴，说孙长戈是变着法子贬低儿子，总是跟自己的儿子过不去，没见过这样吃儿子醋的人。

结婚后，苗杏才发现，萨依山又是酗酒，又是赌博，性功能似乎也有问题，一会儿亢进，一会儿无能。萨依山每天早起，狂热地写诗，不能说不勤奋。但日常生活中却懒散成性，坐吃山空，还偶有家暴。两人在一起不到半年，苗杏就提出离婚，萨依山不同意，苗杏就跟萨依山分居，占据了文化局分的小两居房子。另外那套三居室的房子，其实不完全属于萨依山，大姐萨义梅也是合法的继承人。只是大姐在乡下家里有一幢自盖的小楼，不惦记这套房子而已，不出售也就罢了，出售就得分给大姐二分之一。

萨依山到苗杏的姐姐家来说理，碰到孙鲁西，哭哭啼啼地要求孙鲁西帮忙，让苗杏不要抛弃他。萨依山说，这就是贵族和诗人的遭遇，永远无人理解，永远遭受蹂躏，永远孤独无依。听说姐夫也是 A 大学的校友，是作家兼哲学家，有相见恨晚之叹。孙鲁西同情萨依山，但泥菩萨过河自身难保，也帮不上什么忙，只有彼此勉励好自为之。

萨依山隔三岔五就往孙鲁西家跑，好像遇见了一位久寻不得的老友，而忘记了自己之前来找他的初衷。萨依山说他原本对古代民族史有兴趣，一度迷上了“中古三夷教”（祆教、明教、景教）研究，那是 A 大学的优势学科，他还曾经打算跟随一位著名的民族宗教史家去读研究生。没想到，一直不搭理他的同班同学黄莹雨突然给他回信，说要跟他一起并肩战斗，为四个现代化服务。黄莹雨分配到省社科院历史所，研究外贸史，就是那位后来跟香港商人跑了的萨依山的前妻。关于文史哲，关于写作，两位连襟有很多共同话题，每一次都聊得火热，把苗蔓和苗杏丢到了脑后。萨依山将一套自己心爱的“古波斯文学经典文库”带给了孙鲁西，叮嘱他一定要好好地读这套伟大的经典。萨依山说，古波斯文学，是文学和精神史上的神迹，是希腊思想和东方文明滋养下生出的一朵奇葩。萨依山大段地背诵古波斯诗人内扎米的《蕾莉与马杰农》中“蕾莉之死”那一段：

我之所以年纪轻轻就过早地殒命，
是因为见不到情人过分地悲痛。

为我描眉须用我情人身上的尘土，
覆盖我的尸体须用我情人的衣物。

请用眼泪的花露濡湿我的发丝，
请用痛苦的香料熏染我的尸体。

要用黄花做我尸体的防腐剂，
代替樟脑的须是冰冷的叹息。

请用鲜血染我的寿衣，
要使色彩鲜艳如举办婚礼。

应把我打扮得犹如新娘，
然后再放进墓穴埋葬。

并请通知我那流离失所的情郎，
我已告别人间，远离家乡。

他将会痛不欲生地急来奔丧，
扑向我的坟冢凄沁五脏。

他日夜期待的是美艳名姝，
所看到的却是一堆黄土。

那个流浪汉将伏在我的墓上，
哭得满面泪痕，嗟悼凄怆。

萨依山热泪盈眶。他说这是用血泪写的诗，没有技巧，只有灵魂的呼告。这是古人的特点和古诗的绝对优势。孙鲁西表示赞同，说当代诗歌什么都不缺，缺的就是灵魂，因为诗人一味地自恋，他们除了诗歌之外，什么都不爱，因此，读者和人民也不爱他们。这是当代诗歌的症结和死局，也是这个时代精神的症结和死局。

孙鲁西和萨依山以古今两个不同时代的“贵族”自居。萨依山是“古典贵族”，他说他的祖先是古波斯人，曾经是撒马尔罕城的管理者。孙鲁西是“现代贵族”，父亲是打天下的功臣。两位“贵族”同病相怜，气味相投。他们借着讨论思想、精神和文学，臧否人物和时代，以此抚慰自己苍白的心。跟孙鲁西的冷静、理性、沉默相反，萨依山心里总是燃烧着热情的火焰，总觉得内心的爱无处安放。遇见意中人，他就有扑上去紧紧拥抱的冲动，但时机总是把握不当，给人一种怪异的感觉。

苗蔓不支持苗杏离婚，她觉得萨依山跟孙鲁西一样，都有些痴气，但情感态度还是严肃认真的，颓废疲沓的外表底下，藏着执拗和骄傲，藏着一颗热烈的心，仅此一点就已经很难得了。听了姐姐的话，苗杏不置可否，继续跟萨依山耗着。苗杏关闭了自己经营多年的复印店，帮姐姐打理公司业务。

苗蔓跟东市区中医院的关系若即若离。她把主要精力用于经营自己创办的“妙曼文化公关公司”，承接企业品牌营销的业务，利用媒体资源做公关。食品卫生保健行业事故频频，应急公关业务需求量大。苗蔓既有媒体资源，又有卫生系统的人脉，化解危机的能力很强。但她也不轻松，事来了，就忙得脚不沾地，平时没事的时候，还得跟关系户保持联系。

最微妙的就要数市卫生局局长薛章秉了，尽管他跟孙钢花离了婚，苗蔓还是一口一个姐夫地叫，哄着他，供着他。薛章秉的确帮助苗蔓化解了不少危机。他对苗蔓的请求从不拒绝。对于苗蔓，薛章秉还保持着第一次见面时的印象：漂亮又朴素，知性且单纯。当时，薛章秉毫不吝啬地出手帮助落魄的苗蔓，一个重要原因，就是第一眼被苗蔓的长相吸引了。如今，薛章秉似乎是故意对苗蔓巨大的变化视而不见，他希望眼前的苗蔓，还是他印象里那个苗蔓。

江边的“星群大厦”顶楼四十八层的豪华旋转餐厅，是苗蔓和薛章秉见面的老地方。餐厅以每小时一圈的速度缓慢移动，G 市风景尽收眼底：近处的街市和车流，江景和游轮，远处青灰色的山峦。精于官场之道的薛章秉，眼里长期放射出冷漠且恍惚的光，除非在他的上司面前。此时此刻，他的眼神里也透出罕见的柔和，不时地盯着苗蔓发痴。苗蔓正襟危坐，分寸把握得恰到好处。第一次见薛章秉的时候，苗蔓就发现薛章秉的眼神暧昧，说色眯眯也不为过，她感到有些害怕。现在薛章秉的目光依然如故，不过，苗蔓已经能应对自如，她对薛章秉的暧昧言辞和目光视而不见，有时候也会隐隐约约地回应一下，既保持了风度，又保留了继续交流和沟通的可能性。苗蔓知道，既不能拒薛章秉于千里之外，又不能跟他距离太近，多一寸或少一寸都不合适。这种分寸感，是人生历练的结果，其中甚至可能包含着血和泪的代价。薛章秉频频举杯邀请苗蔓喝红酒，苗蔓也举杯应酬，但不会真喝。她不时地议论着风景、街市、江水和远山，这经常成了她化解紧张的挡箭牌。审美成了欲望的解除剂。有时候她会提起孙钢花和孙鲁西的名字，故意打听一下外甥女的情况，其实是在提醒薛章秉注意身份。还有一点，苗蔓也把握得很得体，就是不让薛章秉买单，让薛章秉处在被请、被求、被敬的位置上。一旦薛章秉打电话帮助苗蔓摆平了难题，达到了苗蔓的目的，她就立即找借口撤。

孙鲁西知道苗蔓跟薛章秉走得近，很不高兴，认为苗蔓做人只有利益，没有原则。苗蔓出去谈业务回来得晚一些，孙鲁西就跟她赌气，有时候，他一连几天都不跟苗蔓说一句话。苗蔓心里很委屈。尽管她觉得家里氛围不好，但也不想辩解，当时跟孔周南之间那么大的事情她都没有辩解，何况这样的小误解！苗蔓问心无愧，也就没有压力，她在远远地观察着赌气的孙鲁西。有时候，苗蔓内心里会闪过一丝隐约的兴奋，为孙鲁西还在乎自己而兴奋，同时也为多年夫妻依然不能相互理解而感到悲哀。

玄鸟录

（孙鲁西）

*

第七章　唐代的古波斯诗圣

其实我对古波斯文学很陌生，只知道郭沫若先生二十年代从英文翻译过来的《鲁拜集》，作者是莪默·伽亚谟。因萨依山的推荐，我开始读古波斯文学作品。

公元五世纪到十世纪，被视为欧洲的“黑暗中世纪”，继之而起的，是发端于欧洲风靡全球的“文艺复兴”运动。与此同时的东方文明史不甚相同。中国的唐宋盛世以及明代市民社会和市民文艺兴起，不是用“黑暗中世纪”可以概括的。古波斯文学的复兴，是公元九世纪到十四世纪的一个人间奇迹，它的尾声刚好重叠了文艺复兴的先声。古波斯文化跟阿拉伯文化的融合，琐罗亚斯德教（又称拜火教或者祆教）跟伊斯兰教的融合，催生了波斯文明和阿拉伯文化的新生。波斯文明也是沟通西方古希腊文明和东方中国文明的桥梁，是古希腊思想和古中国文明的交换站。

西方的中世纪，正是波斯文艺复兴之时，出现了一大批著名诗人：鲁达基（858—941）、菲尔多西（940—1020）、海亚姆（1048—1122）、鲁米（亦译莫拉维，1207—1273）、萨迪（1208—1292）、哈菲兹（1327—1390）等。这些诗人中的鲁达基，被誉为“波斯诗歌之父”。鲁达基奠定了古波斯诗歌的形式，古波斯诗歌常用的四种基本诗体，有两种是他的创造。其中最著名的就是“鲁拜体”，也叫“四行诗”，跟我国的“绝句”非常相似：共四行，第一、二、四行押韵——

我的眼睛因思念变得玛瑙一样红，	君问归期未有期，
我的秘密使我绽放花一样的面容。	巴山夜雨涨秋池。
眼泪是我同人们谈话的言语，	何当共剪西窗烛，
秘密却深深地隐藏在我的心中。	却话巴山夜雨时。
（鲁达基）	（李商隐）

它们的不同之处在于，中国诗歌讲“平仄”（声调），波斯诗歌讲“音步”（节奏和节拍）。这是表意文字跟表音文字的差异导

致的结果。中国古代的“绝句”，起源于公元2—3世纪的“乐府”。古波斯“鲁拜体”（四行诗）的起源，无疑是九世纪之后的事情。我在猜想，“鲁拜体”诗歌的诞生，会不会跟中国的绝句有关？毕竟波斯文化和古中国文化之间有着密切的联系。隋唐之际有大量波斯使者、商人等“蕃客”，滞留在中国的都城和大型港口城市，尤其是广州、泉州、扬州、长安，都设有波斯人聚居区，文化交流密切而频繁。中外交流史上有许多名著，如《诸国风土记》《巴图塔游记》《世界各地珍异物香味书》《撒马尔罕的金桃》《中国伊朗篇》等，对此有详细记载。

唐末至五代的词人李珣（约855—约930）也是波斯人，李唐皇帝赐予李姓，身份为宾贡（即异族优秀士子）。黄巢起义之际，李珣随唐僖宗李儇入川。后蜀何光远《鉴诫录》卷四记载：“宾贡李珣，字德润，本蜀中土生波斯也。少小苦心，屡称宾贡。所吟诗句，往往动人。尹校书鹗者，锦城烟月之士也，与李生常为善友。遽因戏遇嘲之，李生文章，扫地而尽。诗曰：异域从来不乱常，李波斯强学文章。假饶折得东堂桂，胡臭薰来也不香。”好友尹鹗，用诗歌取笑李珣的狐臭。李珣著有词集《琼瑶集》，诗词收入《花间集》。其弟李玹（李四郎）曾供职前蜀宫廷，精通医药术和炼丹术。其妹李舜弦，不但貌美，还是一个才华横溢的诗人，被蜀主王衍看中。皇后因李舜弦的异族身份而反对，但王衍被李舜弦的狐臭所迷惑，三日不见便精神萎靡，特别宠爱她，还封她为昭仪。

更有意思的是，中国籍的波斯人李珣，跟波斯大诗人鲁达基是同龄人，他们生活在相距万里的不同国度，一个在前蜀都城成都，一个在丝绸之路西边的撒马尔罕，同时写着关于爱情的诗篇，一个缠绵凄恻，一个明晰热烈。撒马尔罕是鲁达基的故乡，那是一座神秘的城市，一座令亚历山大大帝惊叹不已的城市，是丝绸之路上的重镇。十三世纪初期，成吉思汗曾经征服过这座城市。道教大师丘处机曾经去撒马尔罕觐见成吉思汗。这也是一座令我神往的城市！多少次在梦里与它邂逅！有机会我一定要去乌兹别克斯坦，朝拜那座有两三千年历史的古都。

第十二章

•

孙鲁西和萨依山的偶遇，让两个孤独的灵魂彼此找到了依靠。如今两个人有事没事都凑在一起。孙鲁西有时候还会去市中心旧街区闲逛，找萨依山聊天。如果赶上周末，萨依山就领着孙鲁西去自己家附近的怀圣寺，旁观礼拜仪式。孙鲁西这才发现，萨依山还是一位虔诚的教徒。孙鲁西反思自己，儒释道耶什么都懂似的，却对什么都没有确定的信念，朝三暮四，缺少虔诚，那个可笑的“自我意识”总在作祟，想来令人脸红。孙鲁西试探着跟萨依山探讨信仰问题，萨依山说，他从小就跟着父母去怀圣寺做礼拜，习惯成自然，这一套仪式和思维已经跟自己的呼吸和血液融为一体了。萨依山说，自我意识和理性都是信仰的大敌，他自己也有很强的自我意识，这是现代人的理性依赖症，也是现代教育的后果。如果没有虔敬和信仰，现代意识就会变成一种累赘。因此，仪式是必要的，它可以缓慢地修正你的心灵走向。

孙鲁西和萨依山名义上是连襟，其实随着他们各自的婚姻出现问题，连襟早已名存实亡。苗杏跟萨依山分居，苗蔓跟孙鲁西若即若离，他们的心理距离，恐怕比苗杏和萨依山之间的还要大。苗蔓和孙鲁西，两个失魂落魄的人，在家里几乎难有深入的对话。而萨依山和孙鲁西，两个难兄难弟，到一起就有说不完的话题，古今中外，天上地下，人类的思想困境，人类的信仰危机。他们更像是一对精神兄弟。他们都是世俗生活中的失败者。他们多少有一些精神洁癖，尤其是对词语使用有洁癖。他们成了“葵花酒吧”的常客。两个消瘦忧郁的男人，坐在临江的雅座里，把酒畅谈。

孙鲁西之所以没有什么生活压力，主要是苗蔓能挣钱，小家无须他操心。另外，他还承担着替孙党花、孙钢花、孙梁山陪护父母的职责。母亲和哥哥都给了他定心丸，他只需要陪在父母身边，安心读书写作就行。为此，孙长戈生气说，我不需要什么人陪护，让他该干什么就干什么去！冯英妹说，老东西，你不要嘴硬，再过几年你的腿和腰都软了，你的嘴巴就硬不起来了。年过七十的孙长戈听了冯英妹的话，心里也有些发虚。可是，孙鲁西连自己都管不好，还管别人？他还整天思考人类得救与否的问题，还要解放全人类，简直是不自量力！孙长戈每每想起这些就来气，既有恨铁不成钢的怨气，也有教子无方的羞愧。有时候转念一想，孙鲁西尽管没什么出息，但毕竟是自己的儿子，何况还有妻子冯英妹在一个劲儿地护犊子，自己也只好睁一只眼闭一只眼，由他去吧。

跟孙鲁西的日子相比，萨依山就过得局促一些。他后悔自己当时做事太急，连个辞职报告都没给单位交，相当于摔门而去，导致如今没有任何生活保障。刚跟苗杏结婚的时候，苗杏就让萨依山退掉了他的鲜花礼品店，又租下复印店隔壁的小店面，将打字复印和鲜花礼品合而为一，全面升级。后来两个人闹离婚，苗杏便关掉了小店，她索性去当了苗蔓的助理。萨依山就这样再一次失业了。现在每次在外面喝酒消费都是孙鲁西抢着结账，这让萨依山很没面子。

萨依山租回了原来那个店面，继续做他的鲜花礼品居家饰品小生意。但他不愿意整天守在店里，打算雇一个打工妹来看店。孙鲁西建议聘用曾经“玄鸟”互助小组里的劳小花，她男朋友蒲用余得急病回湖南老家了，劳小花还留在 G 市打工，苗杏也认识她。萨依山一听跟苗杏有瓜葛，有点打怵，便拒绝了。他写了一张招聘广告贴在店门前。有女孩进店应聘，说话带四川口音，警惕的目光掩饰着单纯和幼稚。萨依山一看，还是跟苗杏有关系，发型和脸部轮廓都像苗杏。女孩盯着萨依山看，萨依山发现，她的眼睛跟苗杏差别还是很大的，苗杏是单眼皮，刚睡醒的时候是肿的，每天早晨都要热敷，而这个女孩是双眼皮，眼窝很深，身材也比苗杏丰满，小 T 恤都快要被绷裂了。萨依山看了看女孩的身份证，安草珍，梓潼县王阁镇人，二十周岁。萨依山对女孩说，工资不高，但也没有什么压力，看店而已，店铺后面隔出了一小间，有电视和沙发，可以睡觉，能省去租房子的钱，没有固定假期，有事需要临时离开都好商量。安草珍问要不要交押金，要不要扣押身份证，萨依山说不用，大家彼此信任。他们很快就谈妥了。

安草珍也很爽快，她把双肩背包往后面沙发上一撂，立即就开始上班。安草珍说话语速很快，一看就是个急性子。她最大的爱好，就是嗑瓜子，无论什么瓜子，葵花籽、南瓜子、西瓜子，无论是饱满的还是干瘪的，无论形状是正的还是歪的，她都能一嗑两半，瓜子壳儿和瓜子仁儿都完好无损。如果没有别的事情打扰，安草珍能整天坐在那里嗑瓜子。她神情专注，节奏均匀，有条不紊，干净利索，小嘴一开一合，让人担心她的嘴唇会麻木成一台永不停歇的机器。

萨依山本可以做甩手掌柜，但他偏偏是个劳碌命，总是惦记着小店和安草珍，经常要去店里走一走，看一看，检查一下货物销售情况，还教安草珍自己学着去进货。萨依山问安草珍是否习惯这种生活，看店是不是很单调，安草珍说习惯，比在郊区卖电机的五金店打工要轻松些。安草珍说，单调才好呢，跟嗑瓜子一样单调。萨依山每次来店里，都被安草珍嗑瓜子的节奏所控制，以至于他不敢正视安草珍的嘴巴。但他又总是忍不住转过脸来，瞥一眼安草珍，只见瓜子壳儿一片一片从她的嘴巴里飘出来。安草珍的嘴微微凸起，下唇比上唇还要厚一点，给人一种要飞起来的动感，红润的颜色是自然而然的，她从不涂唇膏。

萨依山对安草珍说，早晨进货的花好看，新鲜欲滴。安草珍说，新的东西总比旧的东西好，到了下午，这些花就只能降价处理，嗑瓜子也一样，旧瓜子比新瓜子费劲，味道也要差很多。萨依山说，鲜花不能久留，到晚上就会枯萎。安草珍说，是啊，人也一样，我妈妈年轻时很漂亮，后来老了就慢慢地干瘪了，这些花就更是短命鬼。萨依山说，晚上不会有人买花，晚上就卖贺卡和公仔吧。安草珍说，来买花的人，都是有钱人和年纪大些的情人，来买贺卡和公仔的人，都是学生和小情人。萨依山发现，安草珍嘴唇的颜色就像那种高级变色唇膏，早晨和下午不一样。每到晚上，安草珍的嘴唇就变得苍白，但嗑瓜子的力度和速度都丝毫未减，还是那么利索又急促。

刚开始，萨依山每周两次到小店视察工作，后来他每天都要到店里看一看，跟安草珍聊聊天。安草珍也注意到，这个老板跟他以前遇到的老板不同。这个老板是好人，心细而且善良。因此，只要萨依山来了，安草珍就会把嗑瓜子的节奏放慢下来，有时候甚至会停一停，让嘴巴停歇在半空中，成为萨依山审视的对象。静止的嘴唇尽管能够看得更清楚，但缺少动感和活力。

半个多月后，安草珍突然提出要请一天假，说在郊区打工的老乡叫她去聚会。萨依山准了假，这就意味着萨依山自己要顶安草珍的班。没想到安草珍走了两三天都不见回来，她又没有手机，只能干等，萨依山急得像热锅上的蚂蚁，天天站店铺门口。萨依山还寻思，安草珍是不是找到了更好的工作，不再回来了？直到第五天傍晚，安草珍突然出现在萨依山面前。她一进门就直奔后面的小间，扑倒在沙发上大哭起来，骂蒲寅生是个畜生，说自己对不起安金刚。

同村的安金刚是安草珍的第一个男朋友，他们结伴到南方来打工。刚到陌生的异地，安草珍害怕，要紧跟着安金刚，心里才感到踏实些。温和的安金刚，性格跟他的名字刚好相反，一点也不“金刚”，像块抹布，疲沓，慵懒，没有血性。

安草珍渐渐开始对安金刚不满，人前人后不给他面子，湖南邵阳人蒲寅生就想乘虚而入。

蒲寅生和他的老乡们聚居在那个郊区小镇，每人一辆宏达汽油摩托，他们招摇过市，垄断了摩托拉客的生意。安金刚不愿在工厂打工，觉得没有半点自由，而且干活的时间很长，工资又很少。安金刚学湖南人，也买了个二手摩托载客，被蒲寅生带人揍了一顿。安草珍见蒲寅生欺负安金刚，就冲上去扇了蒲寅生一个耳光。蒲寅生不但不生气，还冲安草珍笑，说安草珍的手又白又软又嫩，好舒服。安草珍被蒲寅生逗乐了，拉着安金刚离开。安草珍让安金刚继续去载客，安金刚说他不敢，怕被打。安草珍气得哭起来，说你还是不是男人啊！

安草珍对安金刚心生不满。蒲寅生则有事没事就在安草珍身边打转，用情话和礼物撩拨安草珍，还给安草珍送花。安草珍从来没收到过男人送的鲜花，内心激动，就顺着心思跟蒲寅生好上了。安金刚哭了一场也就拉倒。

安草珍这次进城找工作，是因为跟蒲寅生吵了架。蒲寅生说安草珍勾引了跟他一起载客的老乡蒲德明，突然醋意爆发，跟安草珍大吵起来，打了安草珍一巴掌。安草珍说她没有勾引蒲德明，是蒲德明勾引她，有本事打蒲德明去。蒲寅生说蒲德明老实，不会主动出击，他看到安草珍向蒲德明抛媚眼。安草珍说，抛媚眼也得他接住啊，他明知道我们在一起，还接了媚眼又抛回来。蒲寅生说，你是不是要唆使我打我的老乡啊？安草珍说，你打我那么顺手，打别人就犹豫不决啊？蒲寅生说，我打了你一巴掌，每天晚上都在向你赔礼道歉，你还要怎么样？安草珍说，打女人不算本事，有本事跟男人打。

别看蒲寅生狠，真打起来，他不一定打得过高个儿的蒲德明，安草珍这么想。安草珍希望蒲寅生去惹蒲德明，惹急了，蒲德明就会揍蒲寅生，教训他一下。蒲寅生不敢去揍蒲德明，对安草珍破口大骂起来，说你这贱货，知道男人管不住自己，就整天对着男人翘屁股，撩拨他们，让他们有非分之想和可乘之机！安草珍被骂得没脸面，哭了一场，第二天就一个人进城了。

安草珍以为，分开一段时间，蒲寅生会想念她，她还打算邀蒲寅生也进城来找事做。没想到她离开不到一个月，蒲寅生就跟一个叫岳秀蕾的女人搞在一起。岳秀蕾比蒲寅生还大好几岁，也是邵阳隆回人，她老乡一个个霸蛮得很，又人多势众。岳秀蕾怕蒲寅生跟安草珍旧情复发，就带着她的两个兄弟和几个老乡打上门来，把安草珍赶到了公共汽车站，让她赶紧离开，还说，如果再在镇上见到安草珍，就要用硫酸泼脸毁掉她的容貌，就要挑断她的脚筋。蒲寅生那个畜生，站在边上一言不发。

说到这里，安草珍越发伤心，说人心不可靠，遇到一点事情就变了，所有的誓言都是假的，都不值钱。萨依山很有同感，苗杏不也是转眼间就翻了脸吗？萨依山走到沙发跟前，轻轻地拍了拍安草珍的背，安慰她说，人心的确是最复杂的，海誓山盟是靠不住的，古今中外都如此，不要过于在意，也不必太伤心。安草珍背对着萨依山，小小的身子在啜泣中抖动，修长的后脖颈上，密密麻麻布满了整齐的小毛孔，每一个毛孔都充满活力，静中带动，就像安草珍嗑瓜子时的嘴唇一样。萨依山有一种拥抱安草珍的冲动。但他还是忍住了，觉得有乘人之危的嫌疑。

安草珍饿得肚子咕咕叫，她从包里翻出瓜子来嗑，一边嗑一边流泪。萨依山心软，说不要老是嗑瓜子，火气太大，脂肪含量也很高，不健康。萨依山带安草珍到不远的一家日本料理去吃饭，他给安草珍点了雪花牛肉、蘑菇烧烤、章鱼须烤串和鳗鱼饭。萨依山看着安草珍吃，用目光把闲置了很久的柔情倾泻在安草珍身上。安草珍浑然不觉，只顾沉浸在美食之中。吃完饭，萨依山又把安草珍送回店铺。两人坐在沙发上看了一会儿电视剧，正在播的是港剧《天地豪情》。安草珍本来在边看电视边嗑瓜子，她突然停下来，满脸怒气，说黄日华明明是跟翁美玲一对，怎么又跟郭蔼明搞到一起？安草珍大喊，骗子，都是骗子！她扑过去把电视关掉，坐在沙发上流眼泪。

萨依山安慰了安草珍一阵。眼看时候不早，萨依山犹豫着说要回家去。他让安草珍也早点睡觉。安草珍说她害怕，怕蒲寅生那个邵阳女人来追杀她。萨依山只好又留下来陪她。萨依山靠在沙发一头，陪着安草珍到半夜，直到睡眼惺忪半梦半醒之际，他终于将安草珍拉进了自己的怀抱。

第二天，萨依山索性关了店门，挂上“暂停营业，有事电话”的牌子。他把安草珍带回自己在光塔路的家，一连几天闭门不出，拔掉电话，关掉手机，世界隐去了，时间中止了，天地一片清静。萨依山发现，自己精神抖擞，元气充沛，一点问题都没有。他把原来的一切问题都归结到苗杏身上，怪她的冷淡和无趣。相比之下，安草珍就像一部能源供应机，一架激情燃烧器。他们两个，神不知鬼不觉过了一阵昏天黑地没日没夜的日子，白天门窗紧闭，到黄昏才出门找吃的。

孙鲁西很久不见萨依山，打手机也没人接。他感到蹊跷，不知道出了什么事，几次到光塔路来找萨依山，敲门没人应，座机电话打不通。有一个周末，孙鲁西还守候在怀圣寺门口，挨个儿盯着进去做礼拜的人，也没见到萨依山。孙鲁西还以为萨依山跟苗杏和好了，就向苗蔓打听，问萨依山是不是跟苗杏在一起。苗蔓说没有，还说她也劝过苗杏，但苗杏不想跟萨依山和好。孙鲁西说，那就怪了，电话没人接，敲门也不应，店铺挂上了暂停营业的告示牌，难道这人从地球上消失了？

苗杏从苗蔓那里得知萨依山失踪了。苗杏说，失踪了好，眼不见为净。嘴上是这样说，心里其实还有些不安。苗杏一连两三天下班后去敲萨依山的门，都没有动静。她找姐姐萨义梅去打探，也没有什么消息。苗杏有些着急，问苗蔓怎么办。苗蔓说，爱玩失踪的男人，一般都是那种极不自信，同时又极度自恋的男人，他们胆儿很小，喜欢学鸵鸟，钻头不顾屁股，所以不用着急，再等等，你不理他，他就会自己出现的。苗杏听从了苗蔓的劝告，但心里依然不踏实，下班之后，苗杏会到光塔路的市场去转一转，同时留意萨依山家窗口的灯光。

萨依山和安草珍并没有故意躲藏，只是跟常人相反，白天睡觉，晚上才出门，像两只猫头鹰。这天晚上大约九点钟，在光塔市场附近转悠的苗杏正要打道回府，突然发现萨依山右手搂着一个年轻女子，远远地走过来。苗杏惊呆了，她本来还为之前不搭理萨依山而暗自不安，没想到萨依山早就把她抛到九霄云外了，他竟然在这里逍遥自在！

苗杏正打算冲上去逮他个正着，转念又忍住了。萨依山一直赖着不肯离婚，现在他跟别的女人鬼混上了，就没法再耍赖。苗杏连忙闪到黑暗处，用手机对着萨依山和安草珍拍了一张照片。苗杏拨打萨依山的手机，竟然通了。只见萨依山一手搂着那女子的腰，一手掏出手机，边走边说。

萨依山问，什么事啊？

苗杏问，你在哪里？

萨依山说，正跟朋友去外面吃饭。

苗杏说，我们见面聊聊，现在有空吗？

萨依山说，现在？什么事这么急？

苗杏说，我们的事情不要再拖了，我想现在就结束。

萨依山说，现在怎么结束呢？过两天我去找你吧。

苗杏说，你不要再跟我耍赖了。我就在你附近。我已经用手机拍下了你跟那个女人的照片。我希望我们能尽快结束，越快越好。

萨依山吃了一惊，转身四处张望，但没有见到苗杏。

萨依山说，你在哪里？你看到什么了？

苗杏说，你也不用来找我，咱们约好时间，离婚现场见。

苗杏挂断了电话。萨依山站在路边发呆。安草珍问萨依山是谁来的电话，过两天你要去找谁？萨依山没有回答，说肚子饿了，先去吃饭再说。安草珍说，你打电话的时候神色慌张，心里有鬼的样子，有什么事瞒着我？男人都差不多，做什么事都像做贼一样。安草珍说着甩开萨依山的手，赌气转身就要离开。萨依山拉住安草珍，说自己碰到一件棘手的事情，说起来就心烦，不想告诉安草珍，是怕她也跟着心烦，两个人烦不如一个人烦，等处理好了再详细跟她说。萨依山连哄带劝把安草珍留住了。

接下来萨依山消失了几天，早出晚归地忙活，跟苗杏办离婚手续。两人协议离婚，苗杏占据的小两居室，自然就分给了苗杏。萨依山居住的三居室，重新办了房产证，写上萨义山和萨义梅姐弟俩的名字。萨依山回来对安草珍说，棘手的事情现在都处理好了，让安草珍放心，自己现在是一身轻松，无牵无挂。萨依山和安草珍的生活也恢复了正常，他们不再昼伏夜出了。鲜花礼品店租约到期，萨依山在光塔市场边缘新租了一个店面，租金高，但人流量也大很多，而且离住处近。

光塔市场最具 G 市特色，只有想不到的，没有买不到的，正品赝品、行货水货、国内国际，应有尽有。那些拍摄改革开放生活题材影视剧的剧组，经常到这里来取景。类似的市场G市有好几个，但只有光塔市场在市中心，是唯一留在市区没有被拆除的大型仓储式商品集散地。市场里人员杂乱，各种口音的叫卖声此起彼伏。商户之间也有交易，他们不但可以用货币做中介，同时还保留着物物交换的古老方式。在这里，只要每天不缺席，准时出现在市场上，就能活下去，不像在郊区打工，心里总是惴惴不安。

光塔市场总是人声鼎沸，像一出永不谢幕的戏剧。作为一个商品集散地，这里的物质过剩，没有匮乏，没有后顾之忧。安草珍迷上了这种热闹非凡、嘈杂混乱的市井生活。至于是不是迷上了萨依山，安草珍心里也不是很确定。她觉得萨依山跟自己的父亲差不多，别人总误以为他们是父女俩，每当这时，安草珍就感到很尴尬，甚至有一种负罪感。萨依山心里却完全不同，他沉浸在享乐和安宁之中，食欲和睡眠都出奇的好。男人们羡慕他，说他有艳福，老牛吃嫩草，占了大便宜。

萨依山想到孙鲁西，似乎很久不见，冷落了老友。他劝孙鲁西不要老躲在书斋里，人都要发霉了。萨依山邀请他到自己的小店来玩，感受一下真正的原汁原味的市井生活。安草珍在照顾生意，萨依山和孙鲁西就在后面聊天，下棋，喝小酒。每天午后，孙鲁西结束读书写作，就到店里来找萨依山消遣。萨依山说，上午是想象的生活，下午就置身于真实的生活中。萨依山觉得，真实的生活比想象的生活更有意思，更让人着迷，它那么安稳静好，同时又是那么出人意料。而对于生活的想象，总是把生活带到偏僻的小路上去。生活本身永远要高于对生活的想象。

日子像河水一样缓慢平静地流淌，让安草珍内心不时地泛起波澜。平静中的不安和波澜中的渴望，在她心里交织。这天下午，萨依山吩咐早点关门，说晚上寺里有个小型讲经活动，有宗教学院的教授来交流，他要去听一听。孙鲁西说他大哥孙梁山回来了，晚上要陪大哥吃饭，说着就起身告辞。

安草珍正在收拾店面准备打烊，蒲寅生却突然出现了！他失魂落魄的样子，胡子拉碴，人也瘦了，站在店铺门前用哀怜的眼神盯着安草珍。

萨依山以为是乞讨的，掏出一些零钱递给蒲寅生，说赶紧走开吧，我们要关门了。

蒲寅生缓慢有力地推开萨依山的手，目光一直没有离开安草珍的脸。

安草珍愣了好一会儿，猛地扑倒在蒲寅生跟前，抓住蒲寅生的手说，蒲寅生，真的是你！我就知道你会来的！……

你怎么才来啊？你不想来找我吧？你被岳秀蕾那个狐狸精迷住了心窍吧？

蒲寅生直勾勾地看着安草珍说，岳秀蕾有病，她的两个兄弟也有病。

安草珍抚摸着蒲寅生的脸说，他们是不是欺负你了？他们打了你吗？

蒲寅生没有回答，他还是直勾勾地看着安草珍，紧紧地抓住她的手不放。

安草珍的眼泪哗啦啦地流下来，她把头靠在蒲寅生的胳膊上说，蒲寅生，你这个没良心的东西，你要是再不来，我就要嫁给别人了！

蒲寅生回头看了萨依山一眼，揽住安草珍转身就走。

安草珍顺着蒲寅生的推力走了几步，突然又停住了，她转过身来，看了萨依山一会儿，露出一丝歉疚的笑容，她说老萨啊，谢谢你，我跟他走了，你也好好过。

萨依山呆住了。眼前的场景，就像一出活报剧。等萨依山回过神来，蒲寅生和安草珍的背影已经远去。蒲寅生长长的胳膊搭在安草珍的肩膀上，安草珍的左手环绕在蒲寅生的腰间，两人穿过熙熙攘攘的人群，朝市场深处走去。

萨依山突然高声喊，草珍，你去哪里？回来，安草珍，你回来啊！

市场里嘈杂的人声把萨依山的声音淹没了。

第二天，萨依山开始整理自己的店铺，贴出转租店面的告示。他一边忙活着，一边回忆往事：第一任妻子因利益诱惑而离开，她或许原本就不该属于自己，就让她到该去的地方去吧。接着邂逅苗杏，原以为遇见了前世姻缘，没想到苗杏同样选择了离开，是苗杏出了问题还是自己出了问题？事情一直拖着，拖延不过是缓兵之计，拖了那么长时间，也没有出现转机。倒是自己这边有了转机，安草珍的突然出现，给了自己离开苗杏的勇气。没想到又错了。一生要遇见一个对的人，为什么这么难呢？！想起这些，悲伤就浸透了萨依山的心。

那天晚上，萨依山跟孙鲁西约在江心岛上的“葵花酒吧”见面。见到孙鲁西，萨依山呜呜呜地哭了一场。萨依山说，在我最颓废无望的时候，是至仁至善的真主给了我一份珍贵的礼物，那是一个用草篮子装着的美丽女孩，被人放进江水中，顺水而下，漂泊到我的身边，被我顺手捞起来，伴随我多日。现在，这份礼物又突然消失，被一个叫蒲寅生的野蛮人掠走了。

孙鲁西说，什么？蒲寅生？你没听错吧？

萨依山说，没错，草珍喊着这个名字，喊了好几遍。那个蒲寅生眼神怪异，看着有些瘆人，可是草珍却喜欢，见到他之后，草珍的眼神也不再恍惚迷离。

又是蒲寅生！他真是个勾魂摄魄的精怪，当初四乐也是被他引诱走的。孙鲁西想了想说，算了吧，依山兄弟，你跟你前妻、苗杏、安草珍都没有缘分。跟你有缘分的人大概还没有出生。因此，你还有希望啊！

孙鲁西胡乱安抚着萨依山，心里却有点嫉妒他。萨依山这么大年纪，还像个孩子一样敏感任性，读一首诗就能热泪盈眶，现在他又能因为一个女孩而呜呜大哭。能笑能哭，这是他的福分。而我自己呢？既笑不起来，也哭不出来，心如死灰，一点热情都没有，跟一具死尸差不多。孙鲁西觉得自己对苗蔓也渐渐地没有了爱，有的只是一种让人产生依赖感的习惯而已。

孙鲁西让服务生撤掉空啤酒瓶，又点了威士忌，把酒斟满，邀萨依山干杯。萨依山一边喝酒一边埋怨，说命运之神不公平，从不眷顾他。说自己每次稍有一点好的迹象，命运之神马上就要给他颜色瞧。说着，萨依山耸了耸鼻子，又要哭的样子。孙鲁西看着萨依山想笑，觉得他幼稚。萨依山浑然不觉，沉浸在自己的思路之中。他说，这是冥冥中的某种力量在考验他，过了一会儿，他又开始勉励自己，要经受住这种考验。

酒吧的背景音乐一直是布鲁斯，低沉幽怨，没事的人听了都想哭，何况愁肠满腹的萨依山。孙鲁西让服务生换个音乐，说想听热烈一点的。不一会儿，扬声器里传来弦乐器演奏的阿拉伯音乐，欢快热烈的节奏，让人为之一振。萨依山开始跟着音乐晃动脑袋，接着便起身在桌边扭动肩膀和脖子跳起舞来。孙鲁西的内心也随着音乐动了起来，但他四肢僵硬，天生不会跳舞，只能坐在那里看萨依山跳。

不远处几位外国年轻人被萨依山感染，一边打着呼哨，一边朝这边挥手。其中的一男一女，在同伴的撺掇下也站了起来，在自己桌边舞动，他们扭着腰，还快速地旋转，最终稳稳地停下来。萨依山一边鼓掌一边惊叫，哇，胡旋舞，漂亮！两位外国年轻人端着酒杯走过来，要跟萨依山孙鲁西干杯。那位男孩留着络腮胡子，女孩长一对修长的柳叶眉，眉梢向下弯，显得特别妩媚。络腮胡说他们是 A 大学的留学生，来中国研究祆教传播史的，因为 G 市郊区考古发现了中古祆教徒墓地遗存，轰动了学界，所以才决定来这里。

萨依山说，A 大学，历史系，亲师弟啊！说着就一把搂住络腮胡，还不停打着酒嗝。

络腮胡连忙推开萨依山。他问萨依山知不知道撒马尔罕，他的故乡。

萨依山说，撒马尔罕？知道啊，知道，太知道了。怎么这么巧，五百年前我们是一家啊！我的祖先就是从撒马尔罕移民过来的啊。我经常做梦，梦见撒马尔罕的街道、寺庙、陵墓！

络腮胡说，梦里的撒马尔罕不如真实的撒马尔罕呢，欢迎你到撒马尔罕做客。

柳叶眉说，是的，我也去过，撒马尔罕太漂亮了。

萨依山说，我一定要去的！没想到在这里遇见亲人啊！他说着就要去拥抱柳叶眉。络腮胡说她不是撒马尔罕人，她的祖先移居印度孟买。萨依山说，都一样，天下人都是一家！说着继续扑过去要拥抱柳叶眉。孙鲁西连忙用身体挡住了萨依山。

孙鲁西问络腮胡和柳叶眉是不是阿拉伯人，柳叶眉说她是帕西人。络腮胡说他们都是粟特人的后裔，祖先信奉琐罗亚斯德教，年轻一代对这个古老的宗教并不熟悉。络腮胡说他爱自己的故乡撒马尔罕，现在他们又爱上了 G 市这座城市，正如故乡的谚语所说的那样：哪里有水，就在哪里饮骆驼；哪里幸福，哪里就是故乡。他们正考虑毕业后在中国找工作。

萨依山孙鲁西跟外国年轻人们挥手告别，摇摇晃晃地离开了“葵花酒吧”。萨依山一出门就蹲在路边呕吐，嘴里高喊着，走，到撒马尔罕去！我只有一个故乡，我不是骆驼！我不要沿俗世的路行走，我要沿灵魂的路行走！

萨依山一边叫喊，一边顺势往地上倒。孙鲁西用肩膀架住萨依山的胳膊，朝过往的出租车招手。有的车减速驶来，看是醉酒的，一蹬油门就跑了。他们很长时间都没有打到车。孙鲁西有点招架不住了，他想拖着萨依山到对面的滨江路上去打车，无奈通往对岸的长堤太长。

一辆白色丰田车在不远处停下，从车上下来一位女子，她对着紧随其后的男子高声叫喊，像在斥责他。没喊两句，她就弯腰在路边哇哇地呕吐起来。男子伸手要去搀扶呕吐的女子，被女子挥手挡开。过了片刻，女子猛地直起身子，甩开男子，又喊叫了几句，然后独自摇晃着往轿车走去。

孙鲁西定睛一看，竟然是苗蔓和薛章秉。白色丰田车一溜烟走了。孙鲁西一松手，萨依山便倒在地上。午夜的江风吹得人直打寒战，孙鲁西突然感到反胃，也蹲在路边呕吐起来。萨依山倒仿佛清醒过来，他用手掌擦了一下嘴巴说，呕吐也会传染啊。

孙鲁西送走萨依山回到家，卧室的灯还亮着。苗蔓在等待孙鲁西，她盼望着孙鲁西进屋睡觉，给她一个诉说的机会。没想到孙鲁西径直进了书房。他躺在沙发上，翻来覆去睡不着。回想起跟苗蔓在北岭镇相识相恋的过程，孙鲁西心里充满了甜蜜和温暖。但想起婚后生活，孙鲁西的心却像死水一般。尤其是苗蔓跟薛章秉的频繁接触，让孙鲁西恼怒不已。

这些年，孙鲁西一直在寻找跟苗蔓生活在一起的理由，同时也一直在寻找离开苗蔓的理由。两种理由都有，但都不够充分。孙鲁西发现，他们一直过着一种高度理性的生活，而不是情感的生活。这种生活，反过来又导致了他们的理性越来越发达，情感却渐渐枯萎。理性的动物，两个完全理性的动物！

从隔壁房间隐约传来苗蔓轻声的啜泣。这是一种人类共同的语言，它跟欢笑一样，穿越时间和空间，毫无障碍地直抵人心。同时，这又是只有孙鲁西才能听懂的啜泣声，其中既有伤痛和自怜，又有绝望和无奈，更有埋怨和责难。这无须翻译，也难以理解，却又了然于心。孙鲁西不忍听，也不想听，他死死地捂住耳朵……

玄鸟录

（孙鲁西）

*

第八章　撒马尔罕的金桃

标题是一本著名的汉学著作的名字，那本书呈现了唐代京城长安与撒马尔罕之间的交往盛况。古粟特人建造的撒马尔罕城，是一座伟大而辉煌的城市。它曾经令马其顿国王亚历山大惊叹不已。古罗马人、突厥人、波斯人、阿拉伯人、蒙古人轮番在这片土地上驰骋。只有大唐帝国是它的好友。唐朝跟撒马尔罕的交往非常频繁。撒马尔罕人把希腊思想传播给远东，还把中国的商品带给地中海。传说，撒马尔罕附近的起儿曼有一种火烧不坏的木头。有人将它制作成十字架挂在脖子上，说是上帝所赐之物，因为它火烧不坏。其实那是“化石木”，也就是石棉。还有西域使者用石棉制成袈裟献给北魏皇帝，说是释迦牟尼佛的遗物。北魏皇帝不信，命人将袈裟置于火中焚烧，三日不毁，皇帝大惊失色，转而顶礼膜拜。

在撒马尔罕（康国）进贡给唐朝皇帝的大量贡品中，有两种地毯很受欢迎：一种是用羊毛编织的叫“琐哈赖”，又厚又暖和，适合铺在卧室里。另一种适合铺在客厅里，材料看上去像光滑的冰蚕丝，其实是“火毛绣”（火浣纱），颜色浅，但很容易清理，脏了用火烧一下就洁净如初。在光滑的“火毛绣”地毯上跳舞，效果很特别。撒马尔罕舞女的“胡旋舞”也是康国的贡品之一。唐玄宗本来不喜欢这种舞蹈，看后微微一笑，没有表态，无奈贵妃杨玉环狂热地迷上了“胡旋舞”，唐玄宗只好任由这种舞蹈风靡长安。杨贵妃的干儿子安禄山在发胖之前也是“胡旋舞”高手，经常跟干妈一起跳，唐玄宗说跳得好，还赐他洗温泉浴。尽管史料上没有说安禄山是撒马尔罕（康国）人，但明言他是康姓的粟特人，母亲阿史德氏为女巫，突厥贵族后裔。安禄山初名“轧荦山”（袄教战斗神名），后改为“安禄山”，从小随母在突厥部落长大，通“绍武九姓”多种语言。有学者考证，安禄山就是古波斯或康国人的后裔，琐罗亚斯德教（袄教）教徒。

著名汉学家谢弗的名著《撒马尔罕的金桃》中有关于撒马尔罕的记载：“伟大的丝绸之路是唐朝通往中亚的重要商道，它沿着戈壁荒漠的边缘，穿越唐朝西北边疆地区，最后一直可以抵达撒马尔罕、波斯和叙利亚。从玉门关向西，有两条道路可供行人选择，这是两条令人望而生畏的道路。商队经过的地区有时候根本就没有正式的路径，只能以倒毙的行人和驮畜的残骸作为前进的标志。由敦煌通往吐鲁番的那条骇人的道路就是如此。”

连接西域诸国和中国内陆的道路其实很多，经云南到缅甸的“茶马古道”就是其中重要的一条。还有起点在G市的“海上丝绸之路”。但更主流的走法，还是那条经大流沙（塔克拉玛干沙漠）和葱岭（帕米尔高原）的丝绸之路。这条路又分为北线和南线。北线经大沙漠的北沿，连接高昌、回鹘、柔然与中原。南线紧贴大沙漠南沿，连接喀什、于阗与中原。汉武帝时张骞首通西域，辟“丝绸之路”，经库车过葱岭直抵大宛。西域高僧鸠摩罗什自龟兹经凉州抵长安。唐朝大和尚玄奘走这条路前往印度取经。道教宗师丘处机走这条路去撒马尔罕拜谒成吉思汗。还有意大利旅行家马可·波罗前往汗八里（北京），走的也是这条路。

在《马可·波罗游记》第五十一章中，有关于撒马尔罕的记载：“撒麻耳干（撒马尔罕，另译叶尔羌）大城，是一个宏伟壮丽的城市，居民多是基督徒和回教徒。它臣服于大汗的宗室海都的统治，不过，大汗和海都的关系很恶劣。此城在西北方，下面来给大家讲讲这里发生过的一大圣迹。不久以前，大汗的亲兄长察合台皈依了基督教。此事使当地的基督教徒大为兴奋，于是，他们在此城建造了一个朝拜的教堂，奉祀圣若望·巴迪思忒，并用这个圣名命名这座教堂。有一块华美的石头原来是属于回教徒的，建造教堂的人把它取来用作承受教堂所有重量的中央石柱的基座。察合台死后，众回教徒想拿回基督教堂中的柱石。于是他们商量，到底是用和平的方式取回此石呢，还是用武力收回。因为回教徒的人数远远多于基督徒的，人多势众，有足够的能力对抗实力弱小的基督徒。于是，他们来到基督徒朝拜的教堂，对基督徒说，要取回那块石头，而且势在必得。基督徒回答说，这块石头本来是属于你们的，不过我们愿意用金子交换。回教徒答复说，世界上不是什么东西都可以交易的。因此僵持不下，争执激烈。回教徒的主上听见众人喧哗，便询问其原因，然后说，基督徒能用金子来买就可以成交，如果不能，则必须归还这块石头，限期三日执行。回教徒却无论如何都不愿意用石头来交换金子，他们知道，如果拿走这块石头，基督教堂必定会倒塌。因此，基督徒们愤怒异常，却又无计可施，只能祈祷耶稣基督，祈求天主保佑，让圣若望·巴迪思忒之名不在本堂坠毁。限期已到，当天黎明，那块石头忽然离开了石柱——奇迹发生了——这时，石柱悬空，离地有三掌高，却没有坠毁，教堂屹立不倒，跟有石头基座时没有任何区别。回教徒虽然得到了这块石头，不过，见此情景，他们都垂头丧气地离开了。这就是这一圣迹出现的经过。直到现在，那根石柱仍然悬空而立，教堂也依然屹立不倒。”

整整一章，都没有关于撒马尔罕的风俗人情和自然景观的描写，也没有人物描写和对话。根据中亚中古史学家考证，马可·波罗根本就没有到过撒马尔罕。然而他用了一整章去讲述撒马尔罕的故事，足以证明这座西域古城的重要性。毫无疑问，这些文字出自马可·波罗对撒马尔罕城的想象，因此他无法用客观描写的方法去呈现，只能用讲述幻想故事的文学方式来表达。

尾　声

我们的传主孙鲁西，至今毫发无损地生活在这个地球上，在G市，在母亲身边。他依然耽于书本，耽于奇思异想，依然是个幻想家，依然每天阅读、写作、思考、做梦、神游八极。经常陪着孙鲁西一起幻想和神游的，不是妻子苗蔓，也不是母亲冯英妹，更不是父亲孙长戈，而是他的前连襟萨依山。

父亲孙长戈因突发脑血栓落下了后遗症，好在不算太严重，整天歪着嘴角坐在轮椅上，手捧那张伴随他大半辈子的《参考消息》，批评时政，骂资产阶级。孙长戈突然变了口音，不再说普通话，而是满嘴鲁西南腔调，大声嚷嚷像驴叫，说冯英妹做的海滨菜难吃，吵着要吃大葱蘸酱就烙饼，而且一吃蘸酱大葱，血压就出奇地平稳。冯英妹学会了做多盐多油重口味的鲁菜，还学会了做各种面食。冯英妹说，自己这辈子，心都放在小儿子孙鲁西身上，现在也该把心放到丈夫孙长戈身上了。她让孙鲁西好好的，免得她操心不过来。二姐孙钢花和大哥孙梁山也劝弟弟，其他什么事都不用操心，只要安心在家里陪着父母就行。孙鲁西说没问题，苗蔓整天忙着在外面赚钱，自己有大把的时间来陪父母。孙长戈说，陪？你陪谁了？你人是在这里，心不在这里，从眼睛就可以看出，你的魂魄都不知游走到哪里去了，我看你更愿意跟那个假洋鬼子一起玩！孙长戈叫萨依山假洋鬼子。冯英妹批评孙长戈说，这就是你不对了，人家不在家你埋怨，人家在家你又埋怨，还说人家的魂魄游走了，你啊，一辈子都改不了，还是当年那个侦察兵的老脾气，喜欢悄悄地侦察别人，现在都开始侦察儿子的魂魄了。一看冯英妹又跟儿子站在一起，孙长戈气得血压就上来了。冯英妹赶紧拿一根蘸酱大葱塞在孙长戈嘴里。

右海高考失利，苗蔓把他送到国外去留学，每年的花费要四五十万，好在苗蔓的业务越做越大，钱不是问题。右海就读的是北欧一所有悠久汉学传统的大学，是国际上中亚突厥史和中古宗教史研究的重镇。有位资深的洋教授，偏爱中国学生，说要带右海读研究生。于是苗蔓赚钱的热情越发高涨了。赚钱的热情弥补了夫妻间情感的冷漠。孙鲁西跟苗蔓就这样若即若离地过着。当着冯英妹的面，他们维持正常关系，实际上魂魄也是处于游离状态。冯英妹有所觉察，但她既不想深究，也不想说破，顺其自然，反正儿子一直在自己身边，生活安宁，情绪稳定，看不出有什么反常之处。

苗蔓早出晚归，把心思精力全投入到自己的公司里，又在郊外买了新房，原来那套小房子成了孙鲁西的书斋。他们一两个星期都难得见一面。每天中午，孙鲁西读书结束，就步行到母亲这边来吃午饭。接下来整个下午，他都把时间交给父母，父亲睡午觉的时候陪母亲聊天，父亲醒来后，他就呆坐在那里陪伴父亲。日子过得安静而死寂。偶尔萨依山也会邀请孙鲁西出去玩玩。

萨依山不再住市中心怀圣寺附近的房子。他住到了姐姐萨义梅在方兴镇神佑村的家里。光塔路那套房子被他卖了，除书籍之外，家产全都变卖掉。他用卖房子的钱买了一辆越野车，剩下的都交给姐姐保管。萨依山对姐姐说，他不喜欢市里的吵闹，以后就住在姐姐这里，陪姐姐终老。寡居的萨义梅，儿子上大学后就一人孤单地生活。弟弟突然决定要跟自己一起，姐弟俩能相依为命，她觉得幸福而充实。

萨依山买越野车的目的是去中亚三国自驾游，他有一个庞大的出行计划。但刚去过一趟撒马尔罕，他几乎就再没有摸过那辆车，也很少出门，每天坐在家里发呆。萨义梅以为弟弟不习惯市郊乡下的生活，担心弟弟闷出毛病，就撺掇他开车进城去找原来的朋友们玩。萨依山说他不喜欢人多的地方，也不喜欢开车，上次去乌兹别克斯坦自驾游开车开伤了。萨义梅说，旅游就是散心，你性子也太急了，像赶任务一样，自然就会伤到自己，接受教训就行了，也用不着一朝被蛇咬十年怕井绳。萨义梅又说，怕人多就去人少的地方呗。她建议萨依山去附近的海边玩玩，自己开车很方便，骑自行车也行。

想起不久前的那次自驾游，萨依山心里就发怵。萨依山和孙鲁西在“葵花酒吧”遇见留学生络腮胡和柳叶眉之后，没过几天，萨依山给孙鲁西打电话，约他再到“葵花酒吧”去喝酒。孙鲁西拒绝了，他说古希腊哲学家认为，长期泡在酒里，灵魂就会变得潮湿。萨依山说，潮湿好啊，潮湿才会发芽。他希望再次遇见那几位外国的年轻人。孙鲁西说，你是不是又想去拥抱那个柳叶眉女孩啊？萨依山正告孙鲁西不要往歪里想。萨依山说昨天半夜，柳叶眉出现在他的梦里，他俩用古波斯语对话，还围着一根巨大而耀眼的火柱跳舞，络腮胡在边上敲击蛇皮手鼓。柳叶眉在梦里对萨依山说，她不是孟买帕西人，她就是撒马尔罕的粟特人。柳叶眉还说，她就是萨依山前世的妹妹！孙鲁西觉得萨依山又在说胡话，问萨依山此刻是不是在喝酒。萨依山说他没喝酒，正在查阅关于撒马尔罕的资料，为去撒马尔罕做准备。孙鲁西说自己也喜欢撒马尔罕，主要是喜欢读出“撒马尔罕”这几个音节的感觉，向上翘起的舌尖往后收缩的时候轻轻一弹：“Sa-Ma-Er-Han”。尽管喜欢的原因跟萨依山不一样，没有萨依山那么虔敬和狂热，但喜欢本身是相同的。萨依山说，那太好了！他问孙鲁西是否愿意陪他去撒马尔罕寻根。孙鲁西没有答应，也没有反对。他觉得萨依山的话有一半是梦呓，难辨真假。萨依山又说，他要像张骞和玄奘一样，步行穿过戈壁和荒漠，翻过火焰山，越过帕米尔高原和天山口，直奔撒马尔罕。孙鲁西说，去西域的道路很多，方法也很多，至于用什么方式去，是坐火车还是搭乘飞机，或者真的步行去，那都无所谓。萨依山说，不要害怕步行嘛，慢慢地走，边走边玩，条条大路通罗马，总有一天会走到的。孙鲁西说，他喜欢旅行，也不害怕步行，如果萨依山真的下定了决心，他愿意奉陪。萨依山说，好好好，我就要你这句话，说好了！

萨依山的最终决定是自驾车去中亚旅行，目的地就是撒马尔罕。出发的那一天，萨依山开车到孙鲁西家门前接他。孙鲁西背着牛仔布双肩背包，里面装着一本撒马尔罕诗人鲁达基的诗集、一本英文和波斯语对照的《哈菲斯抒情诗全集》，还有一本汉语繁体字版的《阿维斯陀经》。孙鲁西说这是他全部的家当。车子就要启动了，孙鲁西抬头看着三楼。母亲站在窗户边，一边朝即将远行的儿子挥手，一边抹眼泪，一缕白发被风吹得飘起来……两个月后，两个晒得像煤球似的人回来了，花光了积蓄，根也没寻着，萨依山因动辄就要拥抱女孩子而两度挨揍。此外他们还落下一个严重的后遗症，就是一摸汽车方向盘就想呕吐，腿肚子和肩胛肌肉就不由自主地抽筋儿，因为他们在外面日夜不间断地开车，开得太猛，像汽车方程式比赛似的。现在他们整天呆若木鸡，只有偶尔实在待腻了，才想到要出门走走。

去海边玩！萨依山觉得萨义梅的建议值得采纳，他赶紧给孙鲁西打电话，邀他一起去看海，得到了孙鲁西的热烈响应。方兴镇神佑村在G市郊区的正南面，从村庄再往南二十公里就是海滨。村庄与大海中间隔着岩石裸露的山脊。一条铺满黑色碎石的简易公路通往海滨渔村和度假酒店。一路上都能见到矗立的墨绿色玄武岩，外貌奇异诡谲，有些石头像淬过火的铁，黝黑的光亮在阳光下闪烁。海水拍击着岩石，卷起白色浪花，接着又滚回海里，发出哗啦啦的声响。两人坐在岸边岩石上，一坐就是半天，像两尊石雕。海风从脸上掠过，嘴巴里有咸味和鱼腥味。孙鲁西想起了童年和少年时代的生活，想起了故乡海滨县，那片像梦境和童话一样的海。

孙鲁西和萨依山约定，以后每周都要去看一次海，算是对自己无聊、无趣、无望生活的精神犒劳。于是萨依山每周开车进城，接上孙鲁西，再一起回到神佑村南边的海滨，两个人并肩坐着，看自由飞翔的鸟和潜游的鱼，静静地想着各自的心思。时过境迁，孙鲁西的想法依然没有改变，还是少年时代的遗留问题：既不能在天空中飞翔，又不能在海水中畅游，我们只能终老在泥土和石头上吗？鲲鹏之志，终成蜩鸠之笑谈！

孙鲁西和萨依山，两个落难的精神兄弟，面对这浩瀚无垠的天空和大海，偶尔发出感叹，就像在半空中嘶鸣的黑色海鸥……

公历 2020 年 12 月 12 日农历庚子十月廿八　初稿

公历 2021 年 2 月 26 日农历辛丑正月十五　再改